AURORA ROSE
REYNOLDS

July

série until her

Tradução
Carolina Caires Coelho

pausa;

Título original: Until July

EDITORA
Silvia Tocci Masini

PREPARAÇÃO
Andresa Vidal Vilchenski

REVISÃO
Lígia Alves
Sabrina Inserra

CAPA
Márcia Matos (Shutterstock por Meng Chatchai)

DIAGRAMAÇÃO
Larissa Carvalho Mazzoni

COMUNICAÇÃO E MARKETING
Alexandre Nuns

Dados Internacionais de Catalogação na Publicação (CIP)
(Câmara Brasileira do Livro, SP, Brasil)

Reynolds, Aurora Rose
July / Aurora Rose Reynolds ; tradução Carolina Caires Coelho. -- 1. ed. -- São Paulo : Editora Pausa, 2019. -- (Série until her)

Título original: July
ISBN 978-85-93745-64-5

1. Ficção norte-americana I. Título II. Série.

19-26297 CDD-813

Índices para catálogo sistemático:

1. Ficção : Literatura norte-americana 813

Iolanda Rodrigues Biode - Bibliotecária - CRB-8/10014

Para Corina,

Que você não sossegue até encontrar o homem que te provoque arrepios e te deixe sem fôlego.

Prólogo

Pego a estrada e acelero, observando o velocímetro chegar aos 100 quilômetros por hora. Inclino o corpo para a frente, logo atrás do vidro do para-brisa da moto, para reduzir o impacto do vento, e grito "Uhuuuuu!" quando a sensação de que estou voando toma conta de mim. É disso que eu gosto. *Liberdade.*

Eu me ajeito no assento quando vejo algumas motocicletas ao longe. Não reconheço os adesivos nelas, mas isso não me surpreende. O Tennessee tem uma enorme comunidade de motociclistas, e sempre aparecem clubes em todo o estado.

Desacelero quando chego mais perto deles, e então consigo enxergar mais detalhes. O grupo de cinco motociclistas à minha frente é formado por donos de Harleys, que variam de cor, desde quase roxa até preta. Nenhum dos homens usa capacete, diferente de mim, que estou coberta de couro preto da cabeça aos pés. Até mesmo meu capacete é todo preto com detalhes bordados em couro.

Observo os pilotos e noto que são todos bem fortes, e na jaqueta de couro que usam vejo uma águia grande com as asas abertas em posição de voo. Nas garras, a ave leva uma rosa pelo caule, com suas pétalas caindo sobre o nome do clube, The Broken Eagles.

Começo a acelerar e passo por eles, um a um, feliz por estar protegida atrás de meu capacete, com o visor escuro impossibilitando que me vejam.

Mantenho minha cabeça reta, até que o último cara, o que está à frente do grupo, chama a minha atenção. De costas, a primeira coisa que vejo é seu cabelo, levemente comprido em cima e repicado nas laterais. Meus olhos descem para observar os ombros fortes, as costas largas e a pele bronzeada que cobre seu corpo definido. Sua moto é rebaixada, e os guidões à frente estão posicionados de forma a obrigá-lo a esticar os braços, fazendo todos os músculos se flexionarem, e dando a impressão de que as tatuagens têm vida própria e se movimentam junto com o vento.

Meus olhos descem ainda mais até seu peito, coberto por uma camiseta branca que está por dentro de uma calça jeans clara, e, na cintura, ele usa um cinto preto com fivela prateada grande. Continuo passando por ele, dividindo a atenção entre a estrada e o cara. Quando olho para ele de novo, vejo que sua cabeça está virada na minha direção e poderia jurar que está olhando diretamente dentro da minha alma.

– Minha nossa – sussurro, observando seus cabelos, o maxilar coberto por uma fina camada de barba por fazer, e os olhos claros cuja cor não consigo definir com exatidão devido ao visor do meu capacete. O motociclista é bem gostoso, mas também bastante assustador.

Desvio o olhar para prestar atenção na estrada novamente. Nem mesmo um segundo deve ter se passado, mas, quando olho para o asfalto à minha frente, vejo uma ave tentando cruzar o asfalto, com as asas abertas em uma posição esquisita. Desvio para a direita a tempo de não acertar o pobre animalzinho.

– Mas que porra é essa? – Ouço alguém vociferar e olho para trás, para o homem que agora está se aproximando depressa à minha direita. Grito um pedido de desculpas mais alto que o barulho do motor e do escapamento. Aceno brevemente e arranco, inclinando o corpo contra o vento novamente e acelerando, querendo me afastar deles. O cara me olha bem irritado e, apesar de detestar ter que deixar o pássaro ali, sem poder ajudá-lo, meu desejo de continuar viva é maior.

Quando acho que me livrei do grupo, ouço o som de escapamento e, sem perceber, todos me alcançam, cercando minha moto. Não consigo entender o que estão dizendo, mas sinto o estômago revirar ao ouvir a voz deles. Levo a mão à cintura para ter certeza de que estou com a arma de choque que meu pai insistiu para que eu levasse.

Vejo uma clareira e conduzo minha moto para o acostamento. Sei que essa provavelmente é uma das coisas mais idiotas que já fiz, mas, se continuarem me perseguindo como estão fazendo, podemos acabar feridos. Estaciono e nem desligo a moto, só abaixo o pé de descanso do veículo. Meu coração, que já estava acelerado, começa a bater violentamente dentro do peito quando todos eles me cercam.

– Qual é o seu problema, porra? – pergunta o líder do grupo, parando na frente da minha moto.

Balanço a cabeça, indignada, mas as palavras estão presas na minha garganta e não saem. Ele me puxa de cima da moto e os homens que estão com ele começam a gritar obscenidades.

– Me desculpem – respondo com a voz rouca, mas não sei se ele me ouve, pois leva a mão à gola da minha jaqueta de couro e me chacoalha com força. Minha mão, sem querer, pressiona o botão que aciona a arma de choque. O barulho ressoa, ele arregala os olhos e, em seguida, cai no chão. Eu caio de bunda e me afasto, usando as mãos para me rastejar como um caranguejo. Olho para cima quando minha palma encontra um obstáculo e encaro os olhos de outro homem, que parece bem irritado.

– Levanta! – ele rosna ao me erguer. Meus pés balançam no ar quando sou tirada do chão com as mãos presas nas costas.

– Segurem-no – resmunga o cara em que dei um choque, que está novamente na minha frente, enquanto tento me proteger da raiva que sinto emanar dele. O sujeito leva as mãos em direção à minha cabeça e tira meu capacete. O movimento faz os cabelos cobrirem meu rosto.

Silêncio total. Juro que ninguém nem sequer respira.

– Hum. – Mordo o lábio e o cara à minha frente hesita um pouco, diminui a pressão das mãos em meus ombros, mas logo volta a apertá-los.

– O que deu em você? – grita ele, aproximando o rosto do meu, e o seu cheiro de couro, almíscar e homem me envolve.

– Eu... – Começo a explicar o que aconteceu, mas ele me interrompe.

– Essas vadias estão sempre querendo dar uma de duronas.

Ah, merda, não acredito que ele acabou de me ofender.

– Você não pode ter me chamado de vadia. – Eu me inclino para a frente e sibilo na cara dele.

– Sim, sua vadia, perguntei que merda você estava pensando para fazer o que fez.

– Você só pode estar de brincadeira! – grito. Eu mencionei que tenho o pavio meio curto? Porque eu já estava chegando ao fim dele.

– Você vai se explicar? – Ele cruza os braços à frente do peito musculoso e ergue o queixo, fazendo um gesto para o cara que está me segurando, que imediatamente me solta. Meus pés batem com força no chão e eu tropeço.

Assim que consigo ficar em pé, me viro depressa para encarar o cara que havia acabado de me soltar e fico na ponta dos pés, apesar de não chegar nem perto do rosto dele, e resmungo:

– Que grosseiro!

E, então, viro o corpo para encarar o motociclista gostoso e assustador.

– Primeira coisa: eu não queria matar um pobre pássaro inocente, por isso desviei para não acertá-lo. Pedi desculpas por quase ter te acertado, mas você veio atrás de mim como se estivéssemos em um episódio de *Sons of Anarchy*, o que não é o caso! – grito, gesticulando sem parar com os braços. Ouço alguém rindo, mas estou focada demais no sermão que estou dando no cara para me dar conta de que pareço uma doida.

– Você me mostrou o dedo do meio – diz ele.

Olho para ele e faço uma carranca ao responder:

– Claro que não te mostrei o dedo do meio. – Tenho certeza de que não mostrei o dedo do meio pra ele. *Eu mostrei o dedo do meio pra ele?*, pergunto a mim mesma, e balanço a cabeça, negando. – Não te mostrei o dedo do meio – confirmo em alto e bom som.

– Essa vadia é louca. – Eu viro a cabeça e fico frente a frente com um cara que tem, pelo menos, uns quarenta centímetros de altura a mais do que eu. Ele é magro e bonitinho, com um estilo meio "Acabei de sair da cadeia. Quer cair na farra comigo?".

Eu dou um giro completo pelo grupo e digo:

– O próximo imbecil aqui que me chamar de vadia vai tomar choque.

Paro no cara magricela bonitinho e aponto a arma de choque em sua direção, fazendo com que ele murche a barriga, que já é negativa.

– Cuidado – alerta ele, mas juro que quase esboça um sorriso.

– Pare de besteira – diz o Motociclista Gostoso, tirando a arma da minha mão.

– Epa! – protesto e me viro para ele, estendendo uma das mãos e levando a outra ao quadril. – Pode me devolver. – Remexo os dedos, e ele me olha de cima a baixo, fazendo meu corpo todo formigar. – Não estou brincando. Devolva. Foi um presente do meu pai.

Ele me observa de novo, olha por cima da minha cabeça e diz:

– Vamos nessa.

– Como é que é? – Olho para ele e depois vejo todos os caras se afastando e subindo nas motos. Não sei por que não estou feliz por eles estarem indo embora, mas juro que minha vontade é correr até aquele cara, montar em sua garupa e me agarrar nele. Balanço a cabeça, indignada com minha estupidez, e grito: – Já vai tarde!

O comentário deve ter sido feito cedo demais, porque o Motociclista Gostoso desce da moto e volta até onde estou. Penso que vai dar uma de idiota, mas ele só me entrega a arma e murmura:

– Fique bem, linda.

Observo enquanto ele se afasta; sua bunda na calça jeans é uma coisa de outro mundo. Ele levanta a perna e sobe na moto, e eu fico onde estou, observando os músculos do braço dele se flexionarem.

– Minha nossa – sussurro enquanto todos partem. Subo na moto depressa e volto em direção à área onde vi o pássaro machucado. Finalmente encontro o bichinho no acostamento. Logo depois de pegá-lo, volto para a moto, e, nesse momento, ouço de novo o barulho de escapamento. Sinto um arrepio na espinha, mas ignoro e me concentro no que preciso fazer.

Desço o zíper da jaqueta de couro e abro a asa do pássaro para poder deixá-la junto ao corpo dele. Depois de acomodar a asa, eu uso uma das mãos para ajeitá-lo bem perto da minha barriga.

– O que está fazendo? – Ouço uma voz grave e forte e me sobressalto a ponto de quase soltar o coitadinho. Então olho para a frente e respondo, ríspida:

– Ele quebrou a asa.

– É um pássaro – diz o Motociclista Gostoso, olhando para o animalzinho.

– Sei disso. – Reviro os olhos e subo o zíper da parte de baixo da jaqueta, de modo que o pássaro fique seguro contra meu corpo, e sua cabecinha fique de fora, por cima do zíper.

– O que vai fazer com ele?

– Vou levá-lo ao meu consultório, onde espero poder dar um jeito nele.

– Você é médica?

Levanto a cabeça e nossos olhares se encontram. Dessa vez, sem o visor, consigo ver que os olhos dele são verdes, de um tom tão claro que faz com que eu me lembre de sorvete de menta com gotas de chocolate.

– Vai responder ou só vai ficar olhando pra mim?

O que está acontecendo comigo? Inferno!

– Sou veterinária. – Sinto o rosto corar depois da "bronca". – Me desculpe pelo que fiz antes – digo baixinho, pegando o capacete atrás de mim e colocando-o, sentindo um alívio imediato por estar menos exposta. Me inclino para a frente e ligo a moto, tomando muito cuidado com o pássaro que está aconchegado em mim. Olho mais uma vez para o Motociclista Gostoso e ergo o queixo. Ele sorri, cruza os braços à frente do peito e se recosta no assento. Nesse momento, sei que, se o encontrar de novo, estarei perdida.

Capítulo 1

— Oi, pai – cumprimento sorrindo enquanto entro na casa dos meus pais. Meu pai, que está sentado à bancada da cozinha, desvia o olhar do jornal e sorri de volta quando me acomodo no banco ao seu lado e apoio a cabeça em seu ombro.

– Olá – diz ele, plantando um beijo carinhoso no topo da minha cabeça e envolvendo seus grandes braços ao redor dos meus ombros. Coloco a bolsa sobre a bancada e me inclino, pegando a xícara de café na frente dele para tomar um gole. – Como estão as coisas?

Suspiro, inquieta, colocando a xícara na bancada e me inclinando para trás para poder olhar para ele.

– Mais um cachorro foi deixado na porta da clínica hoje cedo – respondo, e a raiva toma conta do seu rosto no mesmo instante. – Detesto isso, pai. Detesto saber que alguém está maltratando cachorros e querendo se livrar deles. Detesto que, quando chegam para mim, estão tão mal que não me resta escolha a não ser ajudá-los a morrer em paz. – Sinto o nariz arder com as lágrimas que querem cair, mas eu me controlo. Não dá para chorar na frente do meu pai. Ele não lida bem com o choro das filhas.

– O que o tio Nico disse?

– Ele está instalando câmeras para ver se conseguimos pegar alguém, mas no momento não tem muito o que se possa fazer – respondo, pegando a xícara de café de novo para dar mais um gole.

– Vou ligar para seus primos para ver se eles podem pedir para os caras fazerem uma ronda na região.

– Pai, sério, eles são ocupados. – Balanço a cabeça, recusando. Sei que meus primos fariam rondas se eu pedisse, mas detesto pensar que podem ficar preocupados comigo. Eles podem ser meus primos mais novos, mas, analisando a forma como tratam a mim e minhas irmãs, ninguém imaginaria que são mais jovens, porque, perto deles, meus tios e meu pai parecem bonzinhos.

– Se as câmeras não adiantarem, vou pedir para eles.

Reviro os olhos, sabendo que não adianta discutir. Às vezes, falar com meu pai me dá a sensação de que estou falando com uma parede.

– Oi, amor. – Minha mãe sorri, entrando na cozinha, usando um roupão que não é exatamente apropriado, mas fica bonito nela. Minha mãe é linda e, a julgar pela cara do meu pai, parece que ele também acha. E é minha deixa para sair.

– Oi, mãe – murmuro quando ela me abraça e me dá um beijo no rosto.

– Não sabia que você viria. – Ela olha para o meu pai por cima da minha cabeça, mas consigo ver a cara que ela faz.

Que nojo.

– Só passei para roubar comida antes de ir para casa – digo, e logo me arrependo, porque preciso sair dali.

– Quer que eu prepare alguma coisa para você? – ela se oferece, caminhando em direção à geladeira.

Balanço a cabeça, negando.

– Não, vou passar no mercado – respondo.

Juro que meus pais são malucos, e não quero testemunhar nada que me faça desejar arrancar os olhos mais tarde. Digo por experiência própria.

– Tem certeza? – ela pergunta, franzindo o cenho e olhando para mim.

– Querida, ela vai embora – meu pai resmunga e me faz sorrir.

– Asher Mayson. – Ela leva as mãos ao quadril, e eu quase dou risada.

– Tenho certeza, mãe. – Pego minha bolsa e dou um beijo no rosto do meu pai antes de abraçar minha mãe mais uma vez. Enquanto saio, olho para trás e digo: – Amo vocês.

Dirijo durante vinte minutos até minha casa, que fica do outro lado da cidade. Moro em uma casa amarela, de três quartos, parecia com um rancho, com uma varanda enorme onde há duas cadeiras de balanço. Apesar de a minha casa estar localizada na cidade, as propriedades do bairro são distantes umas das outras, e todos os moradores do meu quarteirão têm terrenos de quatro mil metros quadrados.

Desligo o carro na frente de casa, sem me dar ao trabalho de estacionar na garagem, já que teria que sair por trás e pegar minha bolsa antes de ir até a varanda da frente. Pego as correspondências na caixa de correio ao lado da porta antes de entrar e fecho a porta depressa para que o Juice não consiga fugir.

– Oi, lindão. – Deixo as cartas e a bolsa sobre o aparador da entrada e pego Juice no colo quando ele salta, fazendo com que os objetos em cima da mesa chacoalhem. – O que você tem aprontado? – Passo o rosto no pelo macio de seu pescoço e sorrio quando ele começa a ronronar. – Acho que hoje vou dormir cedo – digo enquanto vou para o quarto e tiro os sapatos dentro do closet, antes de deixar Juice sobre a cama.

Ele gira algumas vezes antes de se acomodar, encolhido, e fechar os olhos. Balanço a cabeça, sentindo inveja da facilidade com que ele adormece. Sempre tenho dificuldade para dormir depois do trabalho. Meu corpo costuma estar exausto, mas minha mente está sempre tomada por preocupações. Fico me perguntando se me esqueci de alguma coisa ou se deveria ter feito algo diferente com um dos animais que passaram pelo consultório. Tiro as roupas, e visto um shorts e uma regata antes de ir para a cozinha.

– Oi, Shock – digo quando me aproximo da gaiola que agora fica sobre um suporte perto das portas duplas que levam para o deque dos fundos. O pássaro vira a cabecinha para mim e confiro se ele tem comida e água suficientes antes de colocar um lençol em cima da gaiola. Desde o dia em que o trouxe para casa, Shock tem melhorado, mas a julgar pelo modo como sua asa ainda está estranha, acho que ele nunca mais será livre.

Faço um sanduíche de pasta de amendoim e banana, encho um copo de leite, e volto com a comida para o meu quarto. Ligo a TV e me deito. Eu me acomodo enquanto zapeio até encontrar um dos meus programas preferidos, o *Alienígenas do Passado*. Recosto nos travesseiros e pego o sanduíche, dou uma mordida grande, gemendo com o sabor, e tomo um gole de leite. Quando termino de comer, levo o prato de volta para a cozinha e então começo minha rotina noturna antes de voltar para a cama. Afasto os cobertores para Juice, que, como sempre, se acomoda encostado na minha barriga enquanto assisto aos supostos segredos de uma antiga raça alienígena até cair no sono.

Olho para Kayan, a minha recepcionista, e fecho a cara quando ela bate os dedos no vidro e acena para mim.

– Volto já – digo à família do meu paciente, e acompanho Kayan para fora da sala de exames, seguindo pelo corredor em direção à sala de espera.

– O que foi? – pergunto. Ela para e aponta. Acompanho o movimento para ver o que está me mostrando, e me arrependo na mesma hora quando vejo o perfil do homem que gostaria de nunca mais ver. Ele está ali, perto do balcão da recepção. – O que ele quer? – sussurro, observando o Motociclista Gostoso, todo gato vestindo calça jeans e jaqueta de couro.

– Ele disse que quer adotar um cachorro. Fiquei ali, olhando para a cara dele por cinco minutos, sem sequer conseguir falar, e percebi que ele começou a ficar irritado, então imaginei que você pudesse ajudá-lo.

– Você se lembra quando contei sobre os motociclistas que me seguiram há umas duas semanas?

– Sim – diz ela, embasbacada.

– Foi nele que dei um choque – respondo, e vejo seus olhos se arregalarem e sua boca se abrir.

– Não acredito – sussurra ela, olhando na direção dele de novo.

– Pode acreditar. – Balanço a cabeça afirmando e toco em seu ombro. – Boa sorte.

– Não... por favor. – Ela balança a cabeça sem parar, agarrando a minha mão.

– Ele não é tão assustador assim – digo, franzindo o cenho.

– Não, ele é assustadoramente gostoso. – Ela balança a cabeça de novo. – Eu conseguiria lidar com ele se fosse só gostoso, mas não, ele é gostoso e assustador. Assim não dá. Você sabe!

– Tudo bem. – Endireito as costas, mesmo sabendo que não consigo passar do meu 1,63 m, aliso minha camiseta e empino um pouco mais os seios, o que não faz sentido, já que estou de avental. – Pode ir ajudar os Thompson a pegar as coisas de que precisam para cuidar do Tutu?

– Claro. – Ela suspira aliviada, e eu respiro fundo antes de seguir em frente.

– Oi, a Kayan me disse que você está interessado em adotar um cachorro. É isso mesmo? – pergunto, fingindo não ter a menor ideia de quem ele é. O cara vira a cabeça na minha direção e seus olhos encontram os meus. Meu coração acelera. Todas as lembranças que tinha estavam erradas. Ele é muito mais gostoso do que eu recordava; os cabelos são mais escuros, os lábios mais carnudos e os olhos mais verdes.

– Você – diz ele baixinho, enquanto desce o olhar pelos meus cabelos, por meus seios, minha cintura e, em seguida, sobe lentamente, fazendo com que eu sinta cada centímetro do meu corpo exposto. – July – diz quando olha em meus olhos de novo.

– Como sabe meu nome? – pergunto, surpresa.

Ele olha para o meu peito e eu acompanho seu olhar, então vejo meu crachá sobre o avental.

– Ah – digo e me sinto uma idiota, levando a mão ao peito para cobrir a plaquinha de plástico.

– Wes. – Ele sorri.

– O que disse? – Hesito, arrependida por não ter forçado Kayan a fazer a droga do trabalho dela.

– Eu me chamo Wes.

– Bonito nome – murmuro, e, na mesma hora, penso que gostaria de ter nascido com o mínimo de noção. Vejo o sorriso dele se abrir. – Então, você quer adotar? – pergunto, sabendo que, se a resposta for sim, ele vai ganhar muitos pontos na escala da gostosura.

– Estou pensando. – Ele dá de ombros, enfiando as mãos nos bolsos da frente da calça jeans, fazendo com que a camiseta preta e puída que está usando marque seu peito e abdômen. Engulo em seco e mentalmente me repreendo até me recompor o suficiente para conseguir voltar a falar.

– Bem... – Pigarreio e estreito os olhos quando vejo que ele está sorrindo por perceber meu desconforto. – Me acompanhe – digo e sigo pelo corredor na frente dele, e então abro as portas duplas que levam ao canil nos fundos. Ouço quando dá uma risadinha, mas ignoro.

– Ali estão os cachorros e, ali, os gatos. – Balanço a mão para um lado e para o outro. – Volte para a recepção quando tiver escolhido. – Começo a passar por ele, mas o gostoso estende a mão e segura meu braço, na altura do bíceps, e eu paro, como se tivesse sido tomada por uma corrente elétrica.

– Calma, linda – Ao ouvir o tom da voz dele, meu coração para de bater e um arrepio percorre minha espinha. Afasto a mão e me viro para encará-lo, tentando parecer casual, apesar de meu coração agora estar batendo tão forte a ponto de me dar a sensação de que vai explodir.

– Precisa de mais alguma coisa? – pergunto.

– Pode me falar um pouco sobre alguns dos cães que vocês têm aqui?

Não! Estou gritando por dentro, mas minha cabeça, tonta como é, afirma que posso.

– O que quer saber? – questiono, orgulhosa porque minha voz sai normal, e não sussurrada, como pensei que sairia.

– Algum desses carinhas aqui é um bom cão de guarda?

– Sim, o Capone – digo para ele, caminhando em direção ao canil no fim do corredor. Capone precisa de um lar. Está conosco há mais de seis meses, mas ninguém quer o coitadinho. Ele é feio, mas muito amável. Se meu coração ainda não estivesse em frangalhos pela morte do Fera, anos atrás, eu mesma teria adotado o Capone. – Ele é bem mau. Capaz de matar se o olharem torto. – Wes olha pra mim, duvidando. – Não se deixe enganar, ele arrancaria seu rosto se tivesse oportunidade – digo, cruzando os braços e parando em frente ao cercado de Capone, que está sentado, com os grandes olhos caídos, olhando de um lado para o outro e de Wes para mim com os pelos da cabeça arrepiados e a língua comprida pendurada no canto da boca, onde alguns dentes estão faltando.

Olho para Capone e depois para Wes, que está olhando para mim, e alguma coisa em seu olhar faz minha respiração parar.

– Terceira – diz ele, num tom de voz tão grave que me deixa excitada e me faz soltar a respiração que estava segurando.

– Terceira o quê?

– Terceira vez que você zoa a minha cara.

– Capone é um perigo – insisto, e ele passa a mão sobre os lábios e me olha, sem pressa, de cima a baixo.

– Terceira vez que você me deixa com vontade de enfiar a língua nessa sua boca e te pegar, só pra você parar de ser engraçadinha. – Ele dá um passo na minha direção e, com o corpo, faz com que eu encoste na parede atrás de mim, levando a mão à minha cintura. Eu me perco em seus olhos e em suas palavras por um momento, mas então me lembro de onde estamos e de quem ele é. Quando ele inclina a cabeça em direção à minha, faço a única coisa que me ocorre: cubro a boca com a mão.

Ele afasta a cabeça e observa meu rosto, franzindo o cenho.

– Primeira vez que isso me acontece – ele murmura, mas não parece decepcionado, exatamente. – Você não quer me beijar? – pergunta, passando o nariz nas costas da minha mão, com a qual ainda cubro a boca. Minha mente grita: "Quero!", mas nego, balançando a cabeça.

– Que gracinha. – Ele passa o nariz pela minha mão até me roçar a orelha. – Aposto que quando eu entrar, não vou querer sair – sussurra, e engulo em seco, lutando contra a vontade de afastar a mão, virar a cabeça e beijá-lo, como meu corpo implora para que eu faça. – Aposto que você ficaria louca por mim assim que eu te tocasse. – Suas mãos pressionam meu corpo. – Aposto que você quer isso tanto quanto eu.

Ele respira fundo e passa a língua na pele atrás da minha orelha, fazendo meus joelhos tremerem. Já me apaixonei; já senti tesão, mas isso é algo novo, algo que faz com que eu sinta que todas as células do meu corpo querem que eu vá para mais perto dele, e isso me assusta demais. Eu me inclino e passo por baixo do seu braço, andando para trás até abrir um espaço de pelo menos quatro metros entre nós.

Só aí, tiro a mão da boca.

– E então, o que me diz? Quer adotar o Capone? – pergunto, ignorando o que acabou de acontecer.

Ele desfaz a carranca e sorri.

– Vou ficar com ele – diz, olhando para Capone e depois para mim.

– Sério? – pergunto, e meu coração acelera.

– Ainda preciso de um cão de guarda, mas vou levar o Capone também.

– Por que precisa de um cão de guarda?

– Tenho uma loja e, nos fundos, tem um estacionamento. Nas últimas semanas, alguém pulou a cerca e arrombou os carros, roubando rádios e outras peças.

– Não pode deixar um cachorro ao relento. – Olho para ele, séria.

– Eu não disse que faria isso. Você pode ir até lá para conferir.

– Não vai ser preciso – digo, e ele sorri com malícia.

– Então, você tem outro cachorro? Que seja mesmo perigoso? – ele pergunta, e eu fecho a cara.

– Cães não são perigosos. Donos idiotas de cachorros são perigosos.

– Tá... você tem um cachorro que seja protetor? – Suspiro e o levo aos fundos do abrigo, onde Max está. Max foi o único cachorro das lutas de cães que consegui salvar. É cego de um olho e indócil, mas eu o amo e não fui capaz de sacrificá-lo.

– Este é o Max. – Me agacho na frente do canil dele e enfio a mão entre as barras, coçando a sua cabeça de pelos escuros.

– O que aconteceu com ele? – pergunta Wes, agachando-se ao meu lado.

Penso que Max vai rosnar, mas ele só olha para o Wes e depois para mim.

Lentamente, o motoqueiro enfia um dedo na jaula e Max começa a lambê-lo, o que deixa meu coração mais leve. Detesto o fato de Max estar ali, preso em um canil o tempo todo.

– Ele estava aqui, certa manhã, quando vim trabalhar; quase morto, sem um dos olhos, e não conseguia andar. Naquele momento, percebi que ele tinha sido colocado para brigar e, obviamente, tinha perdido.

– Normalmente, quando cães perdem em briga, são mortos por perderem. – diz ele, algo que deixa meus olhos marejados.

– Eu sei – sussurro, acariciando a cabeça de Max. – Este foi o primeiro a ser trazido até aqui. Mas, de vez em quando, chego para trabalhar e encontro mais um. Max foi o único que consegui salvar até agora.

– Mas que merda é essa?

– Sei lá. – Fico em pé e caminho em direção a uma das salas de espera, então abro a porta. – Espere aqui dentro. Vou trazer Max para ter certeza de que vocês vão se dar bem. – Espero Wes entrar, fecho a porta, volto para pegar Max e o levo comigo até a sala.

– Oi, cara – Wes diz, acariciando a cabeça de Max quando ele se acomoda à sua frente.

Observo os dois por alguns minutos, e então pergunto:

– Quer ver se ele e Capone se dão bem ou só disse que queria levar os dois para poder ganhar pontos comigo?

Ele inclina a cabeça para trás e me analisa.

– Vá pegar o Capone, linda. Preciso ter certeza de que meus meninos se entendem – diz.

– Já volto – digo e saio da sala.

Na frente do canil de Capone, dou pulos de alegria, balançando as mãos. Ele me observa em silêncio enquanto os outros cachorros ficam em polvorosa. Prendo a guia na coleira para levá-lo para a sala. Quando entramos, Max não sai de onde está. Capone fareja a sala e depois pula no colo de Wes.

– Vocês dois combinam. – Sorrio ao vê-los, enfio a mão no bolso de trás e pego meu celular. Sem pensar duas vezes, abro a câmera e registro o momento. Abaixo a cabeça e olho para a foto, sem saber bem o que significa o frio que sinto na barriga.

– Quer jantar comigo?

Meu olhar encontra com o dele. Tenho lido muitos – muitos mesmo – livros de motociclistas, e nunca vi nenhuma história na qual um deles leva uma garota para jantar.

– Hum... – hesito.

– Conheço um restaurante mexicano ótimo.

– Mexicano? – repito.

– Se quiser outra coisa... – Ele dá de ombros.

– Gosto de comida mexicana. – Pigarreio e olho para Max e Capone.

– Hoje à noite?

Olho para ele de novo. Wes está com uma das mãos em Capone e a outra em Max, dois cães que eu pensei que seriam forçados a viver o resto da vida em jaulas. Ele os está salvando, e isso me diz muito mais do que se o conhecesse há semanas.

– Certo – concordo, e me afasto do banco quando ele fica em pé. – Vamos tirá-los daqui, meninos.

Não demora muito para preenchermos a papelada necessária e, quando terminamos, ajudo a colocar os dois cachorros no Escalade de Wes.

– Até mais tarde.

– Até mais tarde – confirmo, olhando para ele.

Wes entra na caminhonete e fecha a porta, colocando os óculos. Meneia a cabeça na minha direção e eu aceno. A caminhonete combina com ele, assim como a moto. Wes fica lindo ao volante do veículo.

Procuro meu celular no bolso para ter certeza de que ainda está ali depois de Wes ter gravado seu número. Entro e paro na mesma hora em que Kayan olha para mim sorrindo.

– O que foi? – pergunto, e ela contrai os lábios para não rir. – Ai, dá um tempo – digo, voltando para dentro do consultório e fechando a porta.

Tenho um encontro. Um encontro com um motociclista gostoso que acabou de adotar dois cachorros. Sim, eu tinha razão na primeira análise que fiz dele: estou perdida.

Capítulo 2

Eu me olho no espelho e viro de um lado para o outro. Estou usando uma jaqueta em estilo quimono, que combinei com uma camiseta vermelha e calça capri escura. Vou até o closet e pego as sandálias bege de salto plataforma com tiras que envolvem meu tornozelo. Eu as amarro e caminho de volta para o banheiro. Aplico um pouco de pó bronzeador, blush e carrego no rímel. Mexo nos cabelos no topo da cabeça e me curvo, usando um pouco de spray antes de jogar a cabeça para trás, puxando as pontas para baixo para que fiquem por cima dos meus seios. Eu não pareço a namorada de um motociclista, mas estou bonita.

Vou até meu jipe e jogo minha bolsa no banco. Demora dez minutos para chegar ao restaurante onde Wes pediu para encontrá-lo, e, quando chego, o estacionamento já está cheio de carros e motos. A primavera está acabando, então as noites estão quentes, e todo o pátio ao ar livre está tomado por clientes que preferem comer do lado de fora, sob as estrelas.

Meu celular começa a tocar e atendo sem checar quem é.

– Alô?

– Linda, o estacionamento está cheio.

– Eu sei, não tem vaga.

– Vou te seguir até em casa e você pode voltar comigo de carona – ele diz, mas não sei se seria inteligente da minha parte. Acho que não serei capaz de ficar com as coxas grudadas nele, ou com as mãos ao redor de seu corpo.

– Linda?

– Oi?

– Vou te seguir. Eu me viro e o vejo subindo na moto com uma camisa xadrez azul e preta com as mangas enroladas, com os botões de cima abertos o suficiente para ver a camiseta que ele usa por baixo, calça jeans e botas pretas.

– Tudo bem – sussurro, saindo do estacionamento e voltando para a rua. Ele me segue durante os poucos minutos até a minha casa. Estaciono em frente à garagem, saio rapidamente e o encontro na parte de trás do meu carro.

– Você quer pegar seu capacete? – pergunta.

Olho para a bolsa que estou segurando e percebo que, se vou com ele, preciso aliviar a carga.

– Volto já – murmuro, abrindo a porta do carro, e me inclino sobre o banco para apertar o botão da garagem. Enquanto caminho, ouço:

– Linda.

– Oi? – Eu me viro para olhar para trás. – Você está uma gata.

Sinto o estômago revirar, não de medo, mas de ansiedade.

– Obrigada. – Sorrio, balançando a cabeça, e entro na garagem. Tiro as coisas de que preciso da bolsa e as enfio no sutiã e nos bolsos. Depois, sigo na direção dele, levando meu capacete.

– Trancou o carro? – ele pergunta, descendo do assento da moto e pegando o capacete das minhas mãos.

– Sim – sussurro quando seu cheiro me envolve. Com os dedos, ele prende meu cabelo atrás das orelhas e então coloca o capacete sobre minha cabeça, fechando a presilha sob meu queixo.

– Está bom assim? – pergunta, e confirmo, balançando a cabeça, quando ele sobe na moto novamente. Eu ando de moto desde os 15 anos, implorava para minha mãe me ensinar a pilotar. Nós duas gostávamos de motocicletas, e meus tios e primos adoram Harleys, então acabei entendendo bastante sobre o assunto. Mas nunca andei na garupa de um homem por quem me sentisse atraída.

Eu me sento, e, assim que me acomodo, ele leva as mãos para as minhas panturrilhas, e me puxa com mais força contra ele.

– Segure em mim com força – diz ele, olhando para mim. Coloco as mãos na sua cintura e aperto um pouco mais quando a moto arranca, o que é um grande erro, pois sinto uma firmeza que nunca senti antes sob as mãos. Eu nem sabia que abdômen trincado era algo que de fato existia. Por mais vontade que eu sinta de apalpá-lo para ver se o que acho que estou sentindo é mesmo real, tento ficar imóvel.

Quando entramos no estacionamento, afasto as mãos depressa e desço da moto. Tiro o capacete e me inclino, remexendo meus cabelos antes de jogar a cabeça para trás.

– Você precisa observar quem está por perto quando fizer coisas assim – diz Wes, segurando meu quadril.

– O quê?

– Essa coisa de se curvar e jogar os cabelos, que acabou de fazer. – Olho para ele e vejo que está fitando a área de alimentação ao ar livre, onde há um grupo de caras nos observando. Ignoro o comentário e sigo na direção do restaurante, ou pelo menos tento, mas ele enfia os dedos no passante do cinto do meu jeans e me puxa para acompanhá-lo. Então Wes coloca o braço em volta da minha cintura e me aperta junto à lateral de seu corpo.

– Quantas pessoas? – pergunta uma bela garota espanhola assim que entramos no restaurante.

– Duas – Wes diz, e ela nos leva a uma mesa perto do bar e nos entrega os cardápios, dizendo que um garçom logo irá nos atender.

Encaro Wes e nossos olhares se encontram. Mordo o lábio e levanto o cardápio. A intimidade de estar à mesa com ele faz com que eu me sinta inesperadamente nervosa.

– Oi, cara...

Eu me viro e vejo um homem que está vestindo algo parecido com as roupas de Wes, mas ele usa uma camisa xadrez vermelha e azul sob um colete.

– E aí? – Wes aperta a mão dele e os dois começam a falar sobre motos, ou sobre alguma porcaria que eu não entendo. Olho para Wes, que parece nem se lembrar mais de que estou ali, e então resolvo testar a minha teoria pedindo licença para o amigo dele e dizendo a Wes que vou ao banheiro. Ele nem sequer olha para mim. Saio de perto deles e vou ao toalete, e em seguida volto para a mesa. O cara ainda está lá e agora ocupa meu lugar, e há uma cerveja na frente de cada um. Fico ali esperando por alguns minutos, querendo ver se Wes percebe que estou presente, mas ele não me procura com os olhos.

– Que se dane – sussurro, e de repente me sinto péssima. Pego meu celular e chamo um táxi, depois vou até a moto de Wes e pego meu capacete, que está no assento. O táxi demora três minutos para chegar, e assim, que me acomodo no banco traseiro, meu celular começa a tocar. Recuso a chamada e repito a ação mais duas vezes. Quando chegamos à minha casa, dou uma nota de dez para o taxista e digo que ele pode ficar com o troco.

Enquanto subo o caminho que leva à porta da frente, escuto o ronco de uma moto. Entro, fecho a porta, tiro as coisas dos bolsos e do sutiã e coloco tudo sobre a mesa da entrada.

– Abra a porta, July. Sei que está aí – Wes grita do lado de fora, mas eu o ignoro. Vou até o quarto, tiro a blusa de cima e a sandália, e volto para a sala de estar. Mas acabo abrindo a porta quando vejo que ele começa a bater com tanta força que faz os quadros da parede tremerem.

– Pois não? – Eu levanto uma sobrancelha e ele estreita os olhos.

– Você quer dar uma de espertinha depois de me largar sozinho?

– Ah, querido, você não entendeu. – Dou um sorrisão, abro a porta de tela e saio para a varanda, fechando a porta em seguida. – Você disse que eu te larguei sozinho, não é? – pergunto, cruzando os braços.

– Você me largou – diz ele, num rosnado.

– Interessante – murmuro, apoiando o peso nos calcanhares, olhando para ele. – Fiquei sentada na sua frente por quinze minutos, me levantei da mesa e você nem percebeu. Saí, voltei, fiquei do lado da mesa por cinco minutos até me cansar e ir embora. Não sei com que tipo de mulher você está acostumado a lidar, mas não sou uma delas. Tenha uma boa vida, Wes – digo, abro a porta e entro, trancando-a.

Eu me jogo no sofá por um minuto e cubro o rosto com as mãos. Não era assim que eu esperava que minha noite acabasse. Depois de alguns minutos, me levanto e vou para a cozinha, pegando Juice no caminho e deixando seus ronronados baixos acalmarem meu ego ferido. Então vou até Shock para ver como ele está e coloco Juice no balcão, pegando uma das tigelas grandes de um armário e uma caixa de cereal de outro. Encho a tigela até a metade e vou para a geladeira pegar leite, então despejo um pouco por cima do cereal. Pego uma colher do suporte sobre o balcão e levo a tigela comigo, indo em direção ao meu quarto, quando ouço outra batida na porta.

– O que foi? – pergunto, passando o braço em torno da tigela de cereal enquanto abro a porta.

– Você não vai comer isso. Eu pedi uma pizza – diz Wes assim que vê minha tigela de cereal.

– Você está bêbado? – pergunto quando ele passa por mim, entrando em casa e tirando a tigela da minha mão.

– Não, e não faça aquela merda de novo, a menos que queira uns tapas na bunda. – Ignoro o comentário e o acompanho. – Sean tinha algumas informações de que eu precisava, então nem pensei. Acabei entrando no modo de trabalho. – Ele vai até a cozinha, coloca minha tigela de cereal na pia e abre a torneira.

– Você não acabou de fazer o que fez – sibilo enquanto vejo meu cereal preferido ir pelo ralo, literalmente.

– Eu pedi pizza para nós.

– Você ouviu a parte em que eu disse "tenha uma boa vida"?

– Estou ignorando aquilo porque sei que você está chateada, mas também sei que vai superar.

– Superar? – Respiro fundo e observo enquanto ele tira o colete e o coloca nas costas de uma das cadeiras.

– Você é diferente de todas as mulheres com quem eu já estive antes. – Wes passa a mão pelo queixo, e noto que ele não disse "namorei".

– Não me diga. – Balanço a cabeça, cruzando os braços, e ele esboça um sorriso.

– Também sei que é por isso que estou atrás de você. Posso conseguir uma mulher sempre que eu quiser. Mas alguém com quem me vejo tendo um futuro... – Ele balança a cabeça. – Nunca encontrei.

– Hum... eu acabei de te conhecer, e detesto ter que destruir esse castelinho de ilusão, mas você não é alguém com quem eu me veja tendo um futuro. Não consigo nem sequer me imaginar em um segundo encontro com você.

– Veremos – ele murmura, caminhando até a gaiola de Shock.

– Não, não veremos. Você precisa ir embora. – Pego o colete e vou em direção à porta, esperando que ele me siga, mas, quando abro, o entregador de pizza está parado ali, com a mão levantada, prestes a bater. Droga. Dou um passo para trás quando Wes entra na minha frente e conversa com o entregador.

– Linda, leve isso para a cozinha. Vou pagar a pizza – diz ele, e entrega a caixa para mim enquanto tira a carteira do bolso de trás da calça.

Fico ali por um momento, olhando para ele como se fosse louco, mas depois, como uma idiota, levo a pizza para a cozinha e a coloco em cima do balcão. Então, coloco o colete dele de volta nas costas da cadeira e fico ali, na cozinha, com os braços cruzados, esperando por Wes.

– Você pega os pratos? – pergunta quando aparece.

– Não.

– Você é sempre tão difícil?

– Eu gostaria de te lembrar que nós saímos para jantar, mas você me ignorou – digo com arrogância.

– Eu te disse que era coisa de trabalho.

– E eu disse que não estou nem aí.

– Mas tenho certeza de que você acredita em dar uma segunda chance. A maioria das pessoas, principalmente um veterinário, veria Capone e Max e os sacrificaria, mas você não fez isso.

Aquilo foi um golpe baixo. Olho para ele e minha intuição me diz para dar uma segunda chance, mas meu cérebro está gritando comigo, dizendo que, se eu fizer isso, minha vida estará arruinada.

– Nós podemos ser amigos – contemporizo, e ele sorri.

– Claro, linda. Amigos – murmura ele, e então se aproxima de mim, e eu cubro meus lábios de novo quando vejo seus olhos voltados para eles. – Não se preocupe. Só vou te beijar quando você estiver implorando – diz ele. Dou risada e ando um passo para trás, estendo a mão livre e abro o armário onde ficam os pratos. Pego dois e os entrego para ele, e então tiro a mão da boca quando abro a geladeira para pegar duas cervejas.

Ele abre a caixa de pizza e o cheiro chega ao meu nariz, fazendo meu estômago roncar.

– Eca, você pediu Havaiana e Suprema. – Torço o nariz. Ele olha para mim e hesita enquanto contraio os lábios para não sorrir.

– Você é um pé no saco – murmura, balançando a cabeça e sorrindo enquanto coloca uma fatia de cada em um prato e o entrega para mim, antes de fazer a mesma coisa para si mesmo. Volto para a sala de estar, e ele me acompanha, colocando o prato e a cerveja na mesa de canto enquanto olha ao redor.

– Onde está a TV? – pergunta, confuso.

– No meu quarto – digo, dando uma mordida na pizza.

– Você só tem uma TV? – Ele franze a testa, e eu franzo também.

– Sim, por quê? Quantas você tem?

– Duas. – Ele dá de ombros.

– Quando estou em casa, costumo ficar no meu quarto – digo, observando ele dar uma mordida na pizza. *Como é possível ser sexy enquanto come?*, penso, e então percebo que esqueci os guardanapos. Com certeza vou precisar deles. Coloco o prato na mesinha, me levanto e vou para a cozinha, pego algumas toalhas de papel do rolo, volto e as entrego a ele.

– Obrigado – murmura, tomando um gole de cerveja.

– E aí, o que você faz? – pergunto, sentando no sofá e dobrando as pernas.

– Eu e alguns dos meus irmãos temos uma loja de motos e de peças – diz, limpando a boca em seguida.

– Irmãos, tipo irmãos de sangue mesmo ou irmãos tipo "Esse cara é meu irmão"? – pergunto, dando um soco no ar.

– É tudo a mesma coisa. – Ele sorri. – Nós fomos para o exército juntos, e, quando saímos, há alguns anos, decidimos nos estabelecer e começar um negócio.

– Que legal – murmuro, tomando um gole da cerveja e tirando a borda da pizza para comer o resto.

– E você? Há quanto tempo é veterinária?

– Alguns anos.

– Quantos anos você tem? – pergunta, e sinto minha pele esquentar enquanto seus olhos percorrem meu corpo.

– Vinte e seis. – Dou de ombros e continuo comendo quando ele faz uma expressão de dúvida. – Concluí o ensino médio aos 17 anos e logo entrei na faculdade. Eu sabia que queria ser veterinária desde pequena, então trabalhei muito até realizar meu sonho.

– Por quê? – pergunta, e sinto um aperto no peito.

– Nós tínhamos um cachorro quando eu era criança, e o nome dele era Fera. Era um dogue alemão preto e branco, meu melhor amigo. Quando ele ficou mais velho e adoeceu, eu soube que um dia queria poder ajudar outras pessoas que amavam seus animais tanto quanto eu amava o Fera – sussurro, tomando outro gole de cerveja, esperando afastar a dor de falar sobre o meu melhor amigo.

– É por isso que você não tem um cachorro? – pergunta, compreendendo, e eu confirmo com a cabeça.

– Não quero substituí-lo.

– Entendo – diz, colocando o prato vazio e a cerveja na mesa.

– Quantos anos você tem? – pergunto, imitando o gesto dele, mas ainda com a cerveja na mão.

– Vinte e nove. Então, há quanto tempo você anda de moto?

– Desde os 15 anos. Minha mãe foi quem me ensinou a pilotar. Meu pai odeia, mas sabe que não pode me impedir. Era um dos passatempos da minha mãe e algo que só ela e eu compartilhamos, então isso torna tudo muito mais especial.

– Você tem irmãos?

– Tenho quatro irmãs, todas mais novas e na faculdade. – Sorrio. – E você? Algum irmão?

– Não, sou filho único, criado por uma mãe solteira.

– Como você veio parar no Tennessee?

– Minha mãe mora em Nashville, e, quando fui visitá-la, passei por esta cidade e gostei da atmosfera. Então conversei com os caras, fizemos as malas, pegamos nossas motos e viemos da Califórnia para cá.

– Isso deve ter sido assustador, hein?

– Nenhum de nós tinha nada a perder – ele responde, e tento pensar em outra coisa para dizer, olhando ao redor da sala de estar e me perguntando por que não comprei outra TV.

– Você quer ir para a cama comigo? – pergunto, e em seguida cubro a boca com a mão e arregalo os olhos.

– Claro. – Ele sorri e eu cubro o rosto.

– Quero dizer, você quer assistir TV comigo? – corrijo, olhando para ele pelos espaços entre meus dedos.

– Eu sei o que você quis dizer. – Wes ri, e sinto sua mão no meu joelho. Tiro as mãos do rosto e olho para ele, balançando a cabeça, envergonhada.

– Só vou limpar essas coisas – murmuro, levantando e pegando meu prato.

– Eu ajudo – ele oferece, pegando o prato da minha mão e levando também o dele. Pego sua garrafa de cerveja e o sigo até a cozinha, observando sua bunda enquanto ele está em movimento. – Você está olhando para a minha bunda?

– Com certeza. – Sorrio, passando por ele para ir até a lata de lixo.

– Merda – murmura ele, mas percebo que está sorrindo. – Você ficou com o pássaro – ele comenta, parando em frente à gaiola de Shock.

– Sim, ele provavelmente não conseguirá voar de novo. A asa não curou como deveria. – Sorrio quando Shock pia no momento em que Wes enfia o dedo na gaiola. – Quer outra cerveja?

– Claro. – Abro uma para ele e outra para mim, e vamos até o meu quarto. Coloco a cerveja em cima do criado-mudo e subo na cama. Observo enquanto ele caminha para o outro lado, sua presença fazendo o espaço parecer pequeno. Sinto um incômodo ao lembrar que meu ex-namorado era alérgico a gatos, então sempre ficávamos na casa dele, e os únicos caras que estiveram ali desde que me mudei foram meus primos.

Tento sentir o que ele vê quando observa meu quarto. Pintei as paredes de um azul-claro que combinam com o tom de uma cadeira antiga que coloquei no canto. As cômodas e os criados-mudos são antigos também, e, além de terem designs diferentes, são na cor creme, lascados e descascando, dando um pouco de personalidade ao ambiente. Uma colcha branca com babados fica por cima de um grande edredom. Claramente é um quarto feminino, mas não está repleto de flores cor-de-rosa.

Observo quando ele tira as botas e sobe na cama, encostando-se na cabeceira, esticando as pernas e cruzando-as. Solto um suspiro, ligo a TV, e Juice decide sair do esconderijo, pular na cama e subir no meu colo.

– Você gosta de gatos? – pergunto enquanto passo meus dedos nos pelos macios de Juice.

Ele olha para mim e vejo seus olhos verdes brilharem antes de ele responder:

– Eu adoro uma gata.

Começo a rir e escondo o rosto no pelo de Juice. Ouço Wes rir, balanço a cabeça e entrego o controle remoto.

– Pode escolher qualquer coisa – digo, e me deito de lado com Juice enrolado contra minha barriga.

Wes zapeia pelos canais por alguns minutos e para no filme *De volta para o futuro*. Ele se inclina ainda mais para trás, colocando uma das mãos na nuca e descansando a que segura o controle remoto em seu abdômen. O desejo de me aproximar dele quase chega a doer, mas continuo ali, controlando a minha respiração.

– Então... podemos pelo menos nos abraçar? – pergunta, e inclino a cabeça para olhar para ele. Em seguida, sem pensar muito, afasto Juice e me aproximo. Seus olhos se arregalam. Ele se move e levanta o braço. Deito a cabeça em seu peito, colocando as duas mãos embaixo do rosto, e levanto os joelhos, encostando-os em seu corpo.

– Foi fácil – murmura ele, passando o braço ao redor do meu corpo.

O que posso dizer? Sou uma garota, gosto de fazer carinho. E ninguém em sã consciência negaria um pedido dele.

– Linda...

Estou tão confortável que não quero abrir meus olhos nem me mover.

– Hum? – murmuro.

– Preciso sair.

– Mais tarde – murmuro.

– Linda.

– O que foi? – resmungo, e ele começa a rir.

– Você precisa trancar a porta.

– Está tudo bem. Não preciso trancar a porta – resmungo.

– Minha linda. – Abro um olho e olho para ele. – Vamos lá. – Ele me puxa para fora da cama e me coloca em pé.

Bocejo, tropeçando para fora do quarto. Abro a porta da frente enquanto ele vai para a cozinha para pegar o colete e vesti-lo. Quando vem em minha direção, cubro minha boca, e ele sorri.

– Roubei um beijo enquanto você estava dormindo.

– Mentiroso – digo quando ele para na minha frente.

– Eu disse que só vou te beijar quando você me implorar. – Afasto a mão da boca e mordo o lábio quando olho para os dele.

– Obrigada pela pizza, Wes – digo, agora olhando para seus olhos.

– Eu te ligo, minha linda.

– Claro. – Aceno. Ele se inclina e beija minha testa, me pegando de surpresa.

– Tranque a porta – diz, olhando pra trás, e eu reviro os olhos, mas os arregalo em seguida quando me dou conta de uma coisa. Cresci ao redor de homens-alfa durante toda a minha vida, homens como meu pai e meus tios, e, enquanto observo Wes caminhar até sua moto, percebo o tipo de homem que ele é.

– Linda, tranque a porta – ele grita, subindo na moto. Fecho a porta, passo as duas trancas, vou até as persianas e olho para fora quando ele se afasta.

– O que foi que eu fiz? – sussurro enquanto o observo.

Capítulo 3

— Ei, o que você está fazendo aqui? – pergunto para Jax quando abro a porta.

– Preciso usar o seu chuveiro.

– Por quê? – pergunto, vendo que ele está carregando uma bolsa grande.

– O aquecedor de água quebrou e eu não tenho tempo para esperar o cara da manutenção consertar. Tenho um compromisso.

– Oh... bem, você sabe onde fica. – Estendo o braço para ele entrar, e então vou para a cozinha, começo a fazer café, ponho comida para Juice e limpo a gaiola de Shock. Quando o café fica pronto, levo a xícara para o meu deque junto com o Kindle e começo a ler.

– O que você está fazendo aqui, porra? – Ouço um grito através do vidro da porta de correr e me levanto rapidamente. Colocando as coisas na mesa, abro a porta e entro na sala de estar, onde vejo Wes em pé na entrada de casa com Jax, que está na frente dele, com uma toalha ao redor da cintura.

– O que você está fazendo aqui, porra? – Jax pergunta a Wes em vez de responder, e eu entro no meio deles. Empurro meu primo para trás e fico na frente de Wes.

– Vá terminar de tomar banho – digo para Jax, empurrando-o para longe.

– Você está de brincadeira comigo? – Wes vocifera, mas fico olhando para meu primo até vê-lo voltar para dentro do banheiro, e então encaro Wes.

– O que você está fazendo aqui? – pergunto, olhando para baixo, e vejo que está fazendo malabarismos com dois copos de café e uma sacola. Meu coração se derrete ao perceber que ele me trouxe o café da manhã.

– O que estou fazendo aqui? Você está brincando comigo? – Olho para cima na mesma hora e meus olhos encontram os dele. – Eu te deixei aqui ontem à noite e você já está com Jax Mayson em sua casa, tomando banho? E agora quer saber o que eu estou fazendo aqui?

Suas palavras são como um soco no estômago enquanto seus olhos vagueiam por mim e me veem com uma camisa comprida que esconde a calcinha shorts que estou usando. Ele balança a cabeça e murmura antes de se afastar:

– Cadelas.

Fico ali por um segundo enquanto meu estômago sobe até a garganta, e observo quando ele abre a porta da caminhonete. Minha mente está abalada pelo que ele acabou de dizer.

– Você disse que o nome dele é Jax Mayson, certo? – grito. Ele olha para mim e balança a cabeça. – Bom, seu idiota, meu nome é July Mayson. Ele é meu primo, e você é um babaca – grito mais uma vez, bato a porta e volto pelo corredor até meu quarto. Visto a roupa de trabalho rapidamente e calço os sapatos. Nem me preocupo com a maquiagem. Só prendo os cabelos em um rabo de cavalo, caminho até o banheiro de hóspedes, bato na porta, chamo Jax, aviso que estou saindo e peço para ele trancar a porta.

Vou até a garagem, pego o capacete e enfio a bolsa embaixo do assento da moto. Coloco o capacete e aperto o botão do controle remoto do portão da garagem. Subo na moto e saio, percebendo que Wes ainda está parado na frente de casa. Fecho a garagem, guardo o controle no bolso e mostro o dedo do meio para ele, ao mesmo tempo em que tento matá-lo com meu olhar maligno.

Quando chego ao trabalho, olho para o celular e vejo que Wes ligou a cada minuto desde que saí de casa. Desligo a porcaria do aparelho e sigo para o consultório. Assim que me aproximo da entrada, vejo uma grande massa escura diante das portas duplas, e na mesma hora sinto o peito apertar, porque sei exatamente o que é. O dia já está horrível e isso só piora tudo.

– Ei, amigo – sussurro, agachando-me na frente do cachorro, que tem sangue saindo da boca e dos ouvidos. Ele mal consegue erguer a cabeça e seus olhos se fecham. Eu me aproximo e vejo que sua respiração está cada vez mais fraca e espaçada, e o sangue que sai do nariz é um sinal de que ele não vai resistir. Vou para a parte de trás do prédio, entro pela porta dos fundos, deixo minha bolsa e pego uma maca pequena. Carregando-a para a frente, cuidadosamente coloco o cão em cima dela, antes de levá-lo para dentro.

– Outro? – pergunta Kayan enquanto examino o animal. Preciso ver se há algo que eu possa fazer para salvá-lo antes de, infelizmente, colocá-lo para dormir.

– Sim – sussurro enquanto me obrigo a aceitar que não há nada a fazer. Lágrimas enchem meus olhos, mas me controlo e faço meu trabalho, cuidando para que ele esteja confortável antes de aplicar a injeção que vai ajudá-lo a dormir e não acordar mais.

– Quer que eu chame seu tio? – pergunta Kayan enquanto caminhamos em direção à recepção.

– Não, já liguei. Ele está checando as câmeras. Disse que vai passar por aqui hoje.

– Você está bem? – pergunta ela, olhando para mim.

Solto um longo suspiro e depois conto o que aconteceu com Wes na noite anterior e naquela manhã. Quanto mais eu falo, mais boquiaberta ela fica, e, quando termino, seu queixo está quase batendo no chão.

– Então... Não estou muito bem.

– Eu aposto que não – ela murmura, e em seguida se recosta na cadeira. – Você não o beijou?

– Não. – Nego com a cabeça e sorrio quando ela sussurra:

– Uau...

– Ele é um idiota e eu estou feliz por ter descoberto agora, e não tarde demais.

– Sim. – Ela balança a cabeça, mas seus olhos brilham. – E aí, como o Jax fica só de toalha?

– Você sabe que ele é meu primo, certo? – Fecho a cara, olhando para ela.

– Sim, e seu primo é gostoso.

– Você é maluca. – Reviro os olhos e caminho pelo corredor, avisando que estarei na sala dos fundos.

– Você viu alguma coisa no vídeo?

– Nada, querida – diz meu tio Nico, com um suspiro.

– Não sei o que devo fazer – murmuro.

Assistindo ao vídeo das câmeras de segurança, a única coisa que se via eram as lanternas de um carro e a silhueta de alguém vestindo jeans e um capuz preto, carregando o cachorro e colocando-o na entrada da clínica.

– Você não vai fazer nada.

– Certo – digo, mas um plano começa a se formar na minha cabeça.

– Vamos descobrir, querida. – Meu tio me dá um abraço e eu retribuo, e então o acompanho até a porta da frente e observo enquanto ele parte com a caminhonete. Vou até onde Kayan ainda está olhando pela porta.

– Ele é bem gostoso pela idade que tem.

– Quer parar de cobiçar meus familiares? – Dou risada.

– Ah, me deixa. – Ela sorri, mas, em seguida, fica séria. – Ele te disse alguma coisa?

– Nada, mas tenho uma ideia. O que acha de armarmos uma vigília?

– Uma vigília? – Seus olhos brilham e ela abre um sorriso, destacando ainda mais seus belos traços. – Claro que sim, estou nessa.

– Certo, vamos começar amanhã.

– Boa. Hoje à noite podemos ir às compras.

– Para comprar o quê? – pergunto, e ela olha para mim como se eu fosse louca.

– Nós precisamos de equipamentos, roupas pretas e uma câmera. Talvez algum tipo de dispositivo que nos permita saber quando alguém está se aproximando. Não sei bem, mas imagino que a loja de equipamentos da polícia tenha algumas coisas que poderemos usar.

– A minha ideia, na verdade, era ficarmos no meu jipe e esperar até alguém se aproximar. – Fecho a cara, e ela bufa.

– Você tem muito a aprender.

– E onde você aprendeu sobre espionagem?

– Na TV. – Ela dá de ombros, e olha para a esquerda quando a sineta da porta toca. – Opa... – diz ela quando Wes entra.

– Posso falar com você? – ele pergunta, me observando.

– Desculpe, você tem horário marcado? – Inclino a cabeça para o lado, encarando-o.

Ele olha para Kayan, se inclina ligeiramente sobre o balcão, e pega o calendário que está na frente dela. Em seguida, puxa uma caneta do porta-lápis e escreve seu nome em um dos espaços.

– Parece que sim. – Ele coloca o calendário de volta no balcão.

– Ótimo, me acompanhe – murmuro, e o levo para uma das salas de exame. Lá dentro, vou para o outro lado do balcão. – O que posso fazer por você, Sr. Silver?

Ergo uma sobrancelha, pronunciando o sobrenome dele. Descobri no dia anterior, enquanto preenchíamos sua ficha.

– Porra. – Ele passa a mão pela cabeça e desce até o queixo, coberto por uma barba rala. Sinto vontade de me esfregar nela.

Não, você não quer se esfregar nela, lembro a mim mesma.

– Não tenho o dia todo – digo, fazendo questão de olhar para o relógio.

– Eu não deveria ter tirado conclusões precipitadas.

– É mesmo?

– Fui ver você e Jax atendeu a porta enrolado na porra de uma toalha, e então te vi usando só uma camiseta. Fiquei puto.

– Eu estava de short.

– Como?

– Eu estava de short por baixo da camiseta – digo, e então me pergunto por que estou me explicando, já que não importa.

– Eu não deveria ter dito aquilo.

– Não deveria, mesmo.

– Você pode me perdoar?

Vejo que está sendo sincero. Ainda estou muito brava, mas, no final das contas, não importa.

– Claro que sim, pedido de desculpas aceito. – Estendo a mão e ele olha para baixo, suas linhas de expressão ficando mais profundas.

– Porra – sussurra e volta a olhar em meus olhos.

– Bem, se era só isso, preciso muito começar a trabalhar. – Caminho até a porta e a abro. – Até mais, Wes. – Saio e vou para uma das outras salas de exame. Ouço a voz de Kayan enquanto espero atrás da porta fechada até ouvir a sineta da entrada tocar, sinal de que ele se foi. Só então saio da sala.

– Então, o seu motociclista acabou de estragar o meu calendário – resmunga Kayan. Espio por cima do balcão para ver sobre o que ela está falando, e em todos os dias, ao meio-dia, ele escreveu: “Almoço com Wes”.

– De jeito nenhum – digo, e ela olha para mim, em dúvida. – Estou falando sério.

– Tudo bem – ela sussurra, olhando para o calendário, mas eu ainda consigo ver seu sorrisinho irônico.

– Preciso de uma bebida.

– Sim, uma bebida forte feita de motociclistas gostosos.

– Cala a boca – digo, tomada pela decepção. Wes é gostoso, esquentadinho, e obviamente um cara com questões a resolver, então, infelizmente, nós nunca iríamos adiante. Mas isso não significa que eu não desejasse que as coisas tivessem sido diferentes.

– Seu paciente das duas da tarde chegou – disse Kayan, e saio da inércia que toma conta de mim.

– Obrigada. – Sorrio para a família do meu paciente e me ajoelho para cumprimentar Cloyed, uma Yorkshire muito animada que me faz desejar que os homens fossem tão fáceis de entender quanto os cães.

O resto do dia passa depressa entre os pacientes e os retornos que tenho que atender. Só saio da clínica quando já está escuro. Deixo Kayan ir às compras sozinha, e me arrependo disso na noite seguinte, quando ela me mostra o que comprou.

– Não vou vestir isso. – Olho para o body preto que ela acaba de tirar da sacola que colocou em cima da minha cama.

– Vai, sim. – Ela sorri, vai até o banheiro, e volta minutos depois vestindo um traje preto com o zíper aberto no decote e um par de botas pretas que vão até o joelho, com saltos de oito centímetros. Seu cabelo preto está preso em um rabo de cavalo alto e ela fez um delineado preto nos olhos.

– Vamos lá! Vá se vestir. – Ela me empurra em direção ao banheiro e eu obedeço sem nenhuma vontade, fazendo uma carranca enquanto visto a roupa. Não faço ideia de como ela me convenceu a topar aquilo. Deixo os cabelos soltos. O body evidencia cada curva e cada furinho de celulite do meu corpo. Não tenho escolha a não ser deixar a parte de cima do zíper aberta, porque meus seios são tão grandes que o fecho provavelmente vai estourar. Quando saio, ela está no meu closet pegando um par de botas que usei uma vez no Halloween. Basicamente são botas de stripper, brilhantes com saltos de quinze centímetros.

– Não estou muito segura em relação a isso – digo e fecho a cara.

– Nós precisamos nos disfarçar – diz ela, e minha carranca só fica mais intensa.

– Precisamos nos disfarçar de quê? Strippers? – pergunto e ela ri, me dando as botas, que calço com relutância.

Entramos no meu jipe e vamos até a clínica. Estacionamos a uma certa distância, num lugar completamente escuro. Já passa das dez da noite, e, pelo registro de data e hora do vídeo, sei que quem quer que tenha deixado o último cachorro, fez aquilo depois da meia-noite.

– O que é isso? – pergunto enquanto Kayan puxa uma bolsa do banco de trás.

– Suprimentos – murmura, distraidamente, e começa a puxar os itens para fora. O primeiro deles é uma câmera, que ela coloca no painel. Depois, dois walkie-talkies, que coloca ao lado da câmera, e, em seguida, uma garrafa térmica e uma caixa de donuts cobertos com açúcar pulverizado, que mantém no colo.

– Acho que você está levando isso longe demais.

– O cara da loja de equipamentos de segurança nem me deixou pegar tudo o que eu queria.

– O quê? – Dou risada.

– Eu queria pegar uma daquelas coisas que a gente coloca na rua para furar pneus, mas ele me disse que só policiais podiam comprar, assim como as bombas de gás.

– Nossa. – Olho para ela, que sorri.

– Isso vai ser muito divertido – Kayan diz e eu balanço a cabeça, incrédula, olhando para a frente. À uma da manhã, estou prestes a desistir e ir para casa, quando luzes piscam e uma caminhonete entra no estacionamento. Cutuco Kayan, que havia adormecido depois de comer toda a caixa de donuts e de beber toda a garrafa térmica de chocolate quente.

– O que foi? – murmura. Eu a cutuco com o cotovelo novamente. Ela olha para a frente quando assobio. – Eles estão aqui.

– Ah, merda – sussurra, puxando a câmera do painel.

Pego meu celular e ligo para um dos veterinários, Mark, que está trabalhando comigo nos últimos meses. Digo que ele precisa ir ao consultório para cuidar do cachorro que acabou de ser deixado e peço que ligue para o técnico veterinário de plantão. Ele concorda. Observo a pessoa deixar o cachorro na porta e depois voltar para a caminhonete.

Meu ímpeto é ir até o pobre animalzinho, mas sei que em breve alguém estará ali para ajudá-lo, para que eu possa seguir a caminhonete. Preciso tentar descobrir mais alguma informação. Quando a pessoa volta para a caminhonete e parte, confiro se os faróis estão desligados, e só então dou a partida no jipe para sair do estacionamento.

– Para onde ele está indo? – pergunto quando saímos da cidade e entramos em uma das estradas secundárias.

– Não sei – Kayan murmura, observando a caminhonete a distância, que agora está entrando em um grande estacionamento cheio de carros. É quando me lembro de que é sexta-feira. Estaciono algumas vagas atrás e espero até que o motorista saia para então abrir a porta do jipe. Eu o observo, analisando o que ele está vestindo, para saber o que procurar caso o percamos de vista.

– Só para você saber, vou te demitir na segunda-feira – digo a Kayan quando olho minha roupa.

– Você está de arrasar – sussurra ela, mas percebo que está nervosa também.

Balanço a cabeça, bato a porta do jipe e entro no lugar. Assim que passamos pela porta, ouço a música country alta que está tocando. Sigo o cara em direção ao bar, sentindo os olhares de todos em nós duas. Porra, se eu fosse eles, também estaria olhando. Não é todo dia que se vê duas mulheres vestidas como a Mulher-Gato entrando em um bar country.

– Seu pai está lá atrás, amigo – diz o garçom ao cara que seguimos até ali.

Ele parece ter uns 25 anos. Tira o chapéu, passa a mão pelos cabelos, se levanta e começa a andar em direção à parte de trás do bar. Começo a segui-lo, mas sinto um braço em volta da minha cintura e alguém sussurra em meu ouvido:

– Aonde você vai, moça bonita?

Eu dou uma cotovelada no cara que me segura, agarro a mão de Kayan e a puxo comigo em direção aos banheiros, dizendo:

– Você vai mesmo ser demitida. – Quando meu olhar encontra o de Wes, que está em pé perto de uma mesa de sinuca conversando com um cara, seus olhos me percorrem, e, mesmo do outro lado do salão, vejo a raiva tomar seus belos traços.

– Ah, não – sussurra Kayan, e eu penso que devo começar a procurar uma nova recepcionista e melhor amiga na segunda-feira depois que fizer um transplante de rosto inteiro.

– Corra – sussurro.

– O quê?

– Eu mandei correr! – grito, e nós duas nos viramos e começamos a correr em direção à frente do bar. Descemos pelo corredor, e estamos quase livres quando, de repente, sou puxada de volta contra um corpo rígido.

– O que você está vestindo, porra? – alguém rosna perto da minha orelha, fazendo todo o meu corpo tremer.

– O que você está fazendo aqui? – pergunto, tentando fugir.

– Z, cuide dela – diz Wes, indicando Kayan para um cara alto, careca e cheio de tatuagens no pescoço e nos braços, que aparecem sob a camiseta branca e o colete de couro que ele está usando. Os músculos de seus braços parecem ainda mais intimidantes quando ele está em pé, cruzando os braços enquanto olha para a minha pequena melhor amiga.

– Isso não é necessário, nós já estávamos de saída – digo enquanto sou levada, de costas, para o banheiro dos homens, passando por uma porta de vaivém.

– Saiam – Wes rosna para alguns caras que estão em pé perto dos mictórios. Todos olham para ele e para mim, sobem o zíper rapidamente e saem correndo dali.

– Isso foi grosseiro – digo, então solto a respiração de uma vez enquanto meu corpo é pressionado na parede atrás de mim.

– O que você está fazendo aqui, July?

Sinto a vibração de suas palavras contra o meu peito, e ignoro o frio na barriga que sinto desde que o vi.

– Eu queria aprender a dançar country? – Minha resposta sai com um tom de pergunta, o que não o convence.

– Não minta para mim. – Ele me pressiona mais, e sinto cada centímetro do seu corpo rígido através do material fino do body que estou usando. Prendo a respiração e fecho os olhos com força, tentando recuperar o controle sobre meu corpo. – Há alguns caras perigosos aqui agora, linda, e você não pode ficar.

Abro os olhos e observo seu rosto.

– Você está com problemas? – pergunto, e seus olhos me percorrem quando ele murmura:

– Sim. – Com isso, me sinto derreter.

– Wes, você está muito perto… – resmungo, sentindo que sua presença está me sufocando.

– Não perto o suficiente, minha linda – responde, levando as mãos à minha cintura, pressionando a ereção contra minha barriga.

– Oh, céus – gemo quando ele abaixa o rosto e sua boca paira sobre a minha, com a respiração perto de meus lábios, me fazendo desejá-lo de uma maneira que nunca, jamais, pensei ser possível.

– Não – digo, fechando os olhos, e depois de um momento eu os abro de novo e vejo os olhos dele. Percebo que ele não me beijou como eu esperava que fizesse.

– Vou te levar até o seu carro. Quero que você vá direto para casa e nunca mais volte aqui – diz ele, encostando a testa na minha.

– Eu...

– Não, linda, você precisa jurar para mim que nunca mais voltará aqui.

– Não vou voltar.

– Vamos. – Ele me puxa e me leva para fora do banheiro. Kayan está encostada na parede, olhando para o chão, enquanto o motoqueiro Z a esconde da vista de todos, parado à frente dela.

– Eu me lembro de você – digo a Z quando percebo que ele é o cara que me levantou como se eu fosse uma pena no dia em que dei um choque em Wes. Ele sorri, olha para Wes e balança a cabeça.

– Vamos tirar as meninas daqui e depois voltaremos para terminar – declara Wes.

– Claro – murmura Z, passando a mão pela cintura de Kayan, que luta para se desvencilhar, e caminha à nossa frente para fora do bar. Tento tirar os dedos de Wes da minha cintura enquanto andamos, mas ele só me segura com mais força. Minhas pernas trabalham duas vezes mais para acompanhá-lo por causa das botas que estou usando, e solto um suspiro aliviado quando chegamos ao meu jipe.

– Você é tão tímida quanto um gatinho. Acho que nunca tive ninguém tímida na minha cama – ouço Z dizer quando entramos no jipe. Olho para Kayan, que está mirando o próprio colo, mas percebo que ela está corando muito. – Seja boazinha, gatinha... – diz Z, fechando a porta. Começo a fechar a minha própria porta quando um corpo me prende em meu assento.

– Direto para casa.

– Direto para casa – repito, e passo a língua pelos lábios quando percebo como Wes está perto.

– Nós temos uns assuntos pra resolver, mas logo eu chego lá. – Meus olhos encontram os dele e meu coração começa a bater forte quando vejo o desejo em seu olhar. Ele inclina a cabeça e seus lábios roçam minha orelha, causando um forte arrepio. – Seja boazinha.

Meneio a cabeça, mas continuo quieta. Wes se afasta e bate a porta do carro. Saio do estacionamento, então olho para Kayan quando paro no semáforo. Seus olhos encontram os meus e um sorriso ilumina seu rosto.

– Aquilo foi assustador, mas ai, meu Deus! – Ela suspira e me faz rir.

– Chega de vigília – digo a ela, que sorri e sussurra:

– Chega de vigília.

Capítulo 4

Telefono para Mark no caminho de volta para a cidade e ele me diz que não conseguiu salvar o cão que foi abandonado. Meu coração se parte novamente por outro cachorro. Naquele momento, juro para mim mesma que vou descobrir o que está acontecendo, ainda que seja a última coisa que eu faça.

– Até segunda-feira – diz Kayan, séria, quando paramos na frente da minha casa. Desde que eu desliguei o celular, o clima no carro mudou.

– Até segunda-feira – respondo, desligando o carro e indo em direção à casa. Eu a observo se afastar antes de entrar e fechar a porta.

– Oi, Juice. – Pego-o no colo, tirando-o da pequena mesa, e pressiono o rosto contra seu pelo enquanto entro no quarto, colocando-o no colchão. Tiro as botas e o body antes de encontrar uma camiseta velha e ir para a cama.

Fico deitada ali por muito tempo, olhando para o teto, e, quando estou prestes a cair no sono, ouço uma batida na porta da frente acompanhada do grito de Wes:

– Abra! – Saio correndo do quarto, vou até a porta e vejo que ele está escorando Z.

– O que está acontecendo? – pergunto.

– Ele levou um tiro.

Olho para Z e arregalo os olhos quando vejo que está segurando uma toalha encharcada de sangue contra o ombro.

– Você precisa ir para o hospital.

– Não posso.

– Wes, eu sou veterinária, não médica.

– Nossa... – Z resmunga, e Wes gentilmente pressiona a mão contra o meu corpo, me afastando enquanto entra em casa e o ajuda a se sentar em uma das cadeiras brancas da cozinha, que range como se fosse ceder sob o peso dele.

– Minha linda. – Wes fica na minha frente e leva as mãos ao meu rosto com delicadeza enquanto acaricia minha bochecha para que meus olhos foquem nos dele e não em Z. – Preciso que o ajude. A ferida está limpa, então você só precisa suturar.

– Wes... – sussurro, deixando de olhar para ele e olhando para Z.

– Olhe pra mim. – Faço isso, e vejo seu rosto quase colado ao meu. – Preciso da sua ajuda, minha linda.

Observo seu rosto e sussurro:

– Está bem. – Pigarreio. – Preciso ir à clínica buscar suprimentos. Não tenho nada aqui.

– Vou levar você.

– Não, você fica com ele. Eu volto logo. – Vou para o meu quarto e visto uma calça jeans, um moletom e calço um par de tênis. Passo por eles, entro na garagem e abro a porta, mas vejo que estou bloqueada pela caminhonete de Wes.

– Eu levo você – diz Wes. Ele pega minha mão, me leva para o lado do passageiro de sua caminhonete e me ajuda a entrar. Depois corre para o lado do motorista. Demoramos menos de cinco minutos para chegar à clínica. Estou tremendo de nervoso.

Nunca suturei um ser humano antes, nem sequer estive perto de alguém que já tenha sido baleado.

– Vai dar tudo certo – diz Wes, apoiando a mão na minha lombar enquanto abro a porta dos fundos. Vou direto para a sala de suprimentos e recolho as provisões necessárias em uma sacola de compras, depois tranco a clínica novamente e voltamos para a minha casa. Quando chegamos, Z continua sentado à mesa, mas agora está segurando a garrafa de vodca que minha irmã June e eu compramos quando ela foi me visitar nas férias da faculdade.

– É melhor você não me castrar, garota. – Z sorri, e suas palavras fazem com que parte da ansiedade que eu estava sentindo desapareça e acabo dando risada.

– Você provavelmente precisa ser castrado – digo. Ele sorri e olha para as coisas que começo a colocar sobre a mesa.

– Posso perguntar como isso aconteceu? – pergunto baixinho, tirando a toalha do ombro dele e analisando a ferida.

– Não – diz Wes, puxando uma cadeira e sentando-se.

– Você não acha que eu tenho o direito de saber? Já que você apareceu na minha casa de madrugada, me pedindo para costurar um cara baleado e recusando-se a levá-lo para o hospital? – Estreito meus olhos para ele, que nem sequer se retrai.

– Não é nada com o que você precise se preocupar. – Ele olha para Z, e noto uma espécie de troca silenciosa acontecendo entre os dois. Isso me irrita.

Despejo um pouco de álcool em um pedaço de gaze e começo a limpar a ferida enquanto olho para Wes.

– Esta é a última vez que nos veremos – digo a ele, embora as palavras deixem um gosto desagradável na minha boca.

– Você já sabe que isso não é possível, July – diz ele, contraindo a mandíbula.

– Não. – Balanço a cabeça, pegando uma gaze limpa para limpar a parte de trás do ombro de Z. – Você me chamou de vadia duas vezes. – Viro a cabeça para olhar nos seus olhos. – Você fez com que eu me sentisse uma porcaria quando encontrou meu primo na minha casa.

– Eu...

– Não – eu o interrompo antes que ele possa dizer alguma coisa. – Você nem esperou uma explicação, simplesmente tirou conclusões precipitadas. – Termino de limpar a ferida e então olho para Wes novamente. – Como se não bastasse, você aparece na minha casa e me pede para fazer um favor, recusando-se a me dizer qualquer coisa a respeito. Então, sim, esta é a última vez que nos vemos. Eu acho que é óbvio que não temos razão para manter contato – murmuro a última parte, e fecho a cara quando vejo Z sorrindo para mim.

– Você está tão fodido, irmão – murmura ele, olhando para Wes. Eu os ignoro e começo a enfiar a linha na agulha. Não demora muito para fechar a ferida, e fico surpresa por Z não ter nem sequer se retraído enquanto eu cuidava dele. Quando termino de fazer o curativo, o sol está começando a nascer, lançando uma luz alaranjada por toda a sala, e meus olhos estão tão pesados que mal consigo mantê-los abertos.

– Obrigado, moça – diz Z, levantando-se.

Fico em pé na frente dele e uma mão envolve minha cintura. É Wes, que me leva para o meu quarto.

– Vá se lavar e já para a cama, linda. Vou arrumar a bagunça. – Eu assinto e nem dou atenção ao que ele diz. Nesse momento, meu corpo está completamente exausto. Estou esgotada, e nem mesmo um café poderia me ajudar.

Entro no banheiro, tomo um banho rápido e visto meu roupão, que está pendurado atrás da porta. Vou para o quarto e, sem nem ao menos trocar de roupa, subo na cama, onde imediatamente adormeço.

Acordo com cheiro de bacon e me viro para o lado, ficando cara a cara com Capone, que está olhando para mim com a língua para fora da boca.

– O que você está fazendo aqui? – Eu me sento e olho para o relógio. Vejo que passa das três da tarde. Então olho ao redor, conferindo se tudo o que vivi ontem desde que voltei para casa, na noite anterior, não passou de um sonho.

Capone sobe no meu colo e lambe meu rosto. Em seguida, salta da cama e sai pela pequena fresta na porta.

Eu me levanto, envolvo o corpo com o roupão, abro a porta do quarto e vou para a sala de estar. Entro na cozinha e paro de falar quando vejo Wes, sem camisa, parado em frente ao fogão, vestindo só uma calça jeans e usando correntes que descem até seu peito, com um crucifixo e uma plaquinha de identificação. Hesito, tentando limpar a mente enquanto meu corpo reage àquela visão.

– Você acordou.

Olho para seu rosto, vejo a barba por fazer e o olhar tranquilos, como se ele também tivesse acabado de acordar.

– O que você está fazendo aqui?

– Um dos irmãos veio buscar Z ontem à noite. Eu fiquei para que pudéssemos conversar quando você levantasse.

– Por que Capone está aqui? – pergunto enquanto o cão se senta aos pés de Wes, olhando para nós dois.

– Pedi que o buscassem. Não gosto de deixá-lo sozinho em casa por tanto tempo.

– Ah – murmuro, e envolvendo meu corpo com os braços.

– Não sou bom nesse tipo de coisa – diz ele, e faço uma careta, enrugando o nariz. – Como você deve ter notado, sei ser grosseiro e tirar conclusões precipitadas. Mas consigo admitir quando estou errado e quando fiz merda. E fiz as duas coisas com você mais vezes do que quero contar. Não vou me desculpar por ser quem sou, mas vou me desculpar por ter sido um idiota. Você não merecia aquilo.

Uau. Bem... eu não sabia como me recuperar disso. Nunca esperei que ele pedisse desculpas e admitisse ser um idiota.

– Já sobre ontem à noite, você não vai saber. Agradeço por ter ajudado Z, mas é uma situação na qual eu nunca deixaria você se envolver.

– Obrigada por se desculpar. – Mordo o lado de dentro da bochecha, sem saber o que dizer ou fazer, e meu estômago aproveita esse instante para me lembrar de que eu não como há mais de vinte e quatro horas, interrompendo o momento com um ronco alto.

– Sente-se, preparei o café da manhã. – Ele aponta para a mesa da cozinha. Assim que coloco a bunda na cadeira, percebo que não estou usando calcinha e meu roupão não é muito comprido. Wes traz o prato e o coloca na minha frente antes que eu possa me levantar e ir para o quarto. Então ele volta um segundo depois e coloca uma xícara de café na mesa. Depois pega um prato para si e uma xícara de café, que coloca sobre a mesa ao meu lado, e então se senta, com sua perna vestida com a calça jeans se esfregando contra a minha coxa nua. Fecho bem as pernas e pego o café, tomando um gole.

– Está tudo bem?

– Perfeito – murmuro e olho para o meu prato. – Você fez isso? – Olho para ele e de novo para a omelete perfeita ao lado de dois pedaços de bacon bem fritos.

– Fiz. – Ele sorri de boca fechada, mastigando, e faço a mesma coisa. Solto um gemido quando sinto o sabor do alimento.

– Caramba, você sabe cozinhar – murmuro, dando outra garfada, e então passo uma perna por cima da outra sem pensar. O garfo dele, que estava a meio caminho da boca, para no ar e seus olhos se voltam para a minha coxa direita. Rapidamente descruzo as pernas e puxo o roupão para baixo, me cobrindo.

– Por favor, diga que você está vestindo algo embaixo dessa coisa – a intensidade das suas palavras vibra entre as minhas pernas.

– Eu...

– Porra – diz ele, e eu me sobressalto. Wes se levanta da mesa e caminha até a geladeira. – Vá colocar uma calcinha antes que eu vire você de bunda para cima na mesa e te coma de café da manhã – diz, cerrando os punhos.

MINHA NOSSA. Minha respiração se acelera e sinto meu estômago revirar ao ouvir o que ele diz e ver como tenta se controlar.

– Eu... – Começo a... não sei bem o que estou fazendo, talvez tentando pedir desculpas, mas ele me olha e diz:

– Agora. – E isso me faz correr dali em direção ao meu quarto.

– Puta merda – sussurro. Vou até minha cômoda e pego um sutiã e uma calcinha, vestindo os dois depressa. Em seguida, vasculho meu armário até encontrar uma calça de moletom, que visto com uma camiseta, e então saio lentamente do quarto e volto para a cozinha.

– Assim está melhor? – pergunto, e só me sento quando sei que estou segura.

Ele percorre meu corpo com os olhos e concorda com a cabeça, então eu sento de novo, pego meu café e tomo um gole.

– Até eu entrar, e quero dizer *realmente* entrar ali, você precisa usar roupas quando eu estiver por perto.

– Esta é a minha casa – digo, ignorando a parte sobre ele entrar em mim, porque imaginar a cena faz meu corpo todo se aquecer, e me sinto esquentando inteira só de pensar.

– Eu nunca disse que não era, minha linda – diz ele, sentando-se ao meu lado.

Tento pensar em algo para dizer, mas estou tão focada em apenas respirar que nada vem à mente.

– Quer me contar por que estava vestida de Mulher-Gato ontem à noite no Mamma's Country?

– Não – respondo de imediato, sem querer quebrar o silêncio com a conversa.

– Por que você estava lá, July? – ele pergunta com mais firmeza.

– Então você não tem que me dizer por que apareceu na minha casa ontem à noite, mas espera que eu lhe conte o que aconteceu comigo? – Olho para o meu prato, dizendo baixinho: – Não vai rolar.

– Tem a ver com os cães? – pergunta delicadamente enquanto ergue meu queixo com os dedos, fazendo meu olhar encontrar o dele. – Fale comigo. – A suavidade de sua voz e de seus olhos faz com que as palavras saiam de uma vez.

– Na manhã em que Jax veio aqui, encontrei outro cachorro na frente da clínica.

– Porra, sinto muito, minha linda – diz enquanto toca meu rosto e tento ignorar como me sinto com seu toque.

– Quero descobrir quem está fazendo isso. – Abaixo o olhar quando sinto meu nariz arder com as lágrimas, só de pensar nos pobres animais indefesos que perderam a vida apenas para que algum babaca pudesse ter uns minutos de diversão. – Eu vou descobrir quem está fazendo isso.

– Você acredita que a pessoa ligada aos cães abandonados estava no bar ontem à noite? – pergunta com delicadeza.

Balanço a cabeça, assentindo, ainda olhando para o prato.

– Kayan e eu seguimos o cara depois que ele deixou outro cachorro.

Ele bufa e sinto a energia mudar.

– Não vá lá de novo. – Levanto a cabeça e nos entreolhamos. – Eu sei que você não tem razão para confiar em mim ainda. – Wes olha para a minha boca e seu polegar toca a borda do meu lábio inferior, antes de voltar a olhar em meus olhos. – Mas preciso que me prometa que não vai voltar lá.

– Por quê? – pergunto baixinho.

– Linda. – Ele balança a cabeça, contrariado, e franze a testa quando ouve batidas na porta. – Quem é?

– Não sei. – Me levanto e vou em direção à porta, quando Wes me puxa para trás dele e a abre.

– Você tem amor à vida, Silver? – pergunta Jax, forçando a entrada em minha casa.

– Vá se foder, Mayson – responde Wes. Jax olha para mim e balança a cabeça, olhando para Wes novamente.

– Você me disse que quer coisa séria com a minha prima, e então permite que ela entre na porra do ninho de cobra onde alguém poderia vê-la? – Jax pergunta. Olho para ele e para Wes e faço cara feia para os dois.

– Não começa... – diz Wes.

– Você... – Jax se vira para mim e balança a cabeça. – O que você pretendia, porra?

– O quê? – pergunto, confusa.

– Por que você estava no Mamma's Country ontem?

– Hum...

– Eu não tenho tempo para ser sua babá – diz Jax.

– Espera aí. – Coloco as mãos na cintura e falo bem perto dele. – Eu nunca, em tempo algum, pedi que você fosse minha babá. Então, Jax, você precisa acordar desse sonho maluco que te trouxe aqui e ir embora.

– Você é da família.

– E daí? – pergunto, arregalando os olhos.

– O tio Asher sabe que você está saindo com o Silver? – Meu corpo congela e o coração acelera.

– Não estou saindo com ele. – Mordo o interior da bochecha. Teoricamente, eu não estou mentindo, certo? Olho para Wes, que está franzindo a testa, então balanço a cabeça e olho para Jax.

Ele responde:

– Eu o encontrei aqui pela manhã há dois dias.

– E daí?

– E daí que não contei ao meu pai nem a ninguém.

– Eu não conto a ninguém sobre todas as mulheres que entram e saem da sua casa – digo.

– Eu sou homem. Ninguém se importaria.

– Sua mãe se importaria. – Sorrio. Tia Lilly acabaria com a raça dele se soubesse como ele lida com as mulheres.

– Você acha que minha mãe é burra?

Bem, ele está certo. Tia Lilly sabe que ele nunca teve um relacionamento sério, mas ainda assim não gosta disso.

– Não importa. Estamos fugindo do assunto – digo, cruzando os braços.

– Sim, o ponto é que ele – Jax aponta para Wes – deveria ter cuidado para que você não chegasse nem perto do Mamma's Country ontem à noite. Ou em qualquer outra noite, na verdade.

– Eu gostaria de lembrá-lo de que sou uma mulher adulta.

– Você também é uma mulher que não tem ideia do tipo de louco que existe neste mundo.

– Não tenho? – pergunto, estreitando os olhos.

– Não tem – confirma, cruzando os braços.

– Toda semana vejo animais que foram abusados ou deixados quase mortos na porta da minha clínica. Animais indefesos. Então, sim, eu sei que pessoas horríveis vivem neste mundo. Não enxergo a vida com lentes cor-de-rosa, Jax. – Minha voz fica embargada e lágrimas enchem meus olhos.

Wes se aproxima de mim e me puxa, acomodando minha cabeça sob seu queixo.

– Eu estava conversando com ela sobre ir até lá quando você apareceu. Eu disse a você que estava cuidando dela, e cuido. – Percebo Wes ficar nervoso enquanto fala.

– Por que ela estava lá? – pergunta Jax.

– Alguém está deixando cães, que foram colocados para lutar, na porta da clínica. A July seguiu um cara de lá até o bar ontem à noite.

– Você acha que o Snake está envolvido nisso? – pergunta Jax, e viro a cabeça para olhar para ele.

– Não tenho certeza, mas não duvidaria... – diz Wes.

– Você não está saindo com ele? – pergunta Jax, desconfiado, enquanto nos observa. Percebo que estou abraçando Wes, com o rosto pressionado contra o seu peito. E ele me envolve com um dos braços, e com a outra mão segura a parte de trás da minha cabeça.

– O que está acontecendo entre July e eu não te diz respeito.

– Você é quem sabe, Silver. Você não tem ideia de como são o meu pai e os meus tios.

– Eu já namorei. – Franzo a testa, me afastando de Wes enquanto me defendo. *Não que isso importe*, lembro a mim mesma. Não estou namorando Wes, mas ainda assim... Sim, meu pai é superprotetor, mas ele aceita que não sou uma garotinha – ou eu deveria dizer que minha mãe dá bronca sempre que ele se esquece de que não sou mais uma criança.

– Você já namorou – ele concorda, em seguida olha para Wes –, só que nunca namorou um cara como ele.

Certo, então ele tinha razão, mas eu já estava cansada daquilo.

– Você não tem nada pra fazer?

– Tenho, mas, antes de fazer o meu trabalho, eu precisava vir aqui pra te dar um puxão de orelha.

– Bem, agora você pode ir embora – digo, abrindo a porta e fazendo um gesto com a mão para ele sair.

– Se ela se meter em problema, você vai pagar – Jax ameaça Wes enquanto passa pela porta.

– Tchau. – Reviro os olhos e fecho a porta, ficando cara a cara com Wes, que está sorrindo.

– Você quer terminar o café da manhã e dar uma volta comigo?

– Uma volta? – pergunto, desconfiada, e ele sorri ainda mais.

– Só uma volta.

Eu o observo por um momento. Assim como todas as vezes em que ele está perto, minha vontade é de me aproximar. Minha intuição me diz que, se eu perder a chance de estar com ele, vou me arrepender.

– Claro – concordo, ignorando meus pensamentos, que estão me alertando para o fato de eu ter acabado de tirar minha vida do eixo.

Capítulo 5

Seguro na cintura de Wes e as lembranças daquela manhã tomam conta de mim. Depois que terminamos de tomar o café da manhã, vesti uma calça jeans, tênis preto de cano alto e uma blusa preta. Quando entrei na sala, Wes estava sentado no sofá com Juice e Capone, que de alguma forma se tornaram melhores amigos. Vê-los sentados juntos fez tudo parar.

Quando menina, eu dizia a mim mesma que meu Príncipe Encantado adoraria andar de moto, amaria animais e seria forte como meu pai. Quando fiquei mais velha, percebi que seria mais fácil encontrar o Santo Graal do que o homem que eu idealizava para passar o resto da vida comigo.

Eu ainda não sabia muito sobre Wes, mas sabia que ele era lindo, que, ao me abraçar quando eu estava chorando, me fez sentir protegida, que adorava pilotar motos e amava animais. Até agora, ele tinha mais pontos positivos do que os caras que eu imaginava que poderiam ser meu par perfeito.

A mão de Wes pousando sobre a minha, que está apoiada em seu abdômen, me distrai de meus pensamentos, e aquela sensação estranha volta ao meu peito, aquela que de alguma forma me faz ter a impressão de que temos uma ligação de outras vidas. Quando a moto começa a desacelerar, afasto o rosto das suas costas e olho em volta, percebendo que chegamos ao clube dele.

De manhã, deixamos Capone e a caminhonete na casa de Wes, que fica a cerca de dez minutos da minha. Ele mora em um dos mais novos prédios residenciais da cidade. Meu amigo Ken mora no mesmo prédio, então sei que as cozinhas são abertas, com granito e inox, e que os cômodos são grandes o suficiente para não termos a impressão de que estamos em um apartamento. Quando chegamos à casa dele, me recusei a entrar e esperei perto da moto. Ele levou Capone para dentro e voltou alguns minutos depois com o capacete.

Wes me disse que não tinha nada planejado para o dia, só queria andar de moto, e não me importei nem um pouco. Estava sol e havia uma brisa agradável. Além disso, eu gostava da ideia de estar agarrada a ele.

Depois de passar uma hora percorrendo as estradas secundárias, ele parou em certo ponto da rodovia, onde ficava uma pequena cabana branca. A placa na fachada indicava que ali vendiam sorvete caseiro. Wes não quis comer nada, mas comprou um sorvete de casquinha para mim e roubou algumas lambidas enquanto estávamos sentados embaixo de um guarda-sol, saboreando e rindo. Eu me diverti muito com ele, mais do que com qualquer outro cara por quem já estivesse interessada.

Eu tive três namorados. O primeiro foi no ensino médio, com quem perdi a virgindade. Ele era bonzinho, mas, quando entrei na faculdade, perdemos o contato. Sei que ainda mora na cidade, mas não nos falamos mais. O segundo foi na época da faculdade. Ele era um estudante de medicina que estava mais interessado na ideia de ter uma namorada do que no fato de ter uma. Nós nunca nem sequer nos beijamos, e, sinceramente, acho que ele podia estar escondendo sua sexualidade dos pais. Depois, tive o terceiro e último namorado, Harvey. Ele era bacana, mas também era entediante... Entediante a ponto de eu conseguir adivinhar o que ele diria antes de falar qualquer coisa, e eu nem me dava ao trabalho de perguntar o que ele queria fazer, porque era sempre a mesma coisa.

Wes é bem diferente dos caras que namorei. Nenhum deles pilotaria motos, faria tatuagens, ou teria decidido mudar para outro estado só porque gostou da atmosfera de uma cidade em que só esteve de passagem. Nenhum dos meus ex-namorados fez com que me sentisse tão à vontade quanto Wes. Nenhum deles fez com que eu sentisse tudo o que Wes me fazia sentir. Um olhar dele conseguia me causar arrepios na espinha e frio na barriga.

Depois que tomamos sorvete, ele me perguntou se eu queria ir a uma festa do clube. Eu já tinha ido a festas, claro, mas nunca a festas de motoclubes. Contudo, não queria nem pensar em perder a chance de estar com ele, então concordei. Wes me deixou em casa para que eu pudesse me trocar e voltou uma hora depois para me buscar.

Quando abri a porta, eu o vi à minha frente usando as botas pretas de sempre, uma calça jeans desbotada, com os bolsos e as barras esgarçadas, e uma camisa preta, justa como uma segunda pele, com o colete por cima. Os cabelos estavam despenteados como de costume, e os olhos verdes ficaram mais intensos enquanto percorriam meu corpo.

Aquele olhar bastou para me fazer arrepiar. Deixei meus cabelos com bastante volume, como tinha feito em nosso primeiro encontro, mas, em vez de uma maquiagem simples, passei sombra preta nos olhos e um batom claro, e fiquei me sentindo como uma raposa. Escolhi uma calça jeans que era quase preta, dobrei as barras e calcei botas de cano curto, estilo peep toe, de salto alto. Finalizei o look com uma blusinha lisa e um colar chamativo que fazia a roupa parecer mais vistosa do que realmente era.

– Você está bem? – Wes pergunta, me tirando de meus pensamentos enquanto passa a mão por cima de meus dedos, que envolvem sua cintura.

– Tudo bem. – Me afasto e desço da moto, olhando em volta. Há anos não venho a essa parte da cidade, e não me surpreende que seja aqui a sede do clube de motoqueiros. Quando eu estava no ensino médio, toda aquela área era um parque industrial. Mas, ao longo dos anos, as fábricas foram fechadas uma a uma, e os prédios vazios foram colocados à venda.

A fachada da construção é comum e há uma placa grande com os dizeres: "Peças e consertos para carros e motos". Ao lado há um beco curto e outro prédio. Não preciso olhar muito para saber para onde estamos indo. Há um portão de metal de pelo menos quatro metros e meio de altura. Parece o set de *Jurassic Park*.

– Está tudo bem – diz ele, pegando minha mão e me levando em direção ao grande portão duplo. Do outro lado, ouço música alta e pessoas gritando e rindo. Quanto mais nos aproximamos, mais a minha ansiedade aumenta.

Depois do nosso primeiro encontro, e do que aconteceu quando estávamos no jantar, do jeito como ele esqueceu completamente que eu estava por perto quando seu amigo apareceu, sei que, se ele fizesse a mesma coisa comigo hoje, seria o fim. Não haveria volta. E pensar na possibilidade de isso acontecer depois do dia incrível que tivemos faz com que meus pés fiquem paralisados.

– Você está bem? – ele pergunta. Eu me viro para encará-lo, a luz do poste da rua refletindo suas belas feições.

Olho para os lábios dele e de novo para seus olhos quando ele diz meu nome.

Eu nunca pedi para ser beijada, e não tenho certeza se vou conseguir fazer isso agora, mas não quero perder a oportunidade de beijá-lo pelo menos uma vez. Ele dá um passo em minha direção e passa o braço pela minha cintura, me puxando até meu corpo grudar no dele.

– O que você quer, July? – pergunta, enquanto seus lábios pairam sobre os meus. Fecho os olhos e engulo em seco, sem saber direito o que dizer. – Olhe para mim – ele exige, me sacudindo levemente.

Meus olhos se abrem e eu sussurro:

– Por favor, me beije.

Sinto sua respiração contra a minha boca enquanto ele sobe uma das mãos pelas minhas costas e agarra meus cabelos, fazendo com que eu solte um gemido.

– Nossa. – Ele respira contra os meus lábios, me fazendo arfar, o que lhe dá a oportunidade perfeita para enfiar a língua em minha boca. O primeiro toque de nossas línguas me causa um frio na barriga e eu agarro sua camisa, prendendo-me a ele.

Seu gosto toma meus sentidos e ele puxa meus cabelos de leve, fazendo com que eu incline a cabeça e me abra para ele, enquanto abaixa a outra mão, apertando minha bunda. Wes me puxa ainda mais contra si, fazendo com que eu sinta sua ereção contra a minha barriga e seus dedos bem próximos de minha vagina.

Sua língua se enrosca na minha, me arrancando gemidos e me fazendo contrair as coxas. Prendo suas mãos onde estão quando sinto ainda mais umidade se espalhar entre as minhas pernas. Movimento a língua em sincronia com a dele e lentamente me afasto, mordiscando seu lábio inferior. Então ele encosta a testa na minha.

Não é meu primeiro beijo, mas é *o* beijo – aquele que faz minha alma se acender, o beijo pelo qual esperei a vida toda, o que muda tudo o que pensávamos saber sobre o ato. Levo os dedos aos lábios, tentando memorizar a sensação, sabendo que nunca vou sentir aquilo de novo com outra pessoa.

– Arruinado – diz ele, e meus olhos se abrem lentamente, hesitantes, enquanto tento acalmar a mente. – Nem te conheço, e você acabou comigo. – Ele balança a cabeça e me empurra para trás até minhas costas baterem na parede de concreto e ele voltar a me beijar, desta vez me deixando sem fôlego quando seu corpo me envolve. Ele aperta minha bunda com as duas mãos, me fazendo gemer.

– Wes. – Pressiono os dedos nos ombros dele e fico na ponta dos pés, querendo chegar mais perto enquanto ele percorre meu pescoço com a boca. Assim que digo seu nome, ele volta a me beijar e meus dedos deslizam para a parte de trás de seu pescoço, agarrando os cabelos. Eu poderia facilmente me viciar nesse beijo e nesse gosto.

– Sim, estou perdido – murmura, parando de me beijar para olhar para mim.

– Deixe um pouco para mim quando terminar. – Ouço uma voz grave dizer, e descanso a testa contra o peito de Wes, respirando fundo enquanto tento controlar meus pensamentos.

– Vá se foder, Neo – diz Wes, envolvendo meu corpo com os braços e me segurando mais perto.

– Você sempre compartilha, cara – diz o cara chamado Neo, e sinto meu corpo congelar e ser tomado pelo ciúme.

– Ela, não – diz Wes, e o cara murmura alguma outra coisa enquanto se afasta, mas minha mente ainda está presa ao fato de Wes ter compartilhado mulheres com outros caras.

– Vamos entrar? – ele pergunta, e afasto a testa do peito dele, deslizando as mãos por seus ombros e apoiando-as no lugar em que minha cabeça estivera há pouco.

– Você divide mulheres com seus amigos? – pergunto. As palavras fazem com que o ciúme cresça dentro de mim, e minha respiração fica entrecortada.

– Dividia – diz ele, e desliza os polegares para dentro da minha calça jeans, na cintura. – Não divido mais.

Respiro fundo, balanço a cabeça e mordo o lábio, pressionando os dedos em seu peito.

– Se estamos em um relacionamento, então não há mais ninguém. – eu digo a ele.

Wes me puxa para mais perto, usando os polegares presos no meu jeans para esfregar meu corpo contra o dele.

– Você está me pedindo em namoro? – Ele sorri, e agarro sua camiseta com mais força, soltando e abaixando as mãos em seguida.

– Me leve pra casa – digo, e ele me abraça mais forte.

– Não vou te levar para casa – diz ele, parecendo irritado. Ótimo, também estou irritada.

– Não estou brincando. Se você não pode me dar o que eu quero, vou encontrar alguém que me dê – digo, parecendo mais forte do que me sinto, mas sei que preciso fazer isso. Ele me conquistou e nem sabe disso.

– Nunca me ameace, porra – Wes diz, segurando meu queixo, e então aproxima o rosto do meu. – E, a menos que você queira ser responsável pela morte de alguém, nunca tente usar outro homem para se vingar de mim.

Luto contra o desejo de me desculpar enquanto ele me observa. Seu rosto se inclina e ele sussurra sobre meus lábios:

– Estou disposto a explorar isso que está rolando entre nós e disposto a me entregar a você, mas espero o mesmo da sua parte.

– Eu não divido. – Faço uma pausa e levanto as mãos para agarrar a camisa dele de novo, e aproximo o seu rosto. – Nunca.

– Nem eu – diz ele, e levanto uma sobrancelha. – Você, não. Nunca. – Ele balança a cabeça e me beija mais uma vez. – E então, você está pronta para conhecer os caras?

Quero dizer não, mas concordo e caminho com ele em direção a uma porta que fica ao lado do portão. Assim que entramos, observo o espaço amplo. Dois lados são bloqueados por altos edifícios de concreto que, vistos de fora, parecem residenciais, com escadarias e passarelas que levam de uma porta a outra. No fundo há uma cerca alta de ferro com arame farpado no topo, e um milhão de carros, empilhados uns em cima dos outros. A área quase parece uma fortaleza, com grandes barris com fogo por toda parte.

– Mais forte! – Ouço uma mulher gemer e olho para o sofá, que parece ter sido retirado de um lixão. Está rasgado e desgastado, e a espuma está saindo das almofadas, mas o fato de o sofá apresentar risco de tétano não parece impedir o casal que está em cima dele, mandando ver. A mulher gemendo está montada no homem, com a saia jeans enrolada até a cintura. Não tenho certeza, mas imagino que a calça do cara está abaixada o suficiente para o membro dele ficar livre. Meu estômago revira e na mesma hora me sinto deslocada.

Desvio o olhar do casal e olho em volta. Há um grande bar com alguns bancos na frente. Ao lado, há três mesas com homens que estão jogando cartas ou conversando. Há mulheres sentadas no colo de alguns deles. Olho ao redor e noto que alguns homens estão vestindo coletes, mas outros estão com roupas casuais. É possível perceber quem são os membros do clube e quem são recrutas. Graças a Deus por minhas leituras e por eu ter assistido *Sons of Anarchy*.

– Você quer uma cerveja? – pergunta Wes, me tirando da distração.

– Sim – murmuro, pensando que seria bom poder relaxar com a bebida. Ele pega minha mão e me leva ao bar, onde um cara de camiseta branca está distribuindo bebidas.

– Chefe – ele cumprimenta Wes assim que nos aproximamos.

– Blaze. – Wes meneia a cabeça e me puxa para mais perto, largando minha mão e passando o braço pela minha cintura. – Uma cerveja e uma dose de Jack.

Blaze acena com a cabeça, põe uma cerveja na minha frente e um copo para Wes, e serve uma dose. Pego a cerveja e tomo metade de uma vez, sem afastar a garrafa dos lábios. Nunca fui muito fã de cerveja, mas tenho a sensação de que vou precisar.

– Amor. – Ouço uma mulher chamar, bato a garrafa de cerveja no topo do balcão e olho ao redor de Wes. Uma mulher bonita com longos cabelos ruivos, vestindo quase nada, para do outro lado dele. Seu short é tão curto que poderia ser uma calcinha, e a camisa xadrez está amarrada sob os seios; os botões nem sequer estão abotoados, deixando o sutiã de renda e decote aparecendo. – Você não me ligou – diz ela, e a raiva e o ciúme de mais cedo voltam com força total, turvando minha visão.

Ela pressiona o corpo contra o dele e esmaga os seios em seu braço, envolvendo-o pelo pescoço. Sinto meus dedos pressionarem a garrafa com tanta força que me surpreende ver que não se quebra.

– Cai fora – Wes rosna.

– O quê? – a mulher pergunta, confusa, olhando para mim e franzindo a testa. – Você sabe que não me importo de compartilhar – diz, beijando o pescoço dele enquanto olha para mim. Sinto o estômago revirar e a raiva aumentar.

– Lacy – adverte Wes, se afastando, mas ela parece segurá-lo com mais força.

– Sugiro que você tire suas mãos de cima dele antes que eu as arranque – digo. Ela se afasta e dá um passo para trás, olhando para nós dois.

– Lacy, venha aqui – um cara que está sentado em uma das mesas a chama, dando um tapa na própria perna. Lacy olha para mim, depois para ele, e balança a cabeça, indo sentar-se no colo do homem.

Viro o resto da cerveja enquanto Wes olha para mim. Noto que há brilho labial no pescoço dele quando vira o rosto na minha direção, e balanço a cabeça.

– July – ele resmunga, e volto a balançar a cabeça.

– Você foi marcado por ela – digo e olho para Blaze, que está olhando para nós dois. – Pode trazer mais uma? – pergunto, erguendo a cerveja. Ele olha para Wes e eu reviro os olhos, mas pego a cerveja que ele coloca em cima do balcão e dou um tapa de leve no peito de Wes. – Quando você limpar isso, venha me encontrar – murmuro e saio em direção a um dos barris.

Nunca senti ciúmes na vida, mas pensar em Wes tocando outra pessoa faz com que eu sinta vontade de matar alguém.

– Venha comigo – diz Wes, sem me dar escolha. Ele pega a garrafa da minha mão e a joga dentro do barril. Segura meu cotovelo e me puxa com ele, passando pelo bar e pela porta de metal laranja.

Ele me conduz por um longo corredor, para em frente a uma porta, enfia a mão no bolso e pega um molho de chaves. Destranca a porta e a mantém aberta para eu entrar. Quando entro, a luz se acende e olho ao redor da sala.

Há uma cama queen size com um cobertor dobrado em um lado, junto com dois travesseiros. Há roupas e coisas espalhadas pelo lugar e jogadas no chão. Observo quando Wes passa por mim e entra em um pequeno banheiro que se conecta ao quarto. Ele leva a mão ao pescoço e usa uma toalha de papel para limpar o brilho labial de Lacy de sua pele.

– Você deveria se sentar – diz, parecendo irritado.

– Não vou me sentar onde você provavelmente já fez sexo com outras mulheres – digo, cruzando os braços.

Seus olhos verdes se estreitam e parecem irados, ganhando um tom mais escuro de raiva e luxúria. Ele joga a toalha de papel no lixo, e parte na minha direção, e só para quando consigo sentir o calor saindo de seu corpo.

– Vamos ser claros, minha linda. Vou relevar muita coisa que você fizer, mas não me desrespeite na frente dos caras. – Ele leva a mão ao meu quadril e a desliza até parar em minha bunda. – Se isso acontecer, isso aqui... – ele aperta minha bunda – ficará vermelho.

– Como é que é? – resmungo, sem saber ao certo se estou brava ou excitada.

– Não estamos falando de preliminares, minha linda. Estamos falando que você nem vai conseguir se sentar.

– Você está louco? – pergunto, sentindo a respiração acelerar.

– Não. – Ele balança a cabeça e agarra meus cabelos. – Você me excita quando está com ciúmes, e tudo bem se quiser ser possessiva, mas, se for malcriada como foi mais cedo, vamos ter que conversar.

– Se você deixar outra mulher te tocar ou te beijar, vamos ter problemas que nenhuma conversa será capaz de resolver. Na verdade, nenhuma conversa será necessária. Você entendeu, meu *lindo*? – pergunto, olhando pra ele, que segura meus cabelos com força e inclina a minha cabeça. Ele me beija, mordendo meu lábio inferior com força suficiente para doer, e então abro a boca e sua língua encontra a minha. Dessa vez, quando está se afastando, recupero o fôlego e me agarro a ele para não cair.

– Não me provoque, July. Eu vou ganhar – diz ele, me colocando de pé e puxando minha mão para me levar para fora de novo.

Capítulo 6

Sinto calor e abro um olho, depois o outro. Eles encontram um rosto com barba por fazer e lábios que são perfeitos para beijar, como descobri na noite anterior.

– Durma – sua voz profunda ressoa quando a mão na minha bunda e o braço em volta dos meus ombros me puxam com mais força contra seu corpo quente.

Sinto os pelos do seu peito roçarem meus mamilos e enrugo a testa.

– Onde está minha blusa? – pergunto e suspiro de alívio quando percebo que ainda estou de calcinha.

– Você insistiu que dormíssemos pele com pele. Disse que tinha a ver com querer se sentir unida a mim – ele murmura sonolento.

– Sério? – sussurro, sentindo-me como uma idiota. Quem diz merdas desse tipo?

– Você ficou dizendo que nossas almas estão conectadas – diz, e percebo que está sorrindo.

– Cale a boca – sibilo, inclinando a cabeça para trás para olhar para ele, que abre um sorriso.

– É verdade, minha linda.

– Nunca mais vou beber com você. – Balanço a cabeça e logo me arrependo quando a sinto latejar. Bebi demais na noite anterior, mas, quando voltamos para a festa, mais mulheres apareceram, e eu sabia que a única maneira de sobreviver seria bebendo.

– Você deveria dizer que nunca mais vai tentar beber mais do que Harlen de novo – ele me corrige, e flashes de mim e de um cara gigante bebendo surgem na minha mente.

– Isso aconteceu mesmo? – pergunto, mordendo o lábio.

– Aconteceu, sim.

– E a dança? – sussurro, torcendo para que aquilo tenha sido um sonho.

– Você dança bem.

– Certo – murmuro, sentindo o rosto esquentar de vergonha.

– Durma, minha linda – Wes diz delicadamente, acomodando o topo da minha cabeça sob seu queixo.

– Nós não... você sabe... – pergunto em um sussurro. Ele mexe a cabeça até seus lábios roçarem minha orelha.

– Na primeira vez em que eu te possuir, você não vai estar bêbada, e com certeza vai se lembrar e sentir no dia seguinte.

Minha respiração fica entrecortada, os mamilos endurecem de excitação, e as paredes da minha vagina se contraem.

– Agora tente dormir.

– Claro – digo, embora eu saiba que não vou conseguir dormir. Não agora, não com o calor da pele dele em mim e seu cheiro dificultando meu raciocínio, sentindo seu pênis contra minha barriga através do tecido da cueca. – Você lavou esses lençóis desde a última vez que outra pessoa se deitou na sua cama? – pergunto quando percebo que, além de estar praticamente nua, estamos em um quarto no clube.

– Você é um pé no saco, gata – ele resmunga.

– Eu só não quero pegar sarna. – Sorrio, e ele me dá dois tapas no traseiro e depois o agarra, o que me causa um frio na barriga.

– Lembra que eu disse que, enquanto eu não te penetrar, você precisa usar roupas? – pergunta, com a voz mais profunda do que antes.

– Uh...

– Até isso acontecer, minha linda, você vai precisar sossegar quando eu pedir, porque agora não posso te dar o que você precisa para te ajudar a dormir.

Fico ofegante e meus mamilos roçam em seu peito a cada inspiração. Não sei se conseguiria lidar com ele; sua intensidade e firmeza são novidades. A sensação que causa dentro de mim com apenas algumas palavras é intimidante.

– Durma. – Ele me aperta de novo.

– Tão irritante – murmuro, e tento lutar, mas meus olhos se fecham lentamente e eu relaxo em seu abraço até adormecer.

– Venha aqui – diz Wes, puxando-me para baixo para me sentar em seu colo à mesa da minha cozinha, e me beija.

– Pensei que você fosse buscar o Capone. – Respiro quando ele se afasta. Esta manhã, quando me acordou no clube, ele pediu para passarmos o dia juntos antes mesmo de sairmos da cama. Eu sabia que precisava ir devagar, mas simplesmente não era capaz. Wes é como uma droga da qual não consigo me livrar. Então, enquanto ele foi ao banheiro, encontrei sua camisa e a vesti, juntamente com minha calça jeans e meus tênis, e planejei o que faria para o jantar, pois já passava das três da tarde.

Quando sinto sua mão em minha coxa, subindo pela lateral do meu corpo, volto à realidade. A respiração fica presa em meus pulmões quando seus dedos descansam sob meu seio. Olho para a mão dele e para os olhos verdes e intensos, que parecem selvagens e indomáveis.

– Você... com a minha camisa... sem sutiã... seus mamilos escuros visíveis... – Seus olhos encontram os meus e ele leva as mãos ao meu quadril, então me levanta rapidamente para a mesa a sua frente. Ele abaixa a cabeça e puxa um dos meus mamilos com a boca através do tecido da camisa.

– Ah! – grito quando a aspereza da camisa raspa no meu mamilo. – Wes. – Agarro seus cabelos e jogo a cabeça para trás, e sua boca vai para o outro seio, que recebe o mesmo tratamento.

Quando ele se afasta de meu seio, meus olhos se abrem para observá-lo. Wes leva a mão à minha nuca e me puxa para um beijo. Inclino a cabeça e meus lábios se entreabrem quando ele desliza a língua pelo meu lábio inferior. Meus dedos agarram seus cabelos, eu deslizo para fora da mesa e paro em seu colo, com as pernas abertas, uma de cada lado da cadeira, minha virilha em contato com a grande protuberância em sua calça.

– Porra – murmura, enquanto me esfrego. Ele inclina a cabeça ainda mais, controlando o beijo, e então se afasta.

– O que foi? – pergunto, em transe.

Ele se endireita, fica com os olhos fechados e contrai a mandíbula.

– Saia – diz, e eu franzo a testa, confusa. – Saia, linda.

Desço do seu colo e vou para perto da geladeira com os braços cruzados. A umidade da sua boca na camisa dificulta a concentração, pois meus mamilos se roçam nela.

– Já volto – ele murmura e sai sem sequer olhar para mim. Fico ali, confusa por alguns momentos, não entendendo o que diabos aconteceu. Então olho para baixo quando Juice se esfrega contra minhas pernas, como se também estivesse confuso.

Eu o pego e o levo para o meu quarto. Deixo-o em cima da cama e entro no chuveiro, repassando tudo o que aconteceu e tentando encontrar alguma lógica. Quando me visto, sigo em direção à porta ao ouvir o toque da campainha. Imagino que seja Wes, mas minha respiração se acelera quando vejo minha mãe do outro lado da porta.

– Merda – sussurro, e abro a porta. – Oi, mãe. – Sorrio.

– O que aconteceu? – ela pergunta, franzindo a testa.

– O quê? Nada, acabei de sair do banho.

– Você nunca soube mentir, querida. – Ela balança a cabeça e joga a bolsa no sofá. – Então, o que está acontecendo? – Ela cruza os braços e bate o pé.

Estou prestes a ceder a seus truques mentais de Jedi e contar tudo sobre Wes, quando a porta se abre. Observo em câmera lenta Capone latir e passar por mim. Levantando a cabeça, meu olhar encontra o de Wes. Ele olha para a minha boca, passa a mão pela minha cintura ao me inclinar para trás, e me beija com força, tirando meu fôlego.

– Oi – diz ele contra meus lábios antes de me levantar.

– Isso explica muita coisa – ouço minha mãe dizer, e desvio os olhos de Wes para olhar para ela.

– Hum. – Olho para minha mãe e para Wes.

– Wes Silver. – Ele estende a mão que não está enrolada na minha cintura e cumprimenta minha mãe.

– November Mayson, a mãe de July. – Ela sorri, e Wes abaixa a cabeça para olhar para mim.

– Também tenho quatro irmãs. June, May, December e April – digo, e então contraio os lábios quando o vejo sorrir. Ele balança a cabeça e olha para a minha mãe novamente.

– Prazer em conhecê-la, senhora.

– Senhora? – Minha mãe olha para mim e ergue uma sobrancelha.

– Wes é...

– O namorado dela – ele me interrompe, entrando em casa e fechando a porta em seguida.

– Namorado dela – minha mãe sussurra, olhando para nós dois, boquiaberta. Mas eu a interrompo antes que ela possa dizer qualquer outra coisa.

– Você precisa de alguma coisa, mãe?

Ela hesita como se estivesse saindo de um feitiço, olha para mim e sorri.

– Eu estava pensando em fazer a festa de aniversário do seu pai neste fim de semana.

Ai, droga! Meu pai... Eu amo meu pai. E meu pai me ama. Mas eu o conheço e ele não vai gostar do Wes de jeito nenhum. De jeito nenhum, mesmo!

– Você tem que levar seu namorado. – Minha mãe sorri, olhando para nós dois.

– Wes vai estar ocupado – explico e estreito os olhos quando vejo o brilho nos dela. *Está na cara que ela está amando isso.*

– Ocupado? – pergunta Wes, e me viro para olhar para ele. Ele levanta uma sobrancelha enquanto me observa.

Respiro fundo e olho para minha mãe.

– Posso ligar para você mais tarde? – pergunto, suplicando com o olhar, e seu rosto se suaviza quando toca o meu.

– Claro, querida.

Tenho os melhores pais do mundo.

– Obrigada, mãe.

– Bem, Wes Silver, foi um prazer conhecer você – diz minha mãe, pegando sua bolsa.

– Foi um prazer para mim também, Sra. Mayson.

Minha mãe olha para mim, e vejo uma expressão que não entendo muito bem, mas então ela se vira para olhar para Wes e sorri novamente.

– Pode me chamar de November – diz. E quando ele balança a cabeça, concordando, ela olha para mim com carinho. – Ligue para mim, querida.

Sinto minha garganta apertar de emoção e me aproximo para abraçá-la.

– Estou sempre aqui – ela sussurra em meu ouvido, e essas palavras me oferecem um conforto do qual eu nem sabia que precisava.

Meneio a cabeça e a acompanho até a porta, acenando quando a vejo partir com o carro. Assim que se afasta, entro, vou para a cozinha, pego uma cebola da geladeira, uma faca e a tábua, e começo a fatiá-la.

– Você quer falar sobre o que está acontecendo? – pergunta Wes, passando a mão sobre minha cabeça enquanto pressiona minhas costas, envolvendo minha cintura num abraço.

– Não – respondo, respirando fundo e deixando o ar sair lentamente. Não sei nem por que isso está me causando tanto estresse. Nunca escondi um relacionamento da minha família, e, para ser sincera, a razão pela qual temo que meu pai conheça Wes é porque quero que meu pai goste dele.

Bem, talvez ele não goste. Não sei se meu pai um dia vai aprovar algum homem com quem eu decida estar.

– Sua mãe parece legal – diz, beijando o ponto embaixo de minha orelha.

– Ela é...

– Você estava falando sério sobre os nomes? – pergunta, e percebo que está sorrindo.

Viro e olho para ele, sentindo um frio na barriga ao perceber que ele está muito perto.

– A mãe da minha mãe deu a ela o nome November porque não quis se dar ao trabalho de procurar um nome, e ela nasceu no mês de novembro. Meu pai ama minha mãe e quis transformar a memória de seu nome em algo bom, por isso deu a cada filha o nome do mês do nascimento.

– Seu pai parece ser um homem bom.

– Ele é o melhor – concordo e volto a olhar para a tábua.

– Como posso ajudar?

Olho para ele de novo, e Juice aproveita o momento para se enrolar em volta dos meus pés.

– Pode dar comida para o Juice, por favor?

– Claro, onde está?

Aponto para o armário onde deixo a comida de gato e me viro novamente. Sinto a mão de Wes deslizando pelo meu queixo. Ele o puxa com delicadeza até eu encará-lo. Roça os lábios nos meus, abaixa a mão e se afasta para alimentar Juice, deixando-me completamente exposta.

Eu observo meu pai com minha mãe desde quando eu era uma garotinha, vejo o jeito como ele fala com ela, como ele olha para ela, e o jeito como a beija sem motivo, apenas porque quer beijá-la. Nunca tive isso. Nem sequer sabia que desejava isso. Até conhecer Wes...

– Linda... a porta.

– O quê? – Eu me viro para olhá-lo. Estou tão perdida em pensamentos que não entendo o que ele diz.

– Tem alguém batendo. Quer que eu atenda?

Franzo a testa quando abaixo a faca. Minha mãe não teria dito ao meu pai sobre Wes. Ela esperaria até eu estar pronta, e ninguém ligou para dizer que me visitaria, então não sei quem poderia estar ali num domingo.

Quando chego à porta, espio pelo olho mágico e a abro em seguida.

– O que aconteceu? – pergunto, trêmula, puxando Kayan para dentro de casa. Seus olhos estão marejados e eu a levo ao sofá, quase sem notar que Wes está falando ao telefone atrás de mim. – Fale comigo – peço e ela abaixa a cabeça.

– Espere até Z e alguns dos caras chegarem aqui – diz Wes, ficando ao meu lado, entregando um lenço de papel para Kayan.

– Por que precisamos esperar? – pergunto, olhando para a minha amiga, e agora vejo uma mancha preta sob seus olhos e um corte no lábio inferior.

– Eu só quero que ela nos conte uma vez, e então você pode cuidar dela – diz ele, passando a mão nas minhas costas.

Concordo e me sento ao lado dela para poder abraçá-la. Demora menos de cinco minutos para o som alto de escapamentos fazer minha casa vibrar. Não sei quantos caras estão chegando, mas, a julgar pelo barulho, não são só dois.

– Volto já – resmunga Wes, saindo pela porta e voltando alguns minutos depois com Z.

– Porra, não – vocifera Z assim que vê Kayan. Sua mandíbula começa a se contrair, e ele leva as mãos cerradas em punhos ao peito como se estivesse tentando se controlar.

– Você vai ficar à vontade contando para eles? – pergunto, e ela confirma com a cabeça, pegando a minha mão.

– Eu saí com Eric para buscar comida – ela começa a dizer, e um grunhido toma a sala. Olho para cima e vejo Z com os olhos arregalados.

– Você pode se controlar? – digo para ele, que ergue o queixo, fazendo com que eu revire os olhos, irritada.

– Então, você saiu com Eric, e depois o que aconteceu?

– Hum. – Ela balança a cabeça, desvia os olhos de Z e olha para mim. – Ele me deixou em casa, e, quando entrei no meu apartamento, fui empurrada para a porta e alguém me agarrou pela garganta. A pessoa me disse que eu precisava te dar um aviso.

– O quê? – sussurro, apertando a mão dela com mais força, sentindo o medo percorrer minha coluna.

– Ele disse que, se não pararmos de meter o nariz onde não fomos chamadas, descobriremos o que acontece com mocinhas intrometidas.

Olho para Wes, que olha para Z e depois para mim.

– Como era essa pessoa? – pergunto.

– Só vi uma tatuagem de aranha na testa dele. Sério, eu estava com muito medo para prestar atenção. – Mais lágrimas enchem seus olhos.

– Vai ficar tudo bem. – Olho para a frente quando Z sai, batendo a porta.

– Linda – Wes me chama e eu olho para ele. – Vá limpar os ferimentos dela. Vou sair com os caras. Harlen e Everett estão do lado de fora.

– Está bem – concordo. Ele se inclina para a frente, passa a mão pela minha nuca e me puxa para cima, beijando-me rapidamente, então sai em seguida.

– Bom, acho que não preciso de outro calendário. – comenta Kayan. Olho para ela e não consigo deixar de sorrir. – Quanta diferença alguns dias fazem. – Ela ri.

– Você é hilária. – Reviro os olhos. – Vamos limpar esses ferimentos antes que Z volte – digo, e sei que ela vai concordar.

– Você sabe que não sei lidar com gostosos assustadores – diz ela, mas fica inexpressiva.

– Você já me disse. – Seguro sua mão e a levo para o meu quarto.

Capítulo 7

– Você chegou – sussurro, olhando para Wes. Seu rosto se suaviza quando ele se agacha ao lado do sofá e passa a mão na minha cabeça. Olho em volta e vejo que está sozinho. Kayan está dormindo ao meu lado no sofá.

– Você comprou uma TV – diz ele. Sorrio e olho para a nova televisão, e em seguida olho para ele de novo.

– A primeira coisa que seus amigos disseram quando entraram na minha casa foi: "Cadê sua TV?" – digo, fazendo uma voz grossa. – Então, pedi para me levarem à Target para comprar uma, mas eles se recusaram, falando algo sobre mulheres e compras... blá-blá-blá. Então fomos à BestBuy.

– Sorrio e me sento. – O que é engraçado, porque ficamos na BestBuy durante duas horas analisando os televisores. Você sabia que eles têm TVs "smart"? – pergunto, inclinando a cabeça para o lado. Quando ele balança a cabeça, continuo: – Eles têm, mas me recusei a comprar uma quando já tenho um computador. Por que eu precisaria de uma TV que é um computador? – Respiro fundo e ele ri, passando os dedos pelo meu rosto. – Você conseguiu descobrir alguma coisa? – pergunto depois de um momento, e ele confirma.

Mordo o lábio e olho para a minha amiga. Odeio ter feito com que ela se machucasse.

– O que faremos agora? – pergunto quando ele se senta no sofá ao meu lado.

– Falei com Jax. Com os caras deles e os meus, nós vamos descobrir. – Ele me puxa para mais perto com a mão atrás do meu pescoço, algo que percebo que faz muito. – Vou ficar aqui com você e sua amiga até colocarmos seguranças na casa dela e na sua.

– Uh... o quê? – sussurro.

– Nada disso. Quem fez isso não vai me assustar a ponto de me tirar da minha própria casa. Eu te amo, mas não vou ficar aqui – Kayan diz, se levantando.

– Não é seguro para você ficar lá sozinha – digo com delicadeza, e ela cruza os braços.

– Eles não vão me assustar a ponto de me tirar da minha casa – ela repete.

– Você não vai ficar sozinha – diz Z, entrando em casa.

– Você não é meu pai – responde ela, e eu fico boquiaberta. Estou surpresa.

– Você não vai ficar sozinha, gata – diz Z, inclinando-se para a frente a fim de se aproximar dela.

– Tudo bem, vou ligar para o Eric. – Ela encolhe os ombros.

– Pense em outra coisa – diz Z, e eu não tenho ideia do que está acontecendo, mas poderia jurar que estou perdendo alguma coisa.

– Você não pode me dizer o que fazer! – ela grita.

– Pode apostar que posso! – ele grita de volta, fazendo com que Capone comece a latir.

– Eu estou indo para casa! – ela grita, erguendo as mãos em frustração, e ele continua a olhar para ela.

– Ok, então eu vou ficar com você – diz Z, fazendo um gesto com a mão em direção à porta.

– O quê? – Ela congela no lugar. Daria para ouvir uma agulha caindo no chão.

– Eu vou ficar com você – ele repete.

– Uh... – Ela olha para mim como se tivesse acabado de perceber o que tinha feito, e eu sorrio.

– Talvez eu fique aqui mesmo – sussurra.

– Não, pode ir para o seu carro. Eu vou te seguir até em casa.

– Hum... – Ela olha para mim e eu contraio os lábios para não rir. Eu nunca a vi agir assim. Nunca mesmo.

– Tudo bem. – Ela olha para Z, então olha para mim. – Vou me demitir amanhã.

– Você já foi demitida – relembro. Ainda estou chateada com aquela maldita roupa de Mulher-Gato.

– Eu te odeio – ela me diz enquanto vai em direção à porta, passando por Z, que olha para sua bunda conforme ela se afasta.

– Por favor, seja gentil com ela – imploro. Ele faz uma cara esquisita, ergue o queixo e sai fechando a porta.

– Isso foi muito estranho – digo, olhando para Wes, que está sorrindo.

– Ela vai ficar bem. – Ele passa o polegar na pele embaixo do meu olho. – Você está cansada?

– Muito – afirmo com um bocejo. O fim de semana foi muito intenso, não consegui relaxar. Minha vida nunca esteve tão emocionante.

– Vá para a cama. Vou ver se está tudo trancado.

– Tem certeza?

– Sim – murmura ele, e me puxa do sofá, beija minha testa e me empurra em direção ao corredor. Paro no quarto de hóspedes e coloco ali um travesseiro e um cobertor a mais antes de ir para o meu quarto, onde tiro as roupas. Visto uma camiseta e subo na cama. Imagino que vou demorar um pouco para adormecer mas apago assim que e fecho os olhos.

– Coloquei um travesseiro e um cobertor a mais na cama do quarto de hóspedes para você – murmuro meio adormecida enquanto Wes me puxa e envolve meu corpo com o seu.

– Eu notei. – Ele beija a pele atrás da minha orelha, me puxando para mais perto com uma das mãos na minha barriga. – Eu não vou ficar sob o mesmo teto que você e não dormir ao seu lado.

– Ah... – Meu corpo começa a despertar quando ele empurra o quadril para a frente, de modo que sua protuberância fica entre minhas nádegas. Ele parece ser enorme e grosso, e só de pensar nisso já sinto um arrepio na espinha.

– Shhh – ele me acalma quando reajo ao senti-lo levantar minha blusa e descansar a mão na minha barriga. Todos os nervos do meu corpo estão em sintonia com ele, cada um reagindo, desejando seu toque.

– Wes – sussurro no escuro enquanto seus dedos deslizam ao longo do elástico da minha calcinha, fazendo com que os músculos do meu baixo-ventre se contraiam.

Ele move o quadril para a frente de novo, fazendo meus pulmões pararem, e uma onda de umidade se espalha entre minhas pernas. Fechando os olhos com força, espero pelo seu toque. Seus dedos se movem lentamente, descendo por meu osso púbico e passando sobre a minha entrada. Solto um suspiro quando os músculos de seu corpo se contraem atrás de mim e ele segue deslizando os dedos por minha pele sensível.

– Eu mal encostei em você e já está molhada desse jeito – sussurra em meu ouvido enquanto desliza um dedo para dentro de mim, e o tira em seguida. Sua mão em meu quadril me força a me deitar de costas, e ele paira sobre mim, o luar me permitindo vê-lo. Ele abaixa a cabeça e sussurra contra meus lábios: – Abra as pernas, minha linda.

Meus joelhos estão flexionados e minhas coxas, de alguma forma, estão contraídas. Os dedos dele novamente tocam o elástico da minha calcinha. Reluto por um breve momento e então abro as pernas. Ele morde meu lábio inferior, me fazendo arfar. Sua língua desliza para dentro da minha boca e dois dedos desvendam minha intimidade, passam pelo meu clitóris e me penetram, fazendo minhas costas se arquearem. Solto um gemido alto.

Minhas unhas se cravam em seus ombros enquanto ele lentamente usa os dedos para me penetrar, causando mais calor a cada movimento. Ele se movimenta novamente; desta vez, desliza entre minhas pernas abertas, puxa minha blusa pela cabeça e abaixa seu corpo, fazendo com que o metal frio da corrente que usa passe entre meus seios.

Deslizando uma das mãos pelo seu peito até o elástico da cueca, eu o seguro. Minha vagina se contrai quando sinto como ele é grande e comprido. Sei que, assim que me penetrar, vou ficar sem fôlego.

Ele para de me beijar e encosta a testa na minha.

– Juro que sei como é seu gosto só pelo seu cheiro. Baunilha e frutas cítricas. Você deve ser doce e picante.

– Ai... – solto um gemido, erguendo o quadril para sentir melhor a mão dele enquanto o masturbo mais depressa.

– Você deseja tanto os meus dedos que está encharcando minha mão. Quero te comer. – Ele geme contra a minha boca enquanto minha mão o aperta.

– Sim – sibilo, e ele fecha os olhos como se estivesse com dor, e os abre novamente, me deixando sem ar.

– Não hoje, mas logo. – Seu polegar circunda meu clitóris em sincronia com minha mão, que ainda o segura. Mexo a mão mais rápido e os dedos dele alcançam meu ponto G, fazendo minhas pernas tremerem, e o calor se espalha como fogo até eu começar a gritar seu nome. Ele apoia a cabeça no meu ombro e geme contra meu pescoço enquanto luzes brilhantes enchem minha visão. Minha vagina suga avidamente seus dedos, que ainda estão dentro de mim, enquanto seu sêmen quente se espalha sobre minha barriga.

Meus olhos se fecham e meu corpo relaxa completamente, enquanto o peso do corpo dele me envolve e faz com que eu me sinta completa.

– Eu vou te limpar – sussurra. Concordo, incapaz de falar, e até mesmo de abrir os olhos, porque meu corpo está completamente relaxado pelo orgasmo. – Você vai precisar me soltar. – Percebo que ele está sorrindo e afasto a mão. Ele sai da cama e volta alguns minutos depois com um pano quente, que usa para limpar suavemente entre as minhas pernas e a minha barriga. Ouço um som vindo do banheiro e sorrio quando ele se deita comigo de novo, seu corpo envolvendo o meu.

– Boa noite – murmuro, me acomodando mais em seu abraço.

– Boa noite, minha linda. – Ele beija minha cabeça e suspiro antes de partir para a Terra dos Sonhos.

Meus olhos percorrem Wes, observando os cabelos escuros, o peito coberto de tatuagens e a corrente pendurada no pescoço... a corrente que senti deslizar entre os meus seios na noite passada, quando ele me levou ao orgasmo.

Ele se inclina para trás para se encostar no balcão e leva a xícara de café à boca, tomando um gole, me observando por cima da borda.

Apoio um pé no assento da cadeira, passo o braço em volta da perna e dou uma mordida no meu pão, abaixando a cabeça e tentando esconder o rubor. Hoje cedo, quando acordei com os braços dele me envolvendo, sua respiração em meu pescoço, eu sorri. Sempre fui feliz – minha vida é plena; minha família é incrível –, mas acordar envolta em seus braços foi um tipo diferente de felicidade. Era algo só meu.

– Eu vou à clínica te buscar para almoçarmos juntos.

– Como? – digo quando finalmente consigo engolir o pedaço de pão.

– Almoço hoje.

– Você estava falando sério sobre isso? – Ele encurta o espaço entre nós e apoia a mão em meu joelho enquanto, com a outra, envolve meu pescoço. Seu polegar roça a parte inferior do meu queixo e ele aproxima a boca da minha, me beijando até que eu pare de respirar.

– Estava falando muito sério sobre isso – diz, afastando os lábios dos meus e passando o polegar pelo meu lábio inferior.

– É meio difícil sair da clínica durante o dia – explico.

– Vou levar a comida. Tenho certeza de que você pode se ausentar por trinta minutos para comer.

– Vou tentar.

Ele sorri e recua, encostando-se no balcão e cruzando um pé descalço sobre o outro.

– Então, hum... – Contraio os lábios quando percebo que não tenho nada a dizer. Ele dá um sorriso ainda maior e passa a mão pelo cabelo, fazendo com que seu abdômen se flexione. Eu me esforço para manter o controle, ainda que queira me afastar do balcão e deitá-lo no chão de ladrilhos da cozinha.

– Linda, pare de olhar assim para mim.

Dou uma mordida grande no meu pão para me impedir de perguntar o que ele vai fazer se eu não parar, na esperança de que ele responda: "Vou te fazer gozar até que não aguente mais".

– Já volto – diz Wes quando seu telefone começa a tocar em algum lugar da casa. Digo um "obrigado" baixinho para o deus que está me impedindo de agir como uma idiota, termino de comer o pão e me levanto para lavar o prato e a xícara. Depois alimento Shock e Juice.

– Está tudo bem? – pergunto quando ele volta para a cozinha, alguns minutos depois, carregando as botas e a camisa.

– Era o Mic. Ele acabou de chegar à loja e alguém estraçalhou a vitrine – diz, contraindo a mandíbula. Wes deixa as botas caírem no chão e veste a camisa. Depois se senta na cadeira da cozinha para calçar as botas. – Ouça. – Ele me puxa para seu colo e afasta os cabelos do meu rosto. – Isso não tem a ver com você, então não esquente a cabeça e melhore essa cara.

– Você não acha isso um pouco difícil?

– Não – ele afirma, apertando minha cintura, e tento me levantar, sabendo que é inútil discutir, mas ele me puxa de volta. Wes sobe a mão até a minha nuca e me beija antes de nos levantarmos.

– Até mais tarde, minha linda.

– Até – digo enquanto ele sai e fecha a porta.

– Eu já disse que não preciso que você me siga por aí! – Kayan grita, olhando para trás, para Z, que está sentado na moto com os braços cruzados, observando-a e sorrindo.

– Tenha um bom dia, gatinha – diz Z, e Kayan balança a cabeça, irritada. Ela se aproxima de mim, batendo os pés no chão de cascalho do estacionamento. Quando chega ao meu lado, agarra meu braço e começa a me puxar em direção à entrada da clínica.

– Posso fechar a porta do carro e pegar meu café? – pergunto enquanto tento segurar o riso.

– Não é engraçado – responde, contrariada, entendendo minha expressão. – Isso é tudo culpa sua. Graças a você, tive que aguentar aquele cara na minha casa ontem à noite e hoje cedo.

– Eu poderia pensar em problemas muito piores, querida – digo, batendo a porta com o quadril e pegando o copo de café que deixei em cima do carro.

– Você é que pensa. Ele estava sem camisa na minha casa. Quem tira a roupa na frente de pessoas desconhecidas e anda para lá e para cá exibindo o corpo? – Ela sopra uma mecha de cabelo do rosto corado.

– Você gosta dele. – Sorrio, e, em seguida, dou risada dela.

– Eu não gosto dele. – Ela franze a testa, observando enquanto Z sai do estacionamento.

– Claro que não gosta.

– Não gosto – diz, passando por mim assim que abro a porta da clínica. – E, se ele acha que vai ficar na minha casa hoje à noite, vai ser surpreendido! – Eu a ouço gritar enquanto vou para o meu consultório. Balanço a cabeça e guardo todas as minhas coisas antes de sair para ver quem é meu primeiro paciente.

Quando viro no corredor, paro na hora. O cara que seguimos até o bar está na frente da recepção, com as mãos em cima do balcão e o corpo inclinado para a frente.

– Posso ajudá-lo? – pergunto e olho para a minha amiga para ter certeza de que ela está bem.

– Como eu estava dizendo para a sua amiga agora mesmo, vocês precisam cuidar da vida de vocês.

– Eu preciso cuidar da minha vida? – Dou um passo em sua direção e estico um dedo. – Você fez com que eu parasse de cuidar da minha vida quando começou a deixar cachorros à beira da morte na porta da minha clínica.

– Eu estava tentando fazer a coisa certa, mas não vou conseguir livrar a barra de vocês de novo. Eles vão te matar – diz o sujeito. Ele parece mais jovem do que eu pensava. Talvez tenha 20 anos. O cabelo está coberto com um boné com a aba rasgada. Seus olhos são de um azul cristalino que é quase encantador, e dá para ver o estresse e a exaustão em seu olhar.

– Conheço pessoas que podem ajudá-lo – digo gentilmente, mas seu olhar muda e ele dá um passo para trás. – Elas podem ajudar, eu juro.

– Só parem de se meter onde não devem, porra! – ele grita, se vira e empurra a porta com tanta força que o vidro racha quando bate na parede.

– Eu me pergunto o que é que ainda não entendemos – digo em voz alta enquanto o observo sair do estacionamento.

– Eu não sei, mas ele parece assustado – diz Kayan, e vejo que ela ainda está olhando para a porta.

– Sim – concordo, engolindo.

– Você quer que eu ligue para Wes ou para o Z e conte a eles o que acabou de acontecer? – Kayan pergunta. Olho para ela e balanço a cabeça, negando. Sei que a primeira coisa que Wes faria seria rastrear o rapaz, e acho que, no momento, o garoto não seria capaz de lidar com isso.

– Não... se mais alguma coisa acontecer, conto para ele – prometo.

Ela me olha com desconfiança, mas concorda com a cabeça de qualquer maneira. O resto do dia transcorre sem problemas, e eu até consigo parar para almoçar com Wes no meu consultório. Evito contar sobre o rapaz e ele me diz que a vitrine da loja foi quebrada com um tijolo. Wes acha que quem fez aquilo provavelmente é jovem e burro, por isso não acreditava que tivesse algo a ver comigo.

Capítulo 8

— Quem foi ao consultório hoje cedo? – pergunta Wes enquanto entra na minha casa. Olho para ele e para a porta da frente e me pergunto como conseguiu entrar. Tenho certeza de que a tranquei quando cheguei em casa.

– Como você entrou? – pergunto, franzindo o cenho.

– Eu tenho uma chave. Agora me diga quem foi à clínica hoje cedo.

– Uh... como é? – Cruzo os braços, ignorando o fato de que ele, de alguma forma, descobriu que o cara responsável por abandonar cachorros na porta da clínica passou no consultório para me alertar, e foco no que ele disse sobre ter uma cópia da chave da minha casa.

– Você me ouviu; não se faça de desentendida.

– Sim, eu ouvi você. – Me inclino para a frente e aponto para a porta de casa. – Você tem uma chave da minha casa. E eu não te dei.

– Essa merda não importa. Agora me diga o que diabos você estava pensando quando decidiu não me contar sobre a visita que recebeu.

– Não, você deve me dizer por que acha que está tudo bem em ter uma chave da minha casa sem meu consentimento.

– Você acha que eu não sei o que você está fazendo? – Ele aponta um dedo para mim e eu vejo uma veia em seu pescoço pulsando acelerada. – Responda à minha pergunta antes que eu te leve para o quarto e te dê umas palmadas – ele vocifera e dou um passo para trás.

– Não me ameace – sibilo.

– Sabe o que pode acontecer com você? Sabia que os caras com quem aquele garoto e o pai dele estão envolvidos drogam as mulheres até elas não terem ideia do que estão fazendo e as colocam na rua, e só as deixam em paz quando estão tão arruinadas que não conseguem mais render dinheiro para eles? Você quer ser uma dessas mulheres? Acha que quero ir atrás de você para descobrir que foi sequestrada e vendida como prostituta?

– Pare – sussurro quando lágrimas enchem meus olhos e meu lábio inferior começa a tremer.

– Você acha que sua família vai entender que isso aconteceu porque você agiu como uma idiota?

– Por favor, pare – digo a ele e me sento no sofá. – Eu não sabia e ele parecia assustado. Não queria que você fosse atrás dele.

– Isso é algo que você poderia ter dito quando almoçou comigo – diz Wes, baixinho.

– Ele parecia assustado – repito, olhando em seus olhos. – Não sei o que aconteceu, mas ele parecia apavorado. Tive a impressão de que ele não queria que nos machucássemos.

Wes balança a cabeça e se abaixa na minha frente, segurando minhas mãos.

– O pai dele é dono do Mamma's Country. Foi um dos primeiros lugares aonde eu e os caras começamos a ir quando nos mudamos para cá. O pai dele é um homem bom, mas nos últimos meses se envolveu com alguns caras que são barra-pesada. Nós não sabemos o que está acontecendo, mas meu palpite é que ele deve dinheiro para esses sujeitos.

– Você pode ajudá-los?

Ele observa meu rosto e murmura um "porra" quando afasta as mãos das minhas. Então fica em pé e passa as mãos pela cabeça.

– Ele tem levado os cachorros para a clínica, mesmo os que estão praticamente mortos. Eu sei que a pessoa que comanda as lutas não está ordenando que ele os entregue a mim, então isso me leva a acreditar que ele é uma boa pessoa.

Wes se abaixa, ficando de frente para mim, e enxuga uma lágrima que eu não tinha percebido que havia escapado de meus olhos.

– Eu e Jax estamos tentando descobrir o que está acontecendo. Se eu puder ajudá-lo, vou ajudar.

– Obrigada.

– Você é um pé no meu saco – diz, balançando a cabeça, mas as palavras são carinhosas, assim como seu olhar. Respiro fundo e relembro que estávamos brigando por causa da chave antes de ele dar um jeito de mudar de assunto.

– Então, como você conseguiu uma cópia da chave da minha casa? – pergunto, e ele se levanta e cruza os braços.

– Peguei de um dos seus chaveiros. – Ele dá de ombros.

– Você acha que eu deveria ter dado uma cópia a você?

– Quanto tempo acha que levaria para você me dar uma chave? – pergunta, olhando para mim. Então me levanto, querendo ganhar tempo, mesmo que a vantagem seja pequena.

– Eu não sei. – Dou de ombros. Nem sei por que estou discutindo com ele sobre isso. Não importa se ele tem uma chave. Eu teria dado uma cópia se ele tivesse pedido. Apesar de estarmos juntos há poucos dias, sinto que o que temos é maior do que consigo entender.

Ele me observa e olha para os meus lábios. Eu os cubro com a mão e ele sorri.

– Voltamos ao começo, é isso? – pergunta, dando um passo em minha direção. Dou um passo para trás, minhas pernas batem no sofá e caio sentada. – Agora você está presa. – Ele sorri, apoiando as duas mãos no sofá.

– O que você vai fazer comigo? – pergunto, e seus olhos ficam sérios enquanto me analisam.

– Consigo pensar em algumas coisas, mas você vai precisar parar de cobrir essa boca gostosa.

– Nós precisamos comer – digo, descobrindo minha boca e apoiando as mãos em seus ombros.

– Comer definitivamente está na minha lista de afazeres.

– Minha nossa – sussurro, e ele aproxima os lábios dos meus.

– July, abra a porta agora – Kayan grita do lado de fora, interrompendo.

– Droga – Wes resmunga, socando a almofada ao lado do meu quadril e olhando para a porta.

– Gatinha – alguém resmunga, e as batidas ficam mais fortes. Contrariada, saio da frente de Wes e vou até a porta. Abro e volto a fechar quando vejo que Z está agarrando Kayan, com a mão emaranhada nos cabelos dela, e os dois se beijam.

– Meus vizinhos vão fazer um abaixo-assinado para eu deixar o bairro – digo para Wes, balançando a cabeça.

– Você não pode simplesmente sair por aí beijando as pessoas – ouço minha amiga dizer, sem fôlego, do outro lado da porta. Abro novamente e saio da frente quando ela entra em casa aos tropeços, com Z puxando-a pela cintura antes que ela caia de cara no chão de madeira.

– O que está acontecendo? – pergunto quando ele a estabiliza e ela tira as mãos dele de sua cintura.

– Vim para ter certeza de que você estava bem – diz ela, olhando para mim e para Wes.

– Por que eu não estaria bem? – Franzo a testa.

– Posso ter ficado frustrada com o fato de Z estar na minha casa quando cheguei e ter contado a ele sobre o cara que foi à clínica. Eu disse para não contar a Wes, mas, assim que as palavras saíram da minha boca, esse grande babaca ligou para o amigo. – Ela aponta para Z, que está sorrindo. Em resposta, ela arregala os olhos, e ele sorri ainda mais. – Você é irritante.

– Você já disse isso, gatinha – diz Z.

– Você não podia ter ligado? – pergunta Wes, e eu estreito os olhos em direção a ele.

– Não seja rude.

– Estou com fome – diz ele, e isso me dá um arrepio.

– Também estou faminta – diz Kayan, e paro de olhar para Wes quando ele joga a cabeça para trás e olha para o teto.

– Eu ia fazer tacos. – Suspiro.

– Tem para todo mundo? – pergunta Kayan.

– Não – diz Wes, mas eu corrijo:

– Sim. Sim, tem para todo mundo. – Olho de soslaio para Wes, desafiando-o a dizer algo mais. – Por que você não me ajuda com o jantar enquanto Wes e Z procuram outra coisa para fazer?

– Que coisas? – Wes sacode a cabeça, olhando para Z.

– Sei lá... beber cerveja, coçar o saco... essas coisas de homem. – Levanto as mãos e reviro os olhos quando Z ri.

– Vou cozinhar – diz minha pobre amiga angustiada, caminhando para a cozinha.

– Vou acabar com você amanhã – diz Wes, olhando para Z, cujos olhos estão focados onde Kayan estava.

– Irmão. – Z balança a cabeça e olha para mim. – Você tem cerveja?

– Sim – confirmo.

– Eu vou pegar – diz ele, indo em direção à cozinha.

– Ela está segura com ele, certo? – pergunto a Wes quando Z não pode nos ouvir.

– Sou amigo dele desde que servimos a Marinha, com 18 anos. Ele é um dos melhores caras que eu conheço. – Ele me abraça e dá um beijo demorado na minha testa. – Agora, vá fazer o jantar enquanto vou fazer coisas de homem. – Ele inclina minha cabeça para trás com dois dedos sob o meu queixo e dou risada quando ele me beija de novo e me empurra na direção da cozinha.

– Te deixei em apuros com o Wes? – pergunta Kayan quando começamos a preparar o jantar.

– De jeito nenhum. Bem, ele ficou nervosinho, mas já passou.

– Eu não pretendia abrir a boca, mas, quando cheguei em casa, Z estava lá e simplesmente acabei falando.

– Eu entendi. – Tiro a carne do pacote, coloco na frigideira e começo a cozinhá-la. – O que está rolando entre vocês, afinal? – pergunto, entregando dois tomates para ela fatiar.

– Nada. – Ela abaixa a cabeça.

– Não parecia "nada" quando abri a porta da frente e a língua dele estava na sua garganta.

– Aquilo foi um acidente.

– Ele te beijou por acidente? Ou você retribuiu por acidente?

– Eu não sei. – Kayan solta um suspiro alto.

– Ele parece gostar de você.

– Não tenho certeza – ela sussurra, enquanto pego uma lata de feijões e despejo o conteúdo em cima da carne dos tacos, com um pouco de queijo ralado.

– Só não quero que você deixe de viver algo incrível – digo depois de alguns minutos.

– Ele me deixa louca.

– Acho que, se você não explorar as coisas com ele, vai acabar se arrependendo.

Ela morde o lábio inferior e olha para a sala de estar, onde os rapazes estão assistindo TV.

– Eu sei que você está certa – ela sussurra e olha para a panela na minha frente, franzindo a testa. – Pensei que fôssemos fazer tacos.

– São tacos na versão "eu não quero lavar um milhão de panelas".

Ela balança a cabeça e volta a fatiar os tomates.

Não demora muito para o jantar ficar pronto, e menos ainda para os rapazes comerem tudo. Quando terminamos e Z e Kayan vão embora, estou dormindo em pé.

– O que você está fazendo? – pergunto, sonolenta, abrindo os olhos e dando de cara com Wes, que está me olhando de volta. Virando a cabeça, olho para o relógio, vendo que ainda tenho uma hora antes de me levantar e me arrumar para o trabalho.

– Você estava gemendo enquanto dormia.

– Gemendo? – pergunto, ainda meio inconsciente.

– Gemendo – ele confirma.

– Que estranho – digo e percebo que os olhos dele estão mais escuros à medida que começo a sentir meu corpo ficar mais quente. Eu estava tão cansada ontem à noite que adormeci assim que me deitei.

– Você gemeu da mesma maneira quando meus dedos estavam dentro de você.

– Sério? – Respiro fundo quando ele desliza a mão pela minha barriga e cobre minha calcinha.

– Ah, sim, eu nunca vou me esquecer daquele gemido. – Seus dedos deslizam sobre os lábios da minha vagina, por cima do tecido, o que me faz gemer.

– É desse gemido que estou falando.

– Ah... – Suspiro enquanto ele desliza entre as minhas pernas. Suas mãos sobem pelas laterais do meu corpo e ele tira minha blusa, jogando-a para trás dele. Então, levanta uma das minhas pernas e a apoia em seu ombro, fazendo a mesma coisa com a outra.

Minha respiração fica ofegante enquanto as mãos de Wes deslizam sobre meus seios e meu corpo.

– Porra… você é perfeita – diz ele, sem fôlego, enquanto envolve minha cintura com as mãos e puxa minha calcinha para baixo. Ele apoia minhas duas pernas em um de seus ombros até a calcinha chegar aos tornozelos, e a joga ao lado do meu quadril. Então apoia minha perna direita em seu outro ombro e olha para baixo de novo.

– Acho que não consigo viver outro dia sem saber como é seu gosto. Posso sentir seu sabor, minha linda? – pergunta enquanto desce as mãos dos meus tornozelos, que estão perto de suas orelhas, até meus joelhos, e mais para baixo, passando pela parte interna das coxas. Engulo em seco, tentando fazer minha voz sair, mas tudo que consigo é assentir com a cabeça.

– Hum... – Ele respira, tirando minhas pernas de seus ombros. Apoia meus pés na cama e se inclina sobre mim, fazendo sua corrente encostar no ponto entre meus seios enquanto se aproxima para me beijar.

Com a língua na minha boca e roçando o quadril contra mim, levanto minhas pernas, na intenção de envolver o corpo dele.

– Não. – Ele afasta minhas pernas, segurando-as pelos tornozelos, e em seguida as abre, segurando meus pés contra o colchão, os músculos do braço flexionados enquanto ele me abre mais e abaixa o rosto, beijando meu baixo-ventre e fazendo os músculos se contraírem.

Wes roça o nariz na minha virilha enquanto respira profundamente. Minhas coxas começam a tremer quando ele tira as mãos dos meus tornozelos, sobe para os joelhos e desce pela parte interna das coxas.

Minha respiração se intensifica enquanto tento adivinhar o momento em que sua boca vai me tocar. Meus dedos se enroscam nos lençóis ao redor do meu corpo quando seus olhos encontram os meus. Apesar de eu estar esperando o toque de sua língua, minhas costas se arqueiam, afundo a cabeça no travesseiro, e meus olhos se fecham em êxtase quando a língua quente percorre meu clitóris.

– Quero ver seus olhos – ele diz. Minha cabeça se inclina e meus olhos encontram com os dele enquanto sua língua explora meu sexo. Desta vez, Wes faz movimentos rápidos com a língua e enquanto abre minha fenda com os polegares.

Agarro seus cabelos com as mãos e finco os calcanhares no colchão, perto de seus ombros, tentando me aproximar mais de sua boca. Então seu polegar desliza para dentro de mim. Ele murmura contra meu clitóris antes de puxá-lo para dentro de sua boca. Meu quadril se ergue em resposta e eu puxo seus cabelos com força enquanto ele suga impiedosamente, causando um orgasmo que eu nem sequer percebi que estava chegando.

Digo o nome dele num gemido alto. Passo as unhas pelos seus cabelos enquanto o seguro contra mim, sentindo o prazer se espalhar pelo meu corpo.

Relaxo na cama e solto as mãos ao lado do corpo quando ele rasteja entre as minhas pernas. Passa a língua na minha, e sinto o gosto dele e o meu. Envolvo seu corpo com as pernas quando ele se inclina para trás, e passo os dedos pelo seu queixo áspero.

– Você é uma delícia – digo e fecho os olhos, me sentindo uma boba.

Ele ri e beija o ponto embaixo do meu queixo, passa a mão na minha cabeça, e então sai de cima de mim e se deita de costas, me puxando para seu peito. Contraio as pernas quando sinto seu pênis muito duro contra meu braço, que está sobre sua barriga.

Respiro fundo, deixando o oxigênio me dar a coragem de que preciso, então me movimento antes que ele possa me impedir. Puxo a cueca para baixo e paro quando fico sem fôlego.

– Minha nossa – sussurro. Eu sabia que ele parecia grande quando o segurei, mas é enorme, comprido e grosso, com as veias pronunciadas, a cabeça vermelha e grande. Engulo em seco e começo a salivar. Olho para a frente e encontro seus olhos. Seu corpo está paralisado. Puxo os cabelos sobre um ombro e seguro seu pênis com firmeza, o que me faz ficar molhada de novo. Abaixo a cabeça e passo a língua na ponta, gemendo ao sentir o gosto dele.

– Porra – ele geme enquanto agarra meus cabelos na lateral da minha cabeça. Eu o tomo por completo em minha boca, descendo até que ele atinja o fundo da minha garganta, me fazendo engasgar. Volto a subir, sugando. Quando chego à ponta novamente, tiro-o da minha boca com um estalo e uso a mão, movimentando-a para cima e para baixo enquanto giro a língua ao redor da cabeça.

Ele solta meu cabelo e leva a mão acima da própria cabeça para poder segurar a cabeceira da cama. Vê-lo naquela situação, com os músculos tensos enquanto o deixo mais perto do orgasmo, me faz gemer alto e descer de novo, fazendo com que ele volte a bater no fundo da minha garganta. Faço um movimento mais rápido, sincronizando mão e boca.

– Eu vou gozar – ele geme, levando a mão aos meus cabelos de novo. Olho nos olhos dele. Sei que está me dando a chance de soltá-lo, mas apenas me movo mais rápido, com os olhos fixos nos dele enquanto ele goza com força. Eu o engulo e passo a língua ao redor da glande novamente antes de tirá-lo da minha boca. – Eu quase te levantei e fiz com que você se sentasse em mim, minha linda – diz, me puxando para cima com as mãos embaixo de meus braços. Quando me aproximo, ele apoia a mão na minha nuca e leva meus lábios até os dele, me beijando até minhas unhas afundarem em seu peito.

– Desculpe – digo sem fôlego, sem saber mais o que falar.

– Não se desculpe; foi excitante. Só tenho que me controlar. – ele diz, prendendo uma mecha de cabelo atrás da minha orelha e me observando. – No sábado, um amigo da Marinha vem da Califórnia e nós vamos dar uma festa para ele. Quero você lá comigo – diz, passando os dedos pelos meus cabelos, desfazendo os nós que deixou.

– Não posso... Tenho a festa de aniversário do meu pai no sábado – digo, passando o dedo pelas tatuagens que começam no ombro e descem até seu pulso.

– Tudo bem. Podemos ir depois da festa dele – diz, apoiando a mão em meu pescoço para puxar meu rosto para ele.

Recuo e o observo, dizendo:

– Meu pai vai estar lá.

– É aniversário dele, imaginei que estaria. – Ele sorri, passando um dedo pelo meu rosto.

– Você quer conhecer meu pai? – pergunto, espantada. Todo mundo tem medo do meu pai, e nunca, nenhum cara, nem mesmo um amigo, quis conhecê-lo.

– Você é minha. Não sei do futuro, mas acho que isso não vai mudar, então gostaria de conhecê-lo.

– Meu pai é muito protetor.

– Eu não esperaria menos de um homem que só tem filhas – diz baixinho, olhando em meu rosto.

– Pode me deixar falar com ele sobre nós primeiro? – pergunto. Não sei se estou pronta para que o único homem que amei conheça o homem por quem estou me apaixonando. Essa coisa entre nós ainda é tão nova e não quero que nada dê errado.

– Tudo bem – Wes diz com gentileza.

– Obrigada. – Sorrio, beijando-o mais uma vez antes de meu alarme tocar e sermos obrigados a nos levantar.

Capítulo 9

— Feliz aniversário, pai – digo, caminhando até ele, que está preparando o churrasco.

– Obrigado. – Ele sorri, passando um braço em volta dos meus ombros e beijando a lateral da minha cabeça. – Por onde você anda?

– Oh, você sabe, trabalhando. – Dou de ombros e me encolho, disposta a contar sobre Wes.

– Você precisa fazer uma pausa de vez em quando para visitar o seu velho.

– Desculpe – digo, e ele beija minha cabeça novamente.

– Oi, querida. – Minha mãe sorri e olha em volta. Balanço a cabeça antes que ela pergunte o que sei que vai perguntar. – Veio sozinha? – pergunta. Respiro e balanço a cabeça.

– Você não está namorando, está? – pergunta meu pai.

– Precisa de ajuda lá dentro, mãe? – pergunto, ignorando meu pai. Sem esperar que ela responda, seguro seu cotovelo e a conduzo pela piscina em direção à casa.

– Querida – ela ri, olhando para o meu pai, que ainda está na frente da churrasqueira, mas olhando para a casa –, você ainda está saindo com aquele cara legal, o Wes?

– Mãe, sério? – pergunto, entrando na cozinha e retirando as tigelas da geladeira.

– O quê? Pensei que você fosse trazê-lo, ou que ele fosse insistir em vir hoje.

– Ele queria, mas pedi para primeiro me deixar contar ao papai.

– Você não contou ao seu pai. E agora, quando teve a oportunidade perfeita, me afastou.

– Eu sei. – Cubro o rosto, frustrada.

– O que foi? – Sinto sua mão nas minhas costas e descubro o rosto para olhar para ela.

– Estou preocupada com a possibilidade de o papai não gostar dele – sussurro, e sua expressão se suaviza.

– Querida, e se seu pai não gostar dele? – pergunta, olhando para mim.

– Eu não sei – digo, sentindo um aperto no peito.

– Quando comecei a namorar seu pai, o vovô não ficou muito feliz, mas seu pai me fazia sentir coisas que eu nem achava que eram possíveis. E eu tinha certeza de que meu pai me amava o suficiente para entender que eu sabia o que estava fazendo.

– Quero que o papai goste dele – sussurro.

– Então você precisa dar a ele uma chance de conhecer o Wes.

– Não sei se estou pronta, se o nosso relacionamento está pronto.

– Minha linda menina está se apaixonando – ela diz e eu fecho meus olhos, sem querer que ela veja que essa é a verdade. Estou me apaixonando por um cara que mal conheço.

– Acho que só preciso de um pouco mais de tempo – digo, abrindo os olhos novamente.

– Só não espere muito, querida.

– Prometo que não vou esperar – digo, sentindo um aperto por dentro.

– Ele é gostoso. – Ela sorri depois de um momento.

– O quê?! – grito, olhando para ela.

– Ele é! E aquele beijo que deu em você quando entrou na sua casa... Muito bom.

– Para com isso.

– O que foi? Sou velha, mas não estou morta. – Sorri.

– É melhor você não deixar o papai ouvir você dizer isso – aviso, e ela para de sorrir.

– Cuidado, mocinha – diz, e eu a abraço pela cintura.

– Te amo, mãe.

– Também te amo, querida. – Beija meu cabelo. – Agora – minha mãe se afasta, mantendo as mãos nos meus ombros –, vamos organizar essas coisas, sair e aproveitar o aniversário do seu pai.

– Certo – concordo, puxando o resto das tigelas para fora da geladeira e saindo para o quintal.

– Tchau, mãe. Tchau, pai! – grito da janela do carro para os dois, que estão em pé na varanda, abraçados.

– Tchau, querida – responde minha mãe. Meu pai meneia a cabeça enquanto engato a marcha a ré para sair da garagem.

Depois do jantar, conectamos minhas irmãs pelo FaceTime enquanto cantávamos os parabéns, antes de cortar o bolo. Senti falta delas, mas com todas fazendo faculdade fora do estado, ficou difícil de nos reunirmos como costumávamos fazer quando morávamos na mesma casa. A parte boa é que nos próximos anos minhas irmãs estarão voltando para a cidade, uma a uma, conforme forem se formando.

Entro na avenida e ligo para o Wes.

– Oi, linda – ele atende. Ouço música e alguns ruídos ao fundo.

– Oi – digo.

– Você está vindo?

– Sim. – Sorrio.

– Ótimo, estou com saudade – diz, falando mais baixo; não como se tentasse esconder, mas por estar bem feliz por eu chegar em breve.

– Eu também. – Sorrio novamente, entrando em outra estrada.

– Como foram as coisas com seu pai?

Merda. Não quero mentir, mas não quero dizer que não falei sobre ele – e que derrubei Jax no chão quando ele tentou dizer algo sobre Wes para meu pai.

– O aniversário foi ótimo – digo, me fazendo de idiota, torcendo para que ele não pergunte mais nada. Pelo menos, ainda não. Não até eu falar com meu pai, o que farei em breve. OK, talvez não em breve, mas no futuro próximo. – Eu vou passar na minha casa para trocar de roupa rapidinho e depois te encontro aí.

– Por que precisa trocar de roupa?

– Porque estou com um vestido.

– Venha direto para cá – diz ele, de modo sensual, e um arrepio toma conta de mim.

– Wes...

– Venha direto para cá, July – ele exige, aumentando minha excitação.

– Até daqui a pouco – digo, e o telefone fica mudo. Solto o celular no colo e tento me concentrar na direção, não no efeito da voz dele.

Quando estaciono na entrada do complexo, Wes está me esperando na rua. Chego a salivar quando o vejo. Está vestindo uma regata branca que deixa as tatuagens à mostra, com o colete por cima, calça jeans e botas pretas, encostado na parede com uma cerveja na mão.

Desligo o carro e me olho no espelho, percebendo que meus olhos estão brilhando de excitação e felicidade. Em seguida, encaro Wes, e seus olhos me deixam em transe enquanto solto o cinto de segurança e me atrapalho para abrir a porta.

Assim que minha sandália toca o chão, Wes se afasta do prédio. Fecho a porta, e seus olhos me percorrem da cabeça aos pés. Deixei os cabelos soltos depois que saí do banho à tarde, então eles secaram ao natural, ficando ondulados. Meu vestido é amarelo, com alças largas, e a parte de cima é justa, com botões na frente, e a saia é rodada, dando à minha silhueta o formato perfeito de ampulheta.

Solto um longo suspiro e passo as mãos pelo vestido, tentando acalmar meu nervosismo.

– Eu não sei se vou ficar numa boa com os caras vendo você assim. – Ele leva uma mão à minha cintura e puxa meu corpo para perto, até ficarmos colados. – Você está linda – diz ao me observar.

– Obrigada. – Sorrio, apoiando a mão no couro do colete, então envolvo sua nuca para poder puxá-lo para me beijar.

– Eu deveria te levar para casa – sussurra, mantendo os lábios fora do alcance dos meus.

– Se fizesse isso, eu não poderia conhecer seu amigo – digo, ficando na ponta dos pés, tentando alcançar sua boca.

– Ele não é importante.

Sorrio quando finalmente recebo o beijo pelo qual estava esperando, e de alguma forma acabo com as pernas ao redor de seu corpo e os braços em volta de seu pescoço, pressionada contra a porta do carro. Quando finalmente terminamos nossos amassos, ele me leva para dentro, diretamente para o bar, em direção a um grupo de caras que estão conversando.

Assim que nos aproximamos, a conversa para e um dos rapazes se vira para nos olhar. Seus cabelos são curtos, o rosto tem traços fortes e é bonito, quase a ponto de intimidar. Seus olhos me observam e ficam mais intensos, e então ele olha para a mão que Wes mantém ao redor do meu quadril. Em seguida, olha nos meus olhos, e desta vez, a intensidade se vai e ele parece compreender.

– Então é ela, hein? – pergunta, olhando para Wes.

– Minha linda, este é o Prega. Prega, esta é July – Wes nos apresenta.

– Prega? – pergunto, e Wes ri.

– Você não vai quer saber como ganhei esse apelido. – Ele balança a cabeça e estende a mão. – Prazer em conhecê-la. Parece que você pegou meu amigo.

– Eu não diria isso – digo enquanto aperto sua mão.

– Imaginei que não. – Ele olha por cima do meu ombro e sorri ao abaixar a mão. – E aí, qual vai ser o seu veneno?

– Ah, eu não vou beber hoje – digo, balançando a cabeça com as lembranças da última vez que estive ali.

– Uma dose? – pergunta, e Wes aperta a mão em minha cintura e sussurra em meu ouvido:

– Vou cuidar para que você não desafie ninguém a dançar.

– Muito engraçado – digo, olhando para ele e sorrindo.

– Vira, vira, vira – eles gritam. Viro uma dose de tequila e bato o copo na mesa, cobrindo a boca com a mão, e faço uma careta quando sinto o gosto.

– Aaargh, eu odeio tequila. – Dou risada e pego mais uma dose.

– Minha linda. – Wes ri, tira a dose da minha mão, bebe tudo e passa a mão pelo meu pescoço, me puxando para um beijo. Ele enfia a língua na minha boca e eu solto um gemido.

– Procurem um quarto – diz Prega, servindo outra dose.

– Vá se foder. – Wes sorri, me beijando novamente, desta vez embaixo da minha orelha.

– E aí, você levou a July para conhecer a mãe Judy? – pergunta Prega, sentando na cadeira e tomando um gole de cerveja.

– Ainda não. Eu estava pensando em fazer isso neste fim de semana – diz Wes, passando a mão pelo meu ombro.

– Oi... o quê? – falei.

– Ela vai ter folga no próximo fim de semana, então imaginei que poderíamos ir até Nashville.

Puta merda.

– Onde está Z? – pergunto, mudando de assunto antes que o rumo da conversa siga para família e pais.

– Ele e a sua amiga estavam vindo quando você ligou.

Franzo a testa e pego meu telefone para ver as horas.

– Eu cheguei aqui há mais de uma hora – digo, e fico preocupada enquanto ligo para ela.

– Alô? – Kayan atende sem fôlego, geme, e sinto meu rosto esquentar.

– Eu... uh... até depois. – Desligo e jogo o telefone na mesa, sussurrando: – Acho que eles estavam transando.

Wes e Prega gargalham e a música começa a tocar. Olho em volta, percebendo que mais pessoas apareceram, e com mais pessoas quero dizer mais mulheres, todas vestindo peças de roupas minúsculas.

– Você está bem? – pergunta Wes. Confirmo, balançando a cabeça, e olho para a garrafa de tequila quando explosões tomam meus ouvidos. Wes e Prega me empurram para debaixo da mesa. Meus joelhos e mãos batem no concreto com força e eu grito de dor. Então, a mesa cai para o lado, bloqueando minha visão enquanto as mulheres gritam e os caras no pátio começam a gritar uns com os outros.

Encolho o corpo e cubro a cabeça com as mãos quando percebo que são tiros. Não sei quanto tempo dura, mas, antes de achar que está tudo bem, Wes me pega do chão e começa a correr, usando o próprio corpo para me proteger. Fecho os olhos com força e meu coração está batendo acelerado quando sou colocada em cima de um colchão macio.

– Minha linda, abra os olhos. – Balanço a cabeça, negando, tentando afastar o zumbido alto dos ouvidos. – Minha linda. – Sinto as mãos dele segurando meu rosto e meus olhos se abrem, piscando algumas vezes. – Pronto – diz ele, puxando-me para me beijar gentilmente nos lábios.

– Você está bem, cara? – Wes para de me beijar e nós dois nos viramos em direção à porta, onde Prega está de pé, segurando uma arma.

– Sim. – Ele volta a olhar para mim e arregala os olhos, passando a tocar todos os pontos do meu corpo até chegar aos joelhos, que estão ralados e sangrando por terem batido no concreto com força. – Merda. Traga o kit de primeiros socorros da loja.

– Está tudo bem. Vou passar um pouco de água – digo e olho para a porta, mas Prega já saiu dali.

– Quem começou aquilo? – pergunto e ele contrai a mandíbula.

– Não faço ideia – diz ele. – Vou fazer um curativo em você e depois sair com os caras. Prega vai ficar aqui cuidando de você até eu voltar.

– Fique comigo – sussurro desesperada. Não quero que ele vá para onde possa ser baleado.

– Aqui está – diz Prega, voltando para o quarto e colocando uma caixa de primeiros socorros ao meu lado. Wes começa a retirar as coisas de dentro.

– Você vai ficar aqui com July – Wes diz a Prega, limpando meu joelho ensanguentado.

– De jeito nenhum, eu vou com você.

– Você sabe que não pode se meter em encrenca enquanto está de folga, irmão – Wes diz, e olho para Prega, que está com a mandíbula contraída e os punhos cerrados ao lado do corpo.

– Por favor, não me deixe – imploro, olhando para Wes, que limpa minhas feridas delicadamente e passa uma pomada. Não fosse por sua mandíbula tensa, eu pensaria que ele não havia me escutado. Ele fecha a caixa, pega uma arma debaixo do colchão, apoia o punho perto do meu quadril e me beija antes de ficar de pé novamente.

– O que você vai fazer? – pergunto, mas ele me ignora e olha para Prega.

– Cuide dela.

– Wes! – grito, saindo da cama e indo atrás dele, mas um braço envolve minha cintura e me impede de segui-lo. Luto com todas as minhas forças, mas Prega é muito mais forte do que eu, e só coloca mais pressão para me segurar.

– Ele vai se machucar – digo, tentando respirar.

– Ele vai ficar bem – Prega argumenta, e solto o corpo contra o seu quando percebo que ele não vai me soltar. Ele dá dois passos para trás e me coloca na cama.

Olho para a porta e ouço Prega murmurar:

– Porra – diz baixinho, caminhando até a porta para fechá-la. – Você não vai sair daqui. Ele me mataria se algo acontecesse com você enquanto eu estivesse vigiando.

– Você não pode achar que vou ficar sentada aqui sem fazer nada enquanto ele está fazendo Deus sabe o quê! – grito, levantando e olhando ao redor da sala à procura de algo para jogar nele.

– É exatamente o que eu espero que você faça.

– Isso é ridículo. Eu preciso sair. E se alguém precisar da minha ajuda?

– Ninguém ficou ferido, e, mesmo se isso tivesse acontecido, você ficaria aqui.

– Preciso do meu celular – tento de novo, esperando que ele me deixe sair para procurá-lo.

– Boa tentativa. – Ele balança a cabeça e murmura: – Agora entendo o que ele disse. – E então passa a mão pelo cabelo.

– Sério... Você pode ligar para Z para perguntar se ele e Kayan estão bem?

– Tudo bem – ele diz, tirando o celular do bolso de trás, apertando alguns botões e levando o aparelho ao ouvido, e depois murmura algumas coisas enquanto me observa. Em seguida, volta a guardar o celular no bolso.

– Sua amiga está bem. E está em casa.

– Posso ligar para ela? – pergunto, e ele nega com a cabeça.

– Que besteira – murmuro, sentando na cama. – Você tem sorte por estar armado, senão te derrubaria com um golpe de Kung Fu e sairia daqui quer você queira ou não.

– Céus! – Ele balança a cabeça.

Volto para a cama e me encosto na parede, cruzando os braços e olhando para ele.

– Como é possível que eu tenha estado com meu amigo nos piores lugares conhecidos pelo homem, mas, depois de conhecer você, passei a me preocupar mais com o bem-estar dele do que nunca?

– Que grosseria. – Franzo a testa.

– Não, é a verdade. Eu nunca o vi tão envolvido com uma mulher. Nem mesmo a ex-mulher dele o afetava como você – diz, e paro de respirar por um momento. Eu não tinha ideia de que Wes já tinha sido casado. Ele não me contou.

– Merda – diz Prega, sentando-se na cama ao meu lado. – Desculpe, eu pensei que você soubesse.

Viro a cabeça para olhar para ele e tento engolir o nó que se formou na minha garganta para então conseguir falar.

– Está tudo bem. Nós não nos conhecemos há muito tempo – admito com um pequeno sorriso.

– Ele vai me matar. – Balança a cabeça.

– Eu não vou tocar no assunto – digo, encostando a cabeça na parede e fechando os olhos.

– Nossa – ouço alguém dizer. Abro os olhos e então franzo a testa, confusa, quando vejo Wes, mas sinto calor no rosto e um peito subindo e descendo, sobre o qual estou deitada, e com meus braços ao redor de um abdômen rígido. Desvio o olhar de Wes, que está irritado, e olho para Prega, cujos olhos estão abertos, olhando para mim.

Volto a olhar para Wes enquanto tento me localizar.

– Adormeci – digo para ele e para mim.

– Percebi, linda – diz ele, olhando para Prega. – Preciso falar com você.

– Irmão, nem comece – diz Prega, e Wes contrai a mandíbula.

– O que aconteceu? – pergunto.

– Nada – responde Wes, sem tirar os olhos do amigo.

– Você não sabe ou não vai me dizer? – pergunto.

– Isso não te interessa – diz, e fico irritada com a resposta.

– Se tem a ver com você, me interessa – respondo, cruzando os braços quando ele olha em meus olhos.

– Pode parar com essa merda.

– O que você acabou de dizer? – pergunto, saindo da cama.

– Eu disse para parar com essa merda.

– Você é inacreditável – sussurro e olho para Prega. – Eu falei pra você me deixar sair, mas não, você tinha que ouvir esse idiota. – Vejo que ele esboça um sorriso, mas ignoro e passo por Wes em direção à porta.

– Aonde acha que está indo?

Olho para trás, para ele, e digo:

– Para casa, para a cama.

– Você não vai sair sem mim.

Bufo, sem acreditar, e saio porta afora, mas sou puxada de volta.

– Me solta.

– Nunca – responde, perto do meu ouvido. – Se eu vir você tocando outro homem, mesmo inconscientemente, vou matar o cara, independentemente de ele ser um amigo ou não.

– Eu estava dormindo – sussurro, incrédula.

– Eu não dou a mínima.

– Ouça o que está dizendo! – Balanço a cabeça.

– *Você* me transformou nisso.

– Não me culpe por sua insanidade.

– Eu gostaria de atestar que meu amigo nunca foi assim antes de você – diz Prega, e olho para ele com os olhos arregalados. – Só estou dizendo. – Ele levanta as mãos à frente do corpo.

– A menos que você pretenda me contar o que aconteceu enquanto você esteve fora, me solta – vocifero, e ele me abraça mais forte.

– Você acha mesmo que eu deixaria minha mulher se envolver no que aconteceu hoje à noite? – pergunta, fazendo parecer que a louca sou eu.

– Pedi para você me meter em uma encrenca? Não. Perguntei o que aconteceu, se você descobriu alguma coisa, se sabe quem atirou no prédio.

– Eu já disse, você não vai se envolver.

Estou prestes a mandá-lo à merda, quando sou interrompida.

– Ele tem razão. Você não vai se envolver. Não há motivo para você saber o que aconteceu hoje – diz Jax, em pé, próximo à porta aberta da sala.

– Vocês são muito ridículos. – Eu me desvencilho dos braços de Wes e me viro para ele. – Eu estava aqui quando houve os disparos. Não estou pedindo para você entrar em detalhes sobre o que aconteceu. Só quero saber se posso ir para a cama hoje sem me preocupar.

– Você está segura – diz Wes, e sua voz se torna mais suave quando ele sobe a mão e acaricia meu rosto.

– Eu não gosto que atirem em mim, e odeio o fato de tudo isso estar acontecendo por minha causa – digo, pressionando o rosto contra a mão dele.

Ele contrai a mandíbula e seus olhos se voltam para a porta.

– Isso não tem nada a ver com o que vem acontecendo.

– Não tem? – pergunto, observando o rosto dele, e então olho para Jax quando percebo que Wes ainda o encara como se quisesse matá-lo.

– Pedi a Wes que me ajudasse com uma coisa – Jax interrompe. – As pessoas que seus caras estavam vigiando devem ter percebido a situação e quiseram deixar claro que sabiam que estávamos de olho.

Olho para os dois. Quero estrangular meu primo por envolver Wes no que quer que ele esteja fazendo, mas conheço Wes bem o suficiente para entender que ele só se envolveria se fosse algo em que acreditasse. Então o que eu posso dizer sobre isso?

– É seguro ir para casa? – pergunto, e ele contrai a mandíbula, olhando para Prega e depois para mim.

– Posso confiar que você vai levá-la para casa e me esperar chegar? – Wes pergunta para Prega.

– Você sabe que nem precisa perguntar algo assim – responde.

– Parece que preciso, sim – diz Wes, e levanto os braços.

– Eu estava dormindo! – volto a explicar, e ele só fica mais tenso.

– Encontrei isso lá fora – diz Jax, mudando de assunto, entregando-me o meu celular. Vejo algumas chamadas perdidas de Kayan.

– Obrigada – murmuro e olho para Wes. – Por favor, tome cuidado.

– Seja boazinha – diz, e seus lábios roçam os meus brevemente enquanto ele desce a mão pelas minhas costas.

Do lado de fora, olho ao redor e percebo que há algumas marcas de tiros no prédio e uma no meu porta-malas, que terei de cobrir com algum adesivo antes que alguém da minha família veja e me pergunte por que diabos há um furo de bala no meu carro.

– Vamos consertar isso – diz Wes quando percebe que parei para olhar o buraco.

Suspiro e escuto quando ele explica a Prega o caminho para a minha casa e prende meu cinto de segurança no banco do passageiro, beijando minha testa.

– Entendeu por que estou preocupado com ele? – pergunta Prega quando nos afastamos do prédio, com Wes olhando para nós como se fosse correr atrás do carro. Ignoro o que ele diz e levo o celular ao ouvido.

– Ai, meu Deus! Estou tentando entrar em contato. Você está bem? – diz Kayan assim que atende.

– Estou bem. Acabei de pegar meu celular de novo. Você está bem?

– Sim... estou na casa do Z. Estávamos a caminho quando alguém telefonou para contar o que aconteceu. Ele fez o retorno, me trouxe de volta e saiu.

– Ele te contou alguma coisa? – pergunto.

– Não, só que voltaria. Onde você está agora?

– A caminho de casa. Wes disse que vai para a minha casa daqui a algumas horas, então acho que Z não vai demorar tanto assim.

– Ele deixou você ir para casa sozinha? – ela pergunta, incrédula.

– Não, Prega está de babá. – Reviro os olhos.

– Quem é Prega? – ouço, e olho pela janela.

– É um dos amigos de Wes do exército – explico e bocejo, sentindo o cansaço do dia.

– Durma um pouco e me ligue de manhã.

– Pode deixar. Se cuida.

– Você também, garota. Todo esse drama é mais do que consigo suportar.

– Parecia que você estava suportando tudo muito bem quando te liguei mais cedo – digo e ela ri.

– Cala a boca. Conversamos amanhã. Te amo.

– Eu também te amo – digo, apertando a tecla para encerrar a ligação assim que chegamos à minha casa.

Saio do carro e vou até a porta da frente com Prega atrás de mim. Assim que entramos, pego Capone no colo e coço atrás de suas orelhas. Então deixo-o no chão, e ele circula em volta de Prega. Em seguida, pego Juice para fazer carinho e o coloco sobre a mesa. Vou para o sofá e me sento para desafivelar minhas sandálias e tirá-las.

– Você quer uma cerveja ou alguma outra coisa? – pergunto a Prega, que se sentou no sofá.

– Estou bem. Pode ir dormir – diz, pegando o controle remoto e ligando a TV.

– Tem certeza? – pergunto, observando os canais distraidamente enquanto ele escolhe o que assistir.

Ele afasta o dedo do controle remoto, vira a cabeça para mim e sua expressão se suaviza.

– Linda, vá dormir.

– Certo – murmuro e me levanto. – Até amanhã.

Ele meneia a cabeça e volta para a TV, começando a zapear novamente. Sigo para o meu quarto, fecho a porta e vou para o chuveiro, abrindo a água quente antes de tirar as roupas e entrar no box.

No momento em que a água quente corre por meu corpo, suspiro de alívio. Eu não demoro muito, e, em seguida, me seco e vou para o quarto. Normalmente, eu apenas iria para a cama sem vestir nada, mas, sabendo que Prega está aqui, escolho um pijama e o visto antes de me deitar.

– Você chegou em casa. – Suspiro quando Wes desliza atrás de mim e seu cheiro toma meus sentidos.

– Eu gosto que você considere a sua casa como a minha casa – ele sussurra, beijando meu pescoço. Tento responder, mas o sono toma conta de mim.

Capítulo 10

Olho pelo vidro da frente da caminhonete de Wes, observando enquanto a chuva bate impiedosamente no para-brisa, e mexo a perna em sincronia com os limpadores.

– Linda, relaxe – diz Wes enquanto segura minha mão, colocando-a em sua coxa. Olho para ele e tento relaxar, afastando o estresse que fervilha em meu estômago desde que ele me pegou, meia hora antes.

Ele está me levando para conhecer sua mãe. Estou nervosa... tão nervosa que quero pular da caminhonete e tentar a sorte a cento e vinte quilômetros por hora.

– Ela vai adorar você – diz ele, e olho pela janela, me perguntando se ele disse isso para a ex-esposa quando ela foi conhecer sua mãe.

– Ela gostava da sua ex-esposa? – pergunto e me arrependo assim que sinto os músculos de sua coxa se contraírem. – Desculpe, Prega me contou. Foi sem querer, e prometi que não diria nada, mas saiu... – falei, tirando a mão da perna dele.

– Eu não estava escondendo – ele diz, baixinho.

– Eu sei. Disse a ele que não nos conhecemos há muito tempo. Entendo totalmente – respondo baixinho da mesma maneira.

– Minha mãe gostava dela, sim – responde, o que faz com que eu me arrependa porque sinto o ciúme, tão familiar, crescer dentro de mim. – Nós nos conhecemos quando eu tinha acabado de entrar na Marinha. Eu ainda estava feliz por ter passado no treinamento de

SEAL. – Wes faz uma pausa, puxa minha mão de volta para sua coxa e coloca a dele em cima. – Ela era interessante. Pensei que fosse uma moça linda e doce, e fiquei tão encantado que levei muito tempo para perceber que não era nada do que eu pensava. Ela se casou comigo para poder dizer que seu marido era do exército. Quando comecei a falar sobre cair fora, as coisas saíram dos eixos. Ela estava mais preocupada com o que seus amigos diziam do que com o que eu sentia indo trabalhar todos os dias.

– Sinto muito – digo, apertando sua coxa.

– Dois anos atrás, logo depois que saí do exército, nos divorciamos. Sei que pode ser estranho, mas nem sequer penso nela – ele confessa, e não tenho ideia do que dizer sobre isso. Não consigo imaginar como seria ser casada e ver que a pessoa com quem prometi passar a minha vida se tornou um nada, nem mesmo um pensamento em minha mente.

– Eu não sei o que dizer.

– Não há nada a dizer. – Ele aperta minha mão com mais força.

– Por que você saiu do exército? – pergunto depois de um momento, tentando preencher o silêncio desconcertante.

– Eu e os caras estivemos em uma missão de resgate. Um dos nossos tinha sido sequestrado e estava sendo mantido por insurgentes que queriam que devolvêssemos um de seus homens. Os EUA não negociam com terroristas, mas tentam resgatar seus cidadãos se for possível. Fomos enviados ao local e descobrimos tarde demais que era uma armadilha. Perdi três dos meus irmãos quando tudo deu errado, e os que sobraram quase acabaram mortos – ele confessa e passa a mão sobre a minha. Noto que meus dedos agora apertam sua coxa. – Voltar para casa depois daquilo deixou claro o que eu precisava fazer, e eu soube que era hora de sair do exército e trilhar outro rumo em minha vida.

– Sinto muito por você ter perdido seus amigos – digo, sentindo meu nariz arder com as lágrimas.

– Eu também, linda. – Ele aperta minha mão.

Olho para ele, de perfil, e sei que não está comigo, mas lá no passado, então tento aliviar o clima:

– Então você decidiu se tornar um motociclista?

– Espertinha – murmura, sorrindo para o para-brisa, e olha para mim por um momento.

– Não. Eu e os caras sempre pilotamos nos fins de semana quando estávamos em casa, e fazíamos nossos próprios consertos e trabalhos personalizados nas motos, então parecia que o destino nos guiava por esse caminho muito antes de nos mudarmos para o Tennessee.

– Estou feliz pelo destino ter te trazido até aqui – digo baixinho, dando um tapinha na coxa dele.

– Eu também, linda – ele responde, tirando a mão da minha perna para fazer a curva em outra rua, e depois em outra, até pararmos na frente de uma casinha azul-clara com persianas brancas e uma pequena varanda coberta de flores.

– Você está pronta para isso?

– Não. – Balanço a cabeça quando uma mulher com longos cabelos brancos, vestindo uma calça jeans, camiseta e botas de caubói, aparece na varanda da frente.

– Já vi você enfrentar uma gangue de motociclistas furiosos. Isto será moleza.

– Muito engraçado – murmuro. Ele beija meu nariz e eu o observo sair da caminhonete. Solto o cinto e levo a mão à maçaneta ao mesmo tempo em que ele abre a porta para mim.

Ele coloca as mãos na minha cintura e me tira da cabine, me segurando até minhas sapatilhas encostarem no chão. Então bate a porta, passa o braço ao redor da minha cintura e me leva até a casa.

No momento em que chegamos ao último degrau da varanda, a mãe o abraça, sussurrando algo em seu ouvido antes de soltá-lo e, virando-se para olhar para mim.

– Mãe, quero que você conheça a July. July, esta é minha mãe, Judy.

– É um grande prazer conhecê-la. – Estendo a mão e ela me surpreende, puxando-me para um abraço muito caloroso.

– Desculpe. – Ela sorri, acariciando meu rosto. – É como se eu já te conhecesse. Toda vez que converso com meu filho, ele me fala de você.

– Sério? – pergunto, sentindo o rosto esquentando de vergonha.

– É verdade. Você definitivamente conseguiu conquistá-lo.

Olho para Wes, depois para ela, sem saber o que dizer, e não digo nada, porque ela pega minha mão e me leva para dentro da casa, deixando Wes na varanda, balançando a cabeça.

Assim que entramos, o cheiro de canela e maçã chega ao meu nariz; é um cheiro familiar de lar. Acompanho Judy através da sala de estar até a cozinha, onde ela me leva ao pequeno balcão.

– Sente-se aqui – diz, soltando a minha mão. Controlo a vontade de rir e me sento em uma de suas banquetas, e observo quando ela tira uma bela torta do forno e a coloca na minha frente.

– Usando seus feitiços, mamãe? – pergunta Wes, beijando minha cabeça antes de se sentar ao meu lado.

– Você sabe que amo cozinhar – diz, sorrindo e girando a torta ligeiramente. Eu queria ter metade das habilidades culinárias dela; a torta parece coisa de revista.

– Isso seria verdade se você não deixasse a evidência de suas habilidades culinárias no lixo – diz Wes, e então acompanho o seu olhar, para a lata de lixo, e vejo uma caixa onde antes estava a torta de maçã.

– Você é um sabe-tudo. – Sua mãe ri, dando um tapa nele com a luva de forno, e eu dou risada. – Só para você saber, querida, esta é a torta favorita dele. Tem em qualquer mercado e você só precisa colocá-la no forno.

– Bom saber. Sou péssima na cozinha – digo, e sua expressão se suaviza.

– Eu também, mas meu filho não soube disso até seus 16 anos, quando viu, pela primeira vez, a caixa de uma torta de maçã congelada que fiz para ele.

– Eu sabia desde os 10 anos – Wes confessa, e ela olha para ele.

– Não sabia, não!

– Sabia. Fui dormir na casa de um amigo e a mãe dele comprou uma torta que tinha a mesma aparência e o mesmo gosto da sua. Mas só te confrontei aos 16 anos.

Ela balança a cabeça, mas olha para ele de modo tão suave e tão cheio de amor que não tem como não perceber o carinho entre eles.

– Então, como vocês se conheceram? – ela pergunta, indo até um armário e tirando três pratos, colocando-os na nossa frente.

– Eu e os caras estávamos andando de moto quando esta motoqueira passou tentando me derrubar – diz Wes, e a mãe empalidece.

– Desviei para não acertar um pássaro que estava na estrada – me defendo, fazendo Judy olhar para mim. – Ele estava com a asa quebrada e eu não queria matá-lo. Depois que eu passei, seu filho e os amigos dele foram atrás de mim – explico e ela respira fundo.

– Por que você não conta que me deu um choque?

– Ai, não...

Viro a cabeça, arregalo os olhos para ele, e digo:

– Você me assustou e foi sem querer.

– Meu Deus – sussurra Judy. Ela olha para ele e para mim, e faz a mesma cara que minha mãe fez quando viu Wes. – Isso vai ser uma boa história para seus filhos um dia – diz alegremente, e então se vira, e fico como um peixe fora d'água, com a boca aberta, enquanto ela vai até uma gaveta, abre e pega os garfos.

– Feche a boca, linda – Wes solta uma gargalhada, empurrando meu queixo para cima. Eu me viro para olhar para ele, percebendo que não parece nem um pouco surpreso com o comentário da mãe. Pisco duas vezes e fecho a boca.

– Então você também anda de moto? – pergunta Judy enquanto corta um pedaço de torta e o coloca no prato à minha frente.

– Sim... bem, não em uma Harley, mas tenho uma moto esportiva – digo, sorrindo.

– Meu ex costumava pilotar, e odeio que meu filho também pilote. Eu me preocupo com ele todos os dias, mas sei que é algo que o faz feliz. Fico contente por vocês terem isso em comum – ela diz, e Wes passa a mão pela minha nuca para me puxar para perto dele e me dar um beijo acima da orelha.

– Minha mãe pilota, e sempre foi algo que fizemos juntas.

– O que seu pai acha disso? – pergunta Judy.

– Quando ganhei minha primeira moto, tinha sempre que calibrar os pneus, e não conseguia descobrir o porquê de murcharem tão facilmente. Então não saía de moto porque era muito arriscado. Até que, um dia, fui até a garagem e flagrei meu pai tirando a tampa do bocal dos pneus. Ele odiava que eu pilotasse, então ficava sabotando minha moto.

– Bem, agora não me sinto tão mal. – Judy sorri e eu retribuo, dando uma mordida na torta, e tenho que concordar: apesar de ser uma torta congelada, é deliciosa.

Quando vamos embora, já estou completamente apaixonada pela mãe de Wes, e sei que, se chegar ao ponto de nossos pais se conhecerem, minha mãe e meu pai também vão adorá-la.

– Adorei sua mãe – digo quando voltamos para minha casa.

– Eu te disse. – Ele sorri, apertando minha coxa.

– Quer ficar na minha casa hoje à noite? – pergunto, sem saber por que me dou ao trabalho. Afinal, ele ficou comigo todas as noites desde a primeira vez em que subiu em minha cama.

– Linda – ele começa a falar, e percebo que está tentando não rir –, faz três dias não vou para a minha casa.

– É estranho como isso está acontecendo entre nós – digo em voz baixa.

– Como assim?

– Tudo aconteceu depressa demais desde nosso primeiro encontro, ou o que teria sido nosso primeiro encontro, se você não tivesse estragado tudo.

– Pensei que você tivesse se esquecido daquilo – diz, mas percebo que está sorrindo.

– Não, eu ainda me lembro, e provavelmente vou jogar isso na sua cara para sempre.

– Você pretende ficar comigo durante todo esse tempo?

– Espero que sim – respondo, me perguntando por que diabos disse aquilo.

– Fico feliz em saber que, apesar da velocidade, estamos em sintonia – diz, e desvio o olhar dele e olho pela janela.

Não sei se é possível se apaixonar em tão pouco tempo, mas estou apaixonada por Wes Silver. Agora só tenho que descobrir como contar ao meu pai.

Wes

– Silver – diz Jax, entrando na loja pela porta aberta. Levanto a cabeça e me afasto da moto em que estou mexendo, limpando as mãos em um trapo. – Eu tenho algumas notícias sobre o Snake – diz, e meu queixo treme ao ouvir aquele nome. Por mais que eu não queira me envolver nessa merda, sei que preciso. Não é do meu feitio ficar parado, observando, enquanto pessoas boas e inocentes são feridas. – Ele foi visto saindo de uma reunião no centro de Nashville hoje à tarde.

– E?

– E a reunião foi com Franco Demitrez.

– Isso deveria significar algo para mim?

– Ele controla uma das maiores quadrilhas de tráfico sexual e prostituição deste lado do Mississippi. – Sinto o estômago revirar. Eu sabia há algum tempo que o que estava acontecendo com Snake e os caras dele era ruim, mas o que acabava de ouvir levava a merda a um nível totalmente diferente.

– Você sabe que odeio pedir favores a você – ele começa a falar, e meus olhos se estreitam. Desde o primeiro momento em que nos encontramos, ele tem pedido à minha equipe para ajudá-lo com essa porcaria. – Preciso que você e seus caras me ajudem a proteger algumas garotas que eles pretendem deslocar em breve.

– E depois? Você sabe mesmo o nível dos desgraçados com quem está lidando agora? Não dá para simplesmente entrar na deles, e você com certeza precisa de um plano para quando tudo acabar.

– Eu sei disso. Landon veio falar comigo – ele diz isso tirando o chapéu e passando a mão pela cabeça.

– O que ele queria? – pergunto. O pai de Landon é dono do Mamma's Country; ele é o garoto que estava deixando os cachorros na clínica de July, o mesmo que ela me pediu para ajudar.

– Você sabia que Landon tem uma irmã?

– Não. – Ronnie nunca disse que tinha outro filho, não para mim, pelo menos, e eu nunca vi uma garota por perto.

– Ele tem, mas os caras do Snake a levaram e essa é a moeda para negociar com Ronnie. Foi por isso que as coisas ficaram feias no Mamma's Country.

– Meu Deus.

– Landon ouviu um dos caras do Snake falando sobre algumas garotas que eles estavam mantendo, e Landon acha que sua irmã poderia estar com eles.

– Céus! – digo, enojado. – Vou falar com os caras. Vou ligar para você para combinar um encontro e alinharmos o que fazer. – Os caras e eu nunca agimos sem termos combinado tudo antes, e não vou começar a fazer isso agora.

– Estou dentro – diz Z, vindo para o meu lado.

– Eu também – diz Mic.

– Tô nessa – diz Harlen.

– Eu estava ficando entediado, mesmo. – Everret dá de ombros, aproximando-se do grupo.

– Parece que estamos dentro. – Suspiro. – Nos encontraremos hoje à noite e repassaremos os detalhes.

– Até mais tarde – diz Jax, saindo.

– Vamos precisar pegar algumas armas – diz Z.

– Conheço um lugar – diz Harlen. – Se eu sair agora, ainda posso fazer a conexão.

– Mic, você vai com o Everret. Harlen, descubra tudo o que puder sobre essa situação.

– Pode deixar – diz Mic, saindo, seguido por Everret e Harlen.

– Vamos precisar de alguém para cuidar das meninas quando não pudermos – afirma Z. Passo a mão pela cabeça e olho para ele.

– Jax e os caras vão ajudar.

– Eles matariam para protegê-las? Morreriam para protegê-las? – pergunta, e penso em Jax, Talon e Sage, e sei que fariam isso.

– Eles farão o que for necessário – afirmo.

– Eu não ia contar a ninguém, ainda não, porque é muito cedo, mas Kayan está grávida – diz, e só olho para ele. – Nós não estávamos planejando isso. Caramba, eu nem esperava conhecer alguém como ela. – Ele passa a mão pelo rosto, e, quando olha nos meus olhos, percebo que pela primeira vez em anos ele parece feliz.

– Cara, você não perde tempo – murmuro, sorrindo.

– Quando ela me disse que estava grávida, pensei que ia desmaiar. Eu nunca senti tanto medo na vida. – Ele balança a cabeça e olha através da porta de vidro e depois para mim. – Nunca pensei muito no futuro até conhecê-la – diz, e eu entendo. Mesmo quando eu era casado, não pensava em ter filhos. Não pensava em nada além da minha próxima missão. Conhecer July mudou tudo. Com ela, eu quero o amanhã e mais setenta anos a partir de agora.

– Estou feliz por você, irmão. – Eu o puxo para um abraço e me inclino para trás apenas o suficiente para ver seu rosto e apoio a mão em sua nuca, sorrindo. – Há dois anos você pensava que isso poderia acontecer?

– Porra, de jeito nenhum. – Ele balança a cabeça e eu o solto.

– Nem eu.

Eu não esperava encontrar uma mulher que combinasse tanto comigo, uma mulher que me faz querer colocar uma aliança em seu dedo só para poder mostrar a todos que ela é minha. Uma mulher que traz à tona um instinto possessivo e protetor que eu nem sabia que tinha. Mas foi o que descobri no dia em que conheci July Mayson.

– Você está bem? – pergunto a Z, que de repente parece preocupado.

– Nunca me apaixonei na vida. Você sabe que minha família é toda fodida – diz ele, e eu confirmo. – Nem sei como é amar.

Porra…

– Tenho medo de não dar o que ela merece – ele admite, passando a mão no peito.

– Isso é amor, irmão. Saber que você não é bom o suficiente, mas se esforçar para tê-la mesmo assim… isso é amor.

– Que coisa louca.

Dou risada e concordo:

– Sim.

Capítulo 11

— Ei, você – digo, vendo Wes parado na porta do quarto.

Ele cruza os braços e olha para os meus seios enquanto endireito as alças do sutiã.

– Você é tão linda, porra – diz, enquanto vem na minha direção.

– Pensei que nós sairíamos logo – digo, vendo a expressão em seus olhos. Ele não diz nada, apenas me faz caminhar de costas, até a parte de trás dos meus joelhos bater na cama e eu cair, aterrissando com ele em cima de mim.

– Você está cheirosa. – Ele passa a língua pelo meu pescoço.

– Estou? – pergunto, passando os braços em volta do seu pescoço e a perna em torno do quadril.

Ele me beija, e sua língua desliza pelo meu lábio inferior e me abro para ele, inclinando a cabeça para o lado. Assim que seu gosto inunda minha boca, solto um gemido e percorro as mãos por suas costas, sentindo a pele quente sob as minhas palmas. Puxo a camisa até forçá-lo a parar de me beijar, e ele se recosta, puxando a camisa para tirá-la, e depois volta para mim. Wes leva as mãos às minhas costas e o sutiã que acabei de vestir é rapidamente aberto. Ele desliza as alças, primeiro de um braço e depois do outro, e então o puxa para longe do meu peito, retornando a boca para a minha e subindo a mão por meu corpo, parando na parte de baixo do meu seio.

– Wes – digo, e ele passa o polegar sobre meu mamilo. Um movimento simples que me causa frio na barriga e me deixa molhada. Não há nada que eu queira mais do que senti-lo dentro de mim, mas toda vez que nos aproximamos disso, ele se afasta. Ao pensar nisso, afundo as unhas em suas costas e a cabeça no travesseiro, enquanto ele percorre meu queixo e pescoço com a boca.

Inclino a cabeça para baixo, para olhá-lo enquanto ele se reposiciona, apoiando uma mão grande em meu peito e lambendo meu mamilo antes de beijar entre meus seios, minha barriga, provocando ao redor do umbigo.

– Levante a bunda, linda – ele dá a ordem enquanto desabotoa meu jeans. Levanto o quadril enquanto ele puxa a calça. Minhas mãos se apoiam na cama ao lado de meu quadril e começo a ficar ofegante. Pensar em sua boca em mim faz meu corpo se excitar. – Você está inchada e molhada, minha linda – diz ele diante de minha virilha, usando os polegares para me abrir.

Inclino a cabeça para baixo, e assim que nossos olhos se encontram, ele lambe meu ponto mais frágil. Jogo a cabeça para trás, fecho bem os olhos e me apoio, passando a mão na cabeça dele.

– Quero tocar em você – sussurro enquanto ele passa a língua pela extensão de meu clitóris, gerando uma sensação deliciosa em meu baixo ventre.

Ele geme e movo o quadril enquanto os dedos dele brincam do lado de fora da minha entrada, me torturando.

– Wes, por favor, pare – grito, precisando de mais do que ele está me dando, mas em vez de me penetrar com os dedos, como eu quero, ele leva as mãos às minhas coxas e me abre, envolvendo meu clitóris com a boca. Afundo ainda mais a cabeça na cama e minhas pernas me levantam até os lábios dele, apertando suas orelhas enquanto a sensação se espalha.

– Wes! – grito e pressiono a cabeça contra o travesseiro.

– Céus – diz ele, subindo entre as minhas pernas, tomando minha boca em um beijo profundo que faz com que o orgasmo frustrado cause uma queimação. Ele corre os dedos entre minhas pernas novamente, mas não aguento mais. Eu o viro de costas, me sento com as mãos apoiadas em seu peito e olho para ele. Abaixo a cabeça e o beijo, enfiando a língua em sua boca e gemendo ao sentir suas mãos em meus seios, os dedos puxando meus mamilos.

– Você está encharcando minha barriga, minha linda. – Eu me inclino para trás e desço por seu corpo o suficiente para despi-lo, tirando botas, jeans e cueca. No momento em que minha mão envolve seu pênis, minha vagina se contrai e ele ergue o quadril. Cega pelo desejo, me ajusto, monto nele e o coloco dentro de mim.

Minha respiração fica ofegante, a cabeça tomba para trás e minhas unhas arranham seu peito e abdômen enquanto ele me preenche e se acomoda dentro de mim.

– Porra – Wes geme e abaixo a cabeça. Nós nos entreolhamos e meu corpo para. Vejo que engole em seco, e seu olhar é diferente de tudo que já vi. Ele leva uma das mãos à minha bunda, a outra ao meu baixo ventre, e pressiona o clitóris com o polegar ao começar a se movimentar em vaivém. – Eu nunca mais vou conseguir fazer nada na vida. Vou só ficar pensando em como você é gostosa. – Ele circula meu clitóris. – Em como é molhada. – Ele dá um tapa forte na minha bunda e a dor e o calor me fazem gemer. – Em como você é apertada. – Ele se movimenta mais enquanto ergue o quadril para cima. Sinto cada centímetro, todos atingindo lugares dentro de mim que dificultam meus pensamentos.

– Wes – solto um gemido, levando as mãos aos meus seios e beliscando os mamilos. Minha cabeça cai para trás quando me abaixo, recebendo cada um de seus movimentos, aquela dor não satisfeita chegando a transbordar, espalhando-se por meu corpo.

– Ai, minha linda, você está me apertando tão forte – diz ele, penetrando mais rápido, cada movimento para cima fazendo minha respiração parar. E então, acontece. Grito, estrelas brilham e meu corpo implode.

Ele me deita de costas, leva os lábios aos meus e me beija enquanto se movimenta para a frente e para trás. Envolvo seu quadril com as pernas e apoio a mão em seus ombros quando paro de beijá-lo. Ele mordisca e beija meu pescoço até chegar aos seios, e puxa meu mamilo com a boca, fazendo outro orgasmo tomar meu corpo.

– Quero mais um – diz ele, e minha cabeça balança para a frente e para trás no travesseiro. – Sim – ele rosna quando sua mão desliza entre nossos corpos e sua boca alcança meu outro mamilo, sugando-o. Ele morde enquanto me penetra mais duas vezes e então para, permanecendo dentro de mim, mas sinto que ele está ainda maior. Meus braços e pernas o envolvem com força enquanto Wes apoia a testa em meu ombro. Nossos batimentos cardíacos se aceleram e nos esforçamos para respirar.

– Soube que assim que te penetrasse estaria ferrado. Porra, eu estava certo. – Ele respira contra a minha pele encharcada de suor. Meu corpo se acalma. Ele levanta a cabeça e olha para mim. – Nunca provei nada mais delicioso do que você, minha linda. – Sorrio e sinto seu pênis se contrair dentro de mim. – Você faz meu pau achar que tem 16 anos de novo. – Ele me beija antes de sair. – Sei que você toma pílula, e sei que não tenho nenhuma doença. Tudo bem se a gente não usar nada sempre que eu entrar em você?

Só consigo assentir. Foi tão delicioso que não posso imaginar algo nos separando.

– Quero te penetrar de novo, mas vamos precisar de um banho e de comida. – Passo a língua pelos lábios enquanto meus olhos observam seu pênis, que ainda está ereto, e olho em seus olhos quando começa a rir, o que me faz franzir a testa. – O gato comeu sua língua, linda?

Me sento, abaixando a cabeça e corando. Meu corpo ainda está sobrecarregado com as sensações. Eu mal consigo pensar direito, muito menos falar.

– Essa é uma maneira de manter você calada – murmura. Pego um travesseiro e jogo na direção dele. Ele se abaixa, o travesseiro passa por cima dele e voa em direção à cama. Wes me pega pelos braços, minhas pernas envolvem sua cintura, e ele me beija, tirando meu fôlego, enquanto me leva ao banheiro, onde faz amor comigo de pé, contra a parede, e então me leva de volta para a cama, onde passamos o resto da noite. Nossos planos de encontrar os amigos são esquecidos.

– Linda, que porra você está fazendo? – pergunta Wes, olhando para mim embaixo da mesa.

– Derrubei uma coisa – minto, tocando o chão como se realmente tivesse deixado cair algo, mas me arrependo na hora em que minha mão passa por cima de um pedaço de chiclete mastigado. *Ecaaaa*! Limpo a mão na calça jeans, morrendo de nojo.

– Volte para cá – diz, e meu coração, que já estava batendo forte, começa a bater descontrolado só de pensar que meu tio Nico, que entrou no bar do clube momentos antes, pode me ver quando eu sair de onde me escondi.

Wes estreita os olhos e eu relutantemente saio do meu esconderijo. Ele passa o braço pelo meu ombro, beija minha testa e me faz fechar os olhos. Quando volto a abri-los, dou de cara com meu tio.

– July?

– Oi. – Sorrio e aceno rapidamente enquanto imploro com os olhos para ele não dizer nada.

– Que porra você está fazendo aqui? – pergunta, olhando para mim e Wes.

Não adiantou implorar.

– É melhor você repensar como fala com a minha mulher – Wes vocifera e volto a estremecer.

– Sua mulher? – diz o tio Nico, e vejo um brilho em seus olhos, mas não quero alimentar esperanças.

– Minha mulher – responde Wes, e meu corpo congela e os pulmões se comprimem enquanto espero para ver o que vai acontecer.

– Meu irmão sabe que a filha dele é sua mulher? – pergunta o tio Nico, cruzando os braços e olhando para nós dois. Eu só quero me enfiar embaixo da mesa e me esconder.

– Tenho certeza de que sabe – diz Wes, e contraio muito os lábios, porque de jeito nenhum meu pai sabe sobre ele.

– Você tem certeza disso? – meu tio pergunta, e Wes olha para mim, analisando meu rosto. Noto quando ele percebe o que estou tentando esconder, porque a decepção toma seus olhos.

– Eu… – começo a explicar, quando ele desvia os olhos, olha para o tio Nico e tira a mão de trás da minha cadeira, cruzando os braços.

– Existe uma razão para você estar aqui? – pergunta Wes, entredentes.

– Eu disse ao meu sobrinho que precisava recuar, mas ele e meus filhos têm dificuldade de obedecer. Como eu disse a eles, estou avisando você também. Fique fora disso e deixe as autoridades lidarem com o que está acontecendo – diz meu tio, levando as mãos em punhos aos quadris. Suas palavras não mudam o fato de que, mesmo estando ao meu lado, Wes parece estar a quilômetros de mim.

– Você não terá problemas comigo nem com meus caras.

– Agradeço – murmura o tio Nico, e tenho certeza de que ele está olhando para mim, mas meus olhos estão parados em Wes. Apoio a mão na coxa dele, seus músculos se contraem sob a minha palma e a mandíbula também.

– Desculpe – sussurro, esperando que ele consiga me entender.

Ele olha para mim e vejo a dor em seus olhos verdes antes de ele ficar de pé.

– Estou saindo. Você precisa de mais alguma coisa? – pergunta ao meu tio, e meu peito se comprime sob a pressão de uma dor que toma todo o meu corpo.

– Não. Só isso.

– Mic – Wes chama, e Mic, que está assistindo a tudo, olha para mim e para Wes.

– O que foi?

– Cuide para que July chegue bem em casa.

– Entendi – diz Mic, balançando a cabeça.

– O quê? – pergunto, ainda parada. Isso não pode estar acontecendo. Olho para o meu tio, que está me observando, parecendo preocupado, e então olhamos para Wes, mas só conseguimos ver suas costas enquanto ele sai pela porta.

– July – tio Nico chama, mas balanço a cabeça e levo a mão à garganta, me esforçando para respirar. – Vou levar minha sobrinha para casa – diz ele com delicadeza, mas antes que possa se aproximar, me levanto e corro em direção à saída. Eu empurro com força, fazendo com que a porta de metal bata na parede de tijolos aparentes, fazendo barulho. Assim que o ar frio bate em meu rosto, vejo Wes subindo em sua moto. Ele para, olha para trás e depois se vira para a frente, e o ronco alto do motor toma conta do ar.

– Sei que você não acredita em mim, mas sinto muito. Eu simplesmente não consegui contar para ele. Tentei muitas vezes, mas não consegui.

Eu o vejo sacudindo a cabeça e suas botas deixam o cascalho quando ele parte com a moto.

– Ai, Deus – choramingo quando a dor explode em meu peito e caio de joelhos no cascalho.

– July – diz tio Nico, me levantando como costumava fazer quando eu era uma garotinha. Eu me agarro a ele enquanto lágrimas escorrem pelo meu rosto.

– Eu fui tão idiota – sussurro.

– O amor nos torna idiotas – diz ele gentilmente.

– Estou muito apaixonada por ele.

– Dá pra perceber, linda.

– Ele me odeia.

– Eu juro que ele não te odeia. – Meu tio me coloca em sua caminhonete.

Respiro fundo algumas vezes e sacudo as mãos, tentando me controlar o suficiente para descobrir qual deve ser o próximo passo.

– Eu vou para casa dirigindo – digo e saio de sua caminhonete.

– Não acho que é uma boa ideia.

– Não estou chorando agora, e minha casa está a cinco minutos de distância. Vou ficar bem.

Seus olhos observam meu rosto por um momento e ele balança a cabeça. Sei que não quer me deixar ir, mas sabe que não tem escolha.

– Vou te seguir.

– Claro – concordo, tirando as chaves do bolso e entrando no jipe. Abaixo o volume do rádio para poder me concentrar na direção. Demoro só alguns minutos para chegar em casa. Aceno para o tio Nico e olho para a minha casa. As janelas estão escuras, e sei que, quando eu entrar, serei recebida pelo vazio. Pensar nisso faz meus olhos marejarem de novo.

Deixo escapar um soluço, pego meu celular do porta-copos e teclo.

– Papai. – Eu soluço como uma idiota quando ele atende o telefone.

– July? – ele pergunta, e apoio a testa no volante para me acalmar o suficiente para falar.

– Pai, eu preciso te contar uma coisa.

– Se você me disser que está grávida, vou matar alguém.

– Estou apaixonada. – Choro e fungo, cobrindo meu rosto. – Papai? – Puxo o telefone para longe da orelha e olho para a tela quando o aparelho fica em silêncio.

– Estou aqui – diz baixinho, e percebo que está inquieto. – Por que você está chorando?

– Ai, Deus, papai. Eu sou tão burra... tão burra.

– Você não é burra. Agora me diga o que aconteceu.

– Eu deveria ter te contado sobre Wes, mas não contei. E hoje à noite, o tio Nico nos viu no complexo do clube, e ficou claro para ele que eu não havia contado a você. Então Wes pediu para alguém cuidar para que eu chegasse bem em casa e foi embora. Eu não quero machucá-lo. Eu o amo, papai... amo muito, muito mesmo. – Choro mais forte, soluçando e puxando o ar.

– O que quer dizer com... complexo do clube?

– Moto clube – explico e balanço a cabeça, incomodada. – Isso não importa, pai. Você está me ouvindo?

– Você estava em um complexo de moto clube? – pergunta, e percebo que está confuso.

– Um lugar para pilotos, pai. Foco.

– Espero que sejam ciclistas, e não motociclistas.

– Papai! – grito, ficando cada vez mais frustrada.

– Merda – diz ele, então ouço mais movimentação. – Eu estou indo.

– O quê? – Fico paralisada.

– Vou encontrar você na sua casa daqui a vinte minutos, no máximo.

– Papai?

– Até já – diz e desliga.

Puxo o celular para longe da orelha e olho para ele por um bom tempo enquanto me pergunto como sou idiota.

– Ai, merda! – grito, saindo do carro e ficando cara a cara com Mic, que está de pé com os braços cruzados.

– Eu ia bater na sua janela, mas você estava no celular.

– Eu estava conversando com meu pai – digo, secando os olhos.

– Eu ouvi. – Ele passa os braços pelos meus ombros e me leva até a minha casa.

– Você falou com Wes? – pergunto, e ele nega, balançando a cabeça, fazendo uma nova onda de lágrimas encher meus olhos. Meneio a cabeça e abro a porta da frente, chorando mais quando Capone começa a pular na minha frente.

– Wes vai voltar; apenas dê um tempo para ele se acalmar – diz Mic, e eu balanço a cabeça, assentindo. Sei que está certo, mas detesto pensar que Wes está bravo comigo. Não que ele não tenha o direito de ficar bravo. Eu sempre mudava de assunto ou dava desculpas para explicar por que ele e meu pai ainda não tinham se conhecido, e, por causa disso, eu o machuquei. Só espero que quando Wes chegar em casa, ele me dê uma chance de explicar tudo.

– Você pode voltar para o complexo. Meu pai estará aqui em alguns minutos – digo a Mic enquanto vou para a cozinha e pego o rolo de papel toalha do balcão.

– Vou esperar até ele chegar. Tudo bem? – pergunta enquanto me sento no sofá, limpando o rosto. Então começo a pensar na última semana e no fato de não ter ficado sozinha. Afasto a toalha de papel do rosto e olho para Mic.

– O que está acontecendo?

– Só estou fazendo um favor para o meu irmão.

– Não. – Balanço a cabeça. – Eu não tive um segundo de folga na última semana. Se Wes não está comigo, um de vocês está. Por quê?

– Apenas sendo cautelosos. Você sabe que Wes te protege – ele afirma. Sei que está mentindo, mas ele olha para a janela da frente quando uma porta de carro é fechada, então sei que é o fim da conversa.

– É o meu pai – digo quando alguém bate à porta, fazendo Capone começar a latir. Mic assente e vai até a entrada comigo. Arregalo os olhos e ele só dá de ombros. – Oi, papai. – Abro a porta e o vejo com os olhos marejados. Ele me puxa para um abraço.

– Este é ele? – pergunta, erguendo o queixo para Mic.

– Não, este é Mic. Mic, este é meu pai, Asher.

– Prazer em conhecê-lo, senhor – diz Mic antes de olhar para mim com carinho. – Estou lá fora. – Ele toca meu queixo e sai pela porta.

– Então, não é ele?

– Não, ele é amigo do Wes. – Suspiro, vou até o sofá e me sento.

– Por que ele está aqui? – Odeio ter que mentir, mas de jeito nenhum posso dizer o que está acontecendo, mesmo que não saiba todos os detalhes.

– Wes me protege muito – digo, esperando que ele aceite a explicação.

– Hum… – meu pai hesita, sentando-se. Assim que ele se senta no sofá, pega minha mão, e então seus olhos se suavizam enquanto ele avalia meu rosto por muito tempo antes de falar. – Então, você está mesmo apaixonada? – Ele questiona baixinho no mesmo tom com que costumava falar comigo quando eu era pequena, quando me encontrava chorando ou chateada.

– Sim. – Aceno e engulo em seco o nó que se formou na minha garganta e enxugo os olhos com a toalha de papel que ainda estou segurando.

– Por que você não me contou? – pergunta, apertando minha mão.

Afeee! Por que eu não contei a ele sobre Wes? Há tantas razões, mas agora sinto que nenhuma delas faz sentido. Nenhuma delas era motivo suficiente para machucar Wes.

– Eu não sei. – Cubro o rosto com as mãos. – Wes é diferente de todos os homens que conheci; até Jax disse isso. – Fecho os olhos, tentando colocar meus pensamentos em ordem antes de falar novamente. – Quero que você goste dele – digo quando abro os olhos. – Eu te amo e quero que você goste dele, porque eu o amo.

– Você é minha menina. – Ele sorri e toca meu rosto. – A partir do momento em que sua mãe me disse que estava grávida, meu mundo mudou e você se tornou uma das coisas mais importantes da minha vida. Quando você respirou pela primeira vez, percebi que faria tudo o que estivesse ao meu alcance para que cada respiração sua fosse fácil. Você sempre será minha filhinha e não posso prometer que vou gostar de qualquer homem com quem você esteja.

Ele me puxa para a frente e beija minha testa.

– Seu avô me deu uma chance com sua mãe, e jurei que quando minhas filhas me dissessem que estavam apaixonadas, encontraria um jeito de ficar bem com isso, para que elas nunca tivessem que escolher entre mim e o homem com quem quisessem dividir a vida. – Choro mais, soluçando em seu peito enquanto ele me abraça.

– Eu amo você, pai – soluço.

– Também te amo, mais do que tudo neste mundo.

– O que devo fazer em relação ao Wes? – pergunto, me afastando e limpando o rosto.

– Apenas fale com ele. Se for um homem digno de você, vai entender seus motivos.

– E se ele não entender? – sussurro meu maior medo.

– Nesse caso, ele não te merece – afirma, levantando-se. Eu o sigo até a porta. Ele me dá um abraço e um beijo na testa, e sai na varanda. – Ligue para mim amanhã – diz, caminhando em direção ao jipe, passando por Mic e apertando a mão dele. Aceno quando ele sai da minha garagem e olho para Mic, que está de pé perto da moto, falando ao celular.

– É ele? – pergunto, esperançosa.

– Não, querida, entre. – Franzo a testa, mas entro na minha casa de novo e fecho a porta.

No momento em que a porta se fecha, percebo o silêncio. Desde o momento em que conheci Wes, minha vida se tornou barulhenta como nunca. Não é o tipo de barulho irritante ou do qual queremos nos afastar, mas o tipo de ruído que mostra que estamos vivos e que a vida que estamos levando é plena. Eu não sabia que faltava algo em minha vida até conhecer Wes... até agora. Fechando os olhos, respiro profundamente algumas vezes, pego o controle remoto e ligo a TV, esperando que o som ajude a levar para longe a sensação que se instalou dentro de mim desde que vi Wes se afastar.

– Você fez isso para si mesma – sussurro, indo para a cozinha e pegando uma garrafa de água antes de caminhar para o meu quarto e vestir um moletom e uma camiseta. Depois, volto para a sala de estar para assistir TV.

– Você está em casa – murmuro quando sou levantada do sofá e aconchegada ao peito de Wes enquanto ele me leva para o meu quarto.

– Durma – diz, me deitando e puxando as cobertas para me cobrir. Mordo o lábio inferior e o observo, tentando entender o que ele está pensando.

Ele está de costas para mim, tira a camisa e joga no chão, e então o som de seu cinto sendo retirado preenche o silêncio, fazendo com que o nó em minha garganta desapareça, porque sei que ele não vai embora.

– Eu sinto muito. – Estendo a mão e corro os dedos pelas suas costas quando ele se senta na beira da cama. No momento em que toco nele, seus músculos se contraem e ele olha para mim.

– Falamos sobre isso de manhã.

– Contei ao meu pai. Ele esteve aqui mais cedo. – Fecho os olhos, odiando a distância que sinto entre nós. – Sei que você provavelmente vai achar que isso é idiota, mas pensar que você e meu pai poderiam não se dar bem é uma das piores coisas para mim. – Abro os olhos de novo, e vejo que ele ainda está me observando. – Amo meu pai; ele é meu melhor amigo. Mas desde o momento em que te conheci, isso mudou. Você se tornou tão importante que sei que se tivesse que escolher entre vocês dois, eu não conseguiria, sofreria demais.

– Você acha que eu faria você escolher? – pergunta, e suas sobrancelhas se juntam.

OK, dito em voz alta, o que eu disse parece bem idiota.

– Eu... não acho que você faria isso. – Balanço a cabeça, negando. – Acho que ele também não faria isso, mas como eu poderia escolher entre dois homens que amo?

– Ama?

– O quê? – pergunto, confusa.

– Você disse que não poderia escolher entre os dois homens que ama. – Ele se aproxima de mim, me pressionando na cama com seu peso, o rosto a centímetros do meu. – Você me ama? – pergunta suavemente, e balanço a cabeça, afirmando, e fecho os olhos. – July, olhe para mim.

Balanço a cabeça novamente e ele leva as mãos ao meu rosto.

– Minha linda, abra os olhos e olhe para mim. – O tom de sua voz faz meus olhos se abrirem para olhar para ele. – Eu também te amo. –

Meus olhos se fecham e deixo as palavras passarem por mim antes de abri-los novamente. – Amar você significa que quero o que é melhor para você e quero que seja feliz. Acha que eu não sei o que sua família significa? – Ele afasta meu cabelo do rosto. – Acha que não vejo o jeito com que seu rosto se ilumina quando fala sobre seu pai, ou o amor que sente por ele? – Wes beija meus lábios e meu queixo. – Minha linda, independentemente de nos darmos bem, eu nunca faria você escolher entre nós dois.

– Eu não acredito que você me ama.

– Isso é tudo o que você entendeu do que eu disse? – pergunta, sorrindo.

– Hum... basicamente...

– Eu não tenho ideia do que vou fazer com você, sua doida – diz, olhando por cima da minha cabeça.

– Opa! – Dou um tapa nele. – Você está me dizendo que me ama, isso é coisa séria.

– Não esconda mais nada de mim – ele exige e fica sério.

– Prometo.

– Da próxima vez, vou bater na sua bunda.

Meu corpo congela sob o dele, e fico excitada pensando nele dando umas palmadas em mim.

– Interessante. – Ele sorri, mordo o lábio inferior e deixo escapar algo completamente inapropriado.

– Estou perdido – diz, mordendo meu queixo, me deixando ofegante quando puxa uma das minhas pernas para envolver seu quadril.

– O que você está fazendo? – pergunto enquanto ele desce a mão pela minha barriga, para dentro da calça de moletom.

– Sexo de reconciliação, minha linda – ele sussurra contra meus lábios enquanto desliza dois dedos para dentro de mim.

Capítulo 12

— AI, MEU DEUS. Estou indo! – grito, rolando para sair da cama quando a campainha toca pela décima vez em menos de um minuto.

– Eu atendo, minha linda – diz Wes, puxando-me de volta para a cama e beijando minha testa antes de se levantar. Viro a cabeça e observo quando ele veste a calça jeans, deixando o quarto sem camisa. Curiosa para saber quem é, me levanto e o sigo para fora do quarto, mas paro no corredor, olhando para as suas costas enquanto ele abre a porta. Seu corpo fica tenso, todos os músculos se contraem enquanto ele diz algo para quem está na entrada.

Vou até ele e espio por baixo de seu braço, ficando cara a cara com meus pais.

Ai, droga!

– Bom dia, amor. – Minha mãe sorri.

Pisco, olhando para a minha mãe e depois para o meu pai.

– O que vocês estão fazendo aqui?

– Achei que se ele estivesse aqui, significaria que é quem eu pensei que fosse. Se ele não tivesse voltado ontem à noite, eu sabia que você precisaria de algumas das famosas torradas da sua mãe para conseguir esquecê-lo – diz meu pai quando Wes passa o braço pela minha cintura, me tirando da frente da porta.

– Hum… – murmuro enquanto meu pai puxa minha mãe para dentro, fechando a porta.

– Você quer vestir uma camisa? – pergunta meu pai, olhando para Wes. Então olha para as minhas pernas e franze a testa. – E você, uma calça?

– Asher Mayson! – Minha mãe reage, batendo no peito do meu pai.

– O quê? – pergunta ele, franzindo a testa.

– Esta é a casa da sua filha, não a sua. Você não pode dar ordens para que ela e o convidado se vistam.

– Até parece – meu pai resmunga e olha para Wes. – Você acha que eu vou deixá-lo se sentar na sua frente sem camisa enquanto tomamos café da manhã? Claro que não.

– Você é tão ridículo. – Mamãe olha para ele, cruzando os braços.

– Pode me chamar do que quiser, amor – meu pai diz, olhando para ela.

– Nós voltaremos depois de nos vestirmos – murmuro, puxando Wes, que está rindo, em direção ao quarto.

– Meus pais estão aqui – digo, encostando a porta e pressionando as costas contra a madeira, fechando os olhos.

– Eu vi, linda – diz Wes. Abro os olhos e eu o vejo puxar uma camisa limpa da cômoda.

– Nós vamos tomar café da manhã com meu pai e minha mãe. – Digo algo que ele já sabe quando o vejo entrar no banheiro. Vou atrás, observando quando ele puxa a escova de dentes do suporte ao lado da minha e começa a escovar. Fico tentando entender como ele pode estar tão tranquilo.

– Vista uma calça. – Seus olhos encontram os meus no espelho e ele leva a mão em forma de concha à água corrente para enxaguar a boca. Olho ao redor. A cortina do chuveiro está aberta, e o sabonete líquido e xampu dele estão ao lado dos meus no suporte. Meus olhos voltam para ele e o vejo colocar a escova de dentes ao lado da minha mais uma vez. Vejo seu barbeador, o desodorante e os produtos masculinos que ocupam metade do balcão, e balanço a cabeça, lembrando que preciso me vestir.

Saio do banheiro e vou para o closet. Quando o abro, percebo que as roupas de Wes preenchem um lado todo do meu armário, e então olho para o chão e vejo que suas botas e tênis estão misturados com os meus. Pego uma calça de moletom e volto para o banheiro, de repente me sentindo sobrecarregada.

Engulo em seco, observando enquanto ele veste a camisa.

– Eu... hum... quando passamos a morar juntos?

– Linda, vista-se – diz, me ignorando, e me pergunto se estou me preocupando demais. Tiro a minha blusa, visto um sutiã, uma regata e depois coloco a calça de moletom, antes de escovar os dentes. Quando saio do banheiro, Wes está completamente vestido e sentado na beira da cama.

– Você está bem? – pergunto, e paro na sua frente. Ele me puxa até me acomodar entre suas pernas, e desliza as mãos pela regata, nas laterais de meu corpo.

– O que quer que aconteça lá fora não afeta o que temos. Quando seus pais forem para casa, ainda seremos nós e nada mudará isso.

Eu me inclino e beijo seus lábios.

– Você está pronta? – Passo a língua pelos lábios e confirmo, balançando a cabeça. Ele pega a minha mão, me levando para fora do quarto em direção à cozinha, onde ouço meus pais conversando.

Quando entramos ali, vejo minha mãe no fogão e meu pai em pé, de costas, abraçando-a por trás. Pigarreio e puxo a mão de Wes quando eles olham para nós.

– Pai, eu gostaria que você conhecesse Wes Silver. Wes, esse é meu pai, Asher Mayson.

– Prazer em conhecê-lo, senhor – diz Wes, e os olhos do meu pai se estreitam. Prendo a respiração, quase com medo de olhar.

– Você é militar? – pergunta meu pai, e Wes balança a cabeça.

– Oito anos nos SEALs da Marinha.

Meu pai resmunga e depois balança a cabeça.

– Marinha – diz ele, apontando para si mesmo, e aperta a mão de Wes. Volto a respirar normalmente e me aproximo de minha mãe, beijo sua cabeça e passo o braço por seus ombros.

– Eu te disse que tudo ficaria bem, querida – minha mãe sussurra baixinho, me abraçando. Sorrio, vou para o lado do meu pai e o abraço enquanto ele fala com Wes. Ele beija minha cabeça e passo o braço pela sua cintura. Em seguida, vou até Wes, o abraço e apoio o rosto no seu peito. Fico ali até minha mãe terminar de fazer seu famoso café da manhã com torrada francesa, e todos nós nos sentamos em volta da mesa.

– Vocês deveriam ir jantar lá em casa neste fim de semana – meu pai sugere enquanto os acompanhamos até a porta.

– Tenho alguns compromissos neste fim de semana – diz Wes, e olho para ele, franzindo o cenho. Ele não me disse nada. – Mas estarei livre no próximo.

Meu pai assente e dá um tapinha no ombro dele, olhando para mim em seguida.

– Eu sei que vocês estão juntos, mas não quero ser avô ainda, por isso tomem cuidado.

– Pai! – exclamo.

– Não. – Ele balança a cabeça e aponta para Wes. – Se a minha menina me disser que está grávida, e ainda não estiver casada, nós vamos ter problemas. Inferno... na verdade, vocês não deveriam nem fazer sexo.

– Papai, pare. Perdi minha virgindade na noite do baile de formatura. – Balanço a cabeça e ele olha para mim. Seus olhos se estreitam e posso ver que ele está tentando se lembrar daquela noite.

Quando vou aprender a fechar minha boca grande?

– Você foi ao baile com Bobbie Evans. Ele ainda trabalha na concessionária de carros na cidade – meu pai resmunga e contrai a mandíbula.

– Hum... – Olho para a minha mãe em busca de ajuda, mas percebo que ela está chateada também.

– Vou matá-lo – diz meu pai.

– Eu ajudo o senhor – diz Wes. Olho para ele, estreito os olhos, e ele dá de ombros.

– Não falo com ele há anos – digo, erguendo os braços, e então os cruzo, olhando para Wes.

– Continue assim – ele ordena.

– Vocês poderiam parar de agir como homens das cavernas? – Olho para Wes e para meu pai, que está olhando para Wes e para mim de um jeito esquisito. – Pai? – digo, e parece que ele está paralisado.

– Amo você, amor – diz minha mãe, interrompendo e me dando um abraço.

– Te amo, mãe.

– Asher. – Minha mãe pega a mão do meu pai, que olha para ela, balança a cabeça e olha para mim.

– Tome cuidado – ele murmura enquanto me abraça e me beija a testa. Então, olha para Wes e ergue o queixo antes de seguir em direção ao seu jipe, abraçando minha mãe.

– Não foi tão ruim – digo a Wes. Ele me abraça pela cintura e sinto seus lábios em meu cabelo enquanto observamos meus pais irem embora.

– Gosto de seus pais – diz, levando-me de volta para dentro.

– Eles também gostam de você. – Sorrio e ando em direção ao quarto, mas não vou longe, porque Wes agarra a minha camiseta e sou puxada para trás, batendo no corpo forte dele.

– Aonde você está indo? – Ele me abraça e beija meu pescoço.

– Eu ia tomar banho – digo, inclinando a cabeça para o lado.

– Que boa ideia. – Ele morde meu pescoço, me levanta e segue em direção ao quarto, me fazendo rir.

– Em que momento você me ouviu te convidar? – pergunto quando ele abre o chuveiro.

– No momento em que você sugeriu que iria ficar nua. – Ele puxa minha camiseta para cima e abre meu sutiã, deixando-o cair no chão, e então aperta meus seios, puxando os dois mamilos. Sinto minha intimidade se contrair de desejo. Ele desce as mãos pela minha barriga e abaixa o moletom pelas pernas, dizendo: – Passe para o lado. – E mordisca meu pescoço.

Quando afasta as mãos de novo, eu me viro para olhá-lo por cima do meu ombro e vejo suas mãos indo para as costas, puxando a camisa para cima, deixando-a cair no chão com a minha. Quando me abraça, solto um gemido, sentindo a calça jeans dele raspar contra a pele na parte de trás das minhas coxas. Uma das mãos dele desliza pela minha barriga e a outra envolve meu seio. Seu pé abre minhas pernas e ele desliza os dedos pelas minhas dobras, fazendo meu quadril se movimentar para a frente. Viro a cabeça e estou ofegante, pois ele desliza dois dedos ao lado de meu clitóris inchado.

– Estou salivando. – Ele me solta, fazendo meus olhos, que estavam se fechando, voltarem a se abrir. Eu me viro e vejo quando ele pega uma toalha da prateleira e a coloca sobre a pia. Então, ele me puxa pelo quadril e me levanta, sentando-me ali. – Se abra pra mim, minha linda – diz ele, desabotoando a calça jeans. Meus olhos estão grudados no contorno do volume que o V de seus quadris está indicando. – Abra as pernas, July. – Meus olhos se voltam para cima para encontrar os dele e engulo em seco, lentamente abrindo as pernas. – Toque-se como quer que eu te toque. – Ele puxa a calça jeans para baixo e seu membro balança em direção à barriga, as veias pronunciadas, a cabeça tão vermelha que parece dolorida. Levo dois dedos à parte de cima do osso púbico, me sentindo insegura. – Toque-se, minha linda. Mostre para mim como você gosta. – Ele segura sua virilidade e se masturba. Deslizo os dedos até minha entrada e faço movimentos circulares no meu clitóris, e então deslizo um dedo dentro de mim, usando a umidade causada pela minha excitação para subir o dedo e movimentá-lo ao redor do clitóris de novo.

– Porra – diz ele, e meus olhos, que tinham se fechado, se abrem e encontram os dele. Engulo em seco, mantendo um ritmo lento, e a pressão que sinto em minha fenda é um indicativo de que quando eu gozar, vai ser intenso. Como se não conseguisse se conter, ele se aproxima de mim, e faz movimentos circulares na entrada de minha vagina com um dedo e passa esse dedo, molhado, em meu lábio inferior.

Ele me beija, sugando meu lábio inferior com força, fazendo com que eu grite e que meus dedos se movimentem mais depressa, circulando o clitóris. Em seguida, ele afasta os lábios dos meus e avança entre minhas pernas, enterrando a língua dentro de mim, com movimentos longos enquanto seus dedos me penetram, fazendo com que eu grite seu nome. O orgasmo chega de repente e acontece com intensidade. Minha vagina se contrai, apertando os dedos dele enquanto viajo, meu corpo tremendo com calafrios enquanto ele passa o queixo no lado interno da minha coxa. Wes fica de pé, agarra meus tornozelos, segura-os de lado enquanto me penetra com força. Levo as mãos às costas para me manter ereta.

– Veja – ele geme, saindo e entrando de novo. – Adoro observar enquanto estou dentro de você. – As palavras dele me deixam mais excitada e olho para baixo, observando-o entrar com movimentos longos e ritmados. Cada penetração alcança um ponto dentro de mim que gera uma dor aguda que se transforma em prazer.

– Eu vou gozar – solto um gemido, e ele me beija neste momento, engolindo meus sons de prazer. Ele puxa minhas pernas para que elas envolvam seu corpo, coloca as mãos embaixo de meu traseiro e me levanta, levando-me para o chuveiro, onde me encosta na parede de azulejos. Com as pernas ao redor dele, contraio o corpo e atinjo o orgasmo novamente.

– Isso, minha linda, me aperte – ele geme, penetrando fundo e apoiando a testa no meu ombro.

– Quero seguir o Z hoje – diz Kayan quando tranco as portas da clínica.

– Segui-lo para onde? – pergunto, observando enquanto ela pega as chaves da bolsa.

– Eu não sei – ela murmura e olha para mim. – Acho que ele pode estar me traindo. Está escondendo alguma coisa – sussurra, e franzo a testa.

– Eu não acho que Z está te traindo.

– Hoje à noite eu vou ter certeza – diz ela, e sei que não há como convencê-la a mudar de ideia. Quando estávamos na faculdade, ela namorou um cara que a traiu. Todo mundo sempre soube, menos nós duas, e só ficamos sabendo quando fomos a uma festa da faculdade e o flagramos transando com nossa outra colega de quarto, Lynn.

– Eu vou com você – digo ao ver sua expressão.

– Obrigada.

– Eu sempre vou apoiá-la, mesmo quando acho que você está louca – digo.

– Vamos ter que dar um jeito de despistá-lo. – Ela meneia a cabeça em direção a Harlen, que está sentado em sua moto do outro lado do estacionamento.

– *Cinquenta Tons de Cinza* vai estrear hoje. Podemos dizer que vamos assistir.

– Perfeito.

– Me liga para combinarmos o cinema – grito alto o suficiente para Harlen ouvir.

– Estou ansiosa para ver a bunda do Grey! – responde ela, e não me controlo, dou risada.

– E aí, o que vocês vão fazer à noite? – pergunto a Wes enquanto visto minha calça jeans.

Ele desvia o olhar do celular e olha para mim.

– Vamos ajudar Jax com um negócio e depois vamos para Nashville para conhecer um clube que Harlen descobriu. Os caras estão pensando em comprar.

– Que tipo de clube? – pergunto, pegando minha blusa com capuz do armário.

Ele faz uma pausa, e levanto uma sobrancelha, percebendo sua hesitação.

– Clube de strippers.

Meneio a cabeça uma vez e visto o moletom.

– Você deveria falar com meu tio e com minha mãe. Eles estão gerenciando o Teasers, agora que meu avô se aposentou.

Ele olha para trás como se tivesse tomado um soco e franze o cenho.

– Seu tio e sua mãe gerenciam o Teasers?

– Sim.

– Que porra é essa?

Sorrio e pego meu par de tênis Converse pretos do armário.

– Lindo, olha a boca. – Dou risada, levantando o queixo dele delicadamente e me sento ao seu lado na cama.

– Como eu não sabia disso? – Ele beija meu pescoço.

– Acho que o assunto nunca surgiu, mas tenho certeza de que minha mãe e meu tio falariam com você e os caras.

– Vou pensar nisso. Então vocês estão indo ao cinema?

– Sim, e nós não precisamos de um guarda-costas.

– Você não tem um guarda-costas. – Ele balança a cabeça. – Só estamos sendo cautelosos até termos certeza de que as coisas se acalmaram. – Controlo a vontade de revirar os olhos e só balanço a cabeça, concordando.

– Sage vai ficar com vocês hoje à noite – diz, levantando-se.

– Sage está te ajudando agora? – pergunto, tentando entender como o filho do meu tio Nico entrou nessa.

– Não, Harlen soube que vocês iam assistir algum filme de mulherzinha, então todos tiraram no palitinho.

– *Cinquenta Tons de Cinza* não é um filme de mulherzinha, e você pode achar que Sage levou a pior, mas soube que aparecem muitos peitos.

– Eu não preciso assistir a um filme com peitos, minha linda. Tenho os melhores peitos que já vi na vida à minha disposição vinte e quatro horas por dia.

– Awww, você diz as coisas mais lindas. – Dou risada, amarrando os cadarços.

Ele me puxa para fora da cama e dá um tapa na minha bunda para depois me empurrar para a porta, murmurando:

– Engraçadinha.

A campainha toca.

– Oi, cara – ele cumprimenta Sage quando abre a porta da frente.

– E aí? – responde meu primo, entrando na casa, trocando um cumprimento com Wes antes de me puxar para um abraço e me erguer do chão.

Meu primo Sage é mestiço. Seu pai é negro e a mãe é branca. Tio Nico e tia Sophie adotaram Sage e sua irmã gêmea quando eles tinham 3 anos. Ele é tão bonito que minha tia pediu ao tio Nico para comprar uma arma para ela manter as garotas afastadas quando ele completasse 16 anos. Ele é muito alto, mede quase 1,95m, e sua pele é um pouco mais escura do que a minha quando estou bronzeada. Seu cabelo é crespo e cortado rente à cabeça, e os olhos são avelã claro, que se destaca com sua pele.

Apesar de ele não ser filho biológico dos meus tios, dá para vê-los nele. Sage é doce e de fala mansa como a tia Sophie, mas é um cara de dar medo, como o tio Nico, e é por isso que ele trabalha com Jax.

Assim que ele me coloca no chão, Wes me puxa.

– Comporte-se – diz, depois de me beijar. Não falo nada; afinal, só é mentira quando admitimos que é, e se Wes não descobrir o que estou fazendo, não terá motivo pra ficar puto da vida.

– Tudo bem, vamos embora – diz Sage, segurando a porta aberta. Pego minha bolsa da mesa e aceno para Wes quando ele se afasta da casa em sua moto.

– Kayan está nos esperando no cinema. Z disse que ele a acompanharia até lá e esperaria por nós – digo a Sage quando entramos na caminhonete.

– Legal – diz, assumindo o volante.

– Eu queria que Nalia estivesse aqui – digo, e Sage olha para mim por um momento antes de voltar a prestar atenção na estrada.

– Ela vai voltar em breve. – Também percebo a dúvida em suas palavras. Quando Sage e Nalia completaram 18 anos, eles conseguiram conversar com seus pais biológicos. Sage não quis saber deles, mas Nalia se aproximou de sua mãe e se mudou para o Colorado para ficar mais perto dela. Entendo seus motivos, mas sei que é difícil para meus tios e para meu primo. Apenas torço para que ela encontre o que quer que esteja procurando.

– Bem, fico feliz por saber que ela vai passar o Natal em casa.

– Eu também. Só espero que ela decida ficar depois disso – diz ele.

– Talvez. – Dou de ombros. Sei que a tia Sophie está arrasada por ela ter partido. Ela tem a sensação de que fez algo errado, mas também sei que às vezes temos que fazer coisas para nós mesmos, mesmo que seja difícil para as pessoas que amamos.

Quando entramos no estacionamento do cinema, vejo Z e Kayan em pé, perto da moto dele. Olho em volta procurando o carro dela e suspiro de alívio quando o vejo estacionado na lateral do prédio.

– Oi, Z, você tem certeza de que não quer assistir ao filme com a gente? – pergunto, saltando da caminhonete e andando em direção à moto dele.

– Obrigado, mas não. – Ele sorri, vira para Kayan e a beija. Depois, sussurra algo para ela, passa por mim, despenteando meu cabelo, sobe na moto e sai do estacionamento.

– Pronta? – pergunta Kayan, dando o braço para mim e caminhando em direção ao cinema, com Sage logo atrás de nós.

– Pronta. – Fico tentando imaginar se há uma maneira de fazer com que ela desista disso, então olho para trás, para meu primo, e pergunto: – Tem certeza de que você não quer entrar?

– Não, vou esperar aqui – diz ele. Nós pagamos pelos ingressos e paramos para pegar pipoca e doces, acenando para Sage antes de entrar no cinema.

– Qual é o plano? – pergunta Kayan enquanto nos dirigimos para dentro.

– A ideia foi sua.

– Sim, mas você é a planejadora. – Ela sorri, reviro os olhos e a conduzo para a parte da frente do cinema. Empurro a porta onde se lê Saída. No momento em que a abrimos, vou em direção ao estacionamento.

– O que está fazendo? – ela grita quando começo a jogar a comida que compramos no lixo que fica na esquina do prédio. – Você não pode jogar fora. – Ela puxa a pipoca da minha mão, fazendo metade cair no chão. – Nem desperdiçar desse jeito. – Ela me entrega as chaves do carro e pega o refrigerante da minha mão.

– Você está bem? – pergunto. Ela encolhe os ombros, enfiando um punhado de pipoca na boca depois de chegar ao carro. Olho para ver se Sage não está por perto, ligo o carro e saio do estacionamento em direção ao complexo.

– Esse plano não é bom – diz Kayan com a boca cheia de pipoca quando paramos em frente ao complexo, quinze minutos depois.

– Pois é – concordo e abaixo a cabeça dela, assim como também me abaixo, ao ver uma moto estacionar. No momento em que o ronco é interrompido, levanto a cabeça e vejo Harlen descer da moto e entrar, voltando alguns minutos depois com um envelope na mão.

– Precisamos segui-lo. Ele vai se encontrar com Z – ela diz, ainda abaixada, e toma um gole de refrigerante.

Olho para ela por um momento, sacudo a cabeça e saio atrás dele, seguindo-o por cerca de dez minutos por algumas estradas secundárias. Quando ele entra em um estacionamento, paro a uma quadra de distância e vejo quando ele vai diretamente até onde os outros caras estão esperando, incluindo meu primo Jax. Quando Harlen desce da moto, diz algo para Wes e lhe entrega o envelope. Mesmo a essa distância, vejo Wes contrair a mandíbula e me pergunto por que ele está bravo. Então ele leva o celular à orelha e fico curiosa para saber o que ele está dizendo.

– O que será que eles estão discutindo? – pergunta Kayan.

– Eu não sei – digo, observando Wes caminhar até Z e dizer algo.

– Estamos ferradas – sussurra Kayan. Olho para ela, engato a primeira e saio. No momento em que entro na rua, o som de escapamentos surge. Minhas mãos começam a suar e meu coração acelera. – Ai, meu Deus. Z vai me matar.

– Talvez possamos voltar ao cinema – digo, sem acreditar naquilo nem por um segundo.

– Sim, talvez – ela concorda. Acelero e procuro atalhos ao longo de todo o caminho, até chegar ao estacionamento do cinema. No momento em que desligo o carro, saímos e corremos em direção à porta por onde saímos, e paramos quando ficamos cara a cara com Sage, que está bem bravo.

– Ei, o que você está fazendo aqui fora? – pergunto, e ele demonstra ainda mais irritação no olhar.

– Vocês estão brincando comigo, porra?

– O que foi? Eu saí para fumar. Sabe como é... as cenas são tão quentes que precisei de um cigarro – digo e ouço alguém rir. Eu me viro para olhar para trás quando Mic, Wes, Z e Jax caminham até onde estamos.

– Essa merda não tem graça – vocifera Wes, olhando para Mic, que levanta a mão à frente do corpo em sinal de advertência.

Wes me observa e então olha para Sage.

– Você se importa de levar as meninas para casa? Nós chegaremos daqui a uma hora.

– Sem problema, cara – diz Sage. Wes ergue o queixo e olha para mim.

– Não saia da porra da casa. – Ele aponta para mim, e meu coração se acelera quando vejo a raiva estampada em seu rosto.

– Me dê suas chaves – diz Z a Kayan. Ela pega minha mão e me viro para olhar para ela, vendo lágrimas nos olhos. Entrego as chaves e observo Z seguir em direção ao estacionamento.

– Nós...

– Não é para falar nada, porra – diz Wes, e minha boca se fecha. – Vamos conversar quando eu chegar em casa.

Certo, eu sabia que ele estava bravo e tinha motivo para isso, mas sua reação estava bem exagerada. Seguro as mãos cerradas em punho de Kayan, que está ao meu lado. Tenho que me controlar para não reagir.

– Vamos. – Sage toca meu cotovelo e nos leva para longe dos caras e em direção a sua caminhonete.

– Desculpe por fugir – murmuro, olhando pela janela, tentando dar uma olhada no Wes.

– Você sabe que não estaríamos vigiando vocês se não houvesse um motivo – diz Sage, e noto a raiva e a preocupação em sua voz. Assim que chegamos à minha casa, Sage desliga a caminhonete e nos segue para dentro. – Vocês duas, sentem-se aqui – diz, apontando o sofá quando começo a levar Kayan, chorosa, ao banheiro.

– Primeiro, não vamos sair de novo, e segundo, sou mais velha do que você e esta é a minha casa. Agora, se você não se importa, vou levar minha amiga ao banheiro para que ela possa lavar o rosto com um pouco de água fria! – respondo e levo Kayan ao banheiro do corredor.

– Sente-se aqui – digo, fechando a tampa do vaso sanitário para que ela possa se sentar. Pego uma toalha, que molho com água fria, e entrego a ela.

– Obrigada – murmura, pressionando-a ao rosto.

– Ele não está te traindo – eu digo, e ela balança a cabeça, mas não diz nada, fazendo eu me sentir pior do que eu já estou. Quando voltamos para a sala, Sage está assistindo televisão. Ele olha para nós e sua expressão se suaviza.

– Os caras estão voltando.

– Ótimo – murmuro sentindo a ansiedade aumentar. Quando escuto o barulho dos escapamentos, fecho os olhos, tentando me controlar. Não vai adiantar nada se Wes e eu ficarmos bravos ao mesmo tempo.

A porta da frente se abre e me sobressalto. Viro a cabeça, esperando ver Wes invadindo a casa, mas fico surpresa ao ver que é Z.

– Como você pode achar que não há problema em meter uma mulher grávida em uma de suas loucuras? – pergunta para mim, e me sento no sofá, surpresa com suas palavras. Não faço ideia do que ele está falando. Olho para a garota que é minha melhor amiga desde o nosso primeiro dia no jardim de infância, e fico boquiaberta ao ver a verdade em seus olhos.

– Você está grávida? – sussurro, em choque. – Como isso aconteceu? Quero dizer... quando, merda... quero dizer, por que você não me contou? – Balanço a cabeça, completamente chocada.

– Eu não sei. Sinto muito... Você sabe que eu te amo – diz, e olha para Z. – E você não tinha o direito de contar para ela, seu idiota grande e gordo. Estou grávida, e não incapaz de tomar minhas próprias decisões. – Ela se levanta e passa por Z, cujo olhar está menos tenso. – Porra! – ela grita quando chega à porta da frente, e fico em pé quando vejo que ela está ofegante. – Você está com minhas chaves. Ou você as entrega para mim, ou me leve para casa, merda.

Olho para ela e para Z e hesito, porque nunca vi minha amiga assim, e ele não parece nem um pouco perturbado por sua explosão.

– Eu vou sair – diz Sage. Aceno com a cabeça, distraidamente, ainda olhando para minha melhor amiga.

– Você vem ou vou ter que ir andando? – Ela levanta uma sobrancelha. Olho para Z e o ouço murmurar algo sobre sua gatinha ter garras antes de ele caminhar até a porta. – Eu te ligo amanhã – diz ela, olhando para mim antes de desaparecer porta afora.

Caio no sofá e fecho os olhos, tentando entender o que diabos acabou de acontecer. De repente, a porta bate tão forte que as paredes tremem e eu me sobressalto, arregalando os olhos ao me virar para a entrada e dar de cara com os olhos irritados de Wes.

– Você quer me dizer o que te deu na cabeça, porra? – Wes grita. Meu cérebro está gritando para que eu diga: "*Na verdade, não*", mas a julgar pelo seu olhar, acho que não acharia engraçado. – Céus! – Ele agarra um copo de cima da mesa e puxa a mão para trás, lançando-o com força na parede do outro lado da sala, espalhando vidro por todos os lados. Meus batimentos cardíacos se aceleram e eu volto para o sofá. – Isso não é brincadeira, caralho. A vida das pessoas está em jogo – diz, parando na minha frente.

Ele pega o celular, e só entendo o que ele está fazendo quando coloca a tela na minha frente e vejo a imagem de uma mulher não muito mais velha do que eu. Ela está amarrada, o nariz está sangrando, um olho está inchado, semifechado, com hematomas, e o cabelo parece não ser lavado há dias. Suas roupas estão sujas e há hematomas nos braços e marcas de dedos.

– Esta é Mellissa Hornel. Ela tem 25 anos e é universitária. Desapareceu há três semanas. Tinha um encontro com um cara que conheceu online. Não voltou para casa. – Ele passa para a foto seguinte, de uma garota mais jovem do que a anterior. Os cabelos loiros estão presos em um rabo-de-cavalo, o lábio está inchado, e dá para ver que tentaram usar maquiagem para cobrir a contusão sob o olho. – Esta é Stacy, a irmã de Landon, o garoto que deixou os cachorros com você. Hoje à noite, eu ia ajudá-lo a tirá-la das mãos dos desgraçados que pegaram ela e Mellissa. – Olho nos olhos dele e meu peito começa a ser tomado pela ansiedade. – Minha linda, eu te amo. Adoro que você seja louca, adoro que você seja selvagem e indomável, mas se eu disser ou fizer algo, é por um motivo. Eu...

– Nós temos que ir buscá-la – digo, interrompendo Wes quando as lágrimas nublam minha visão. – Precisamos ajudá-las. – Eu me levanto, mas ele me empurra de volta para o sofá.

– Seu tio conseguiu tirar todas as meninas antes que elas fossem levadas de novo.

– Ai, meu Deus! – Soluço, cobrindo o rosto, aliviada.

– Chega de besteira, minha linda. Chega de maluquice. Chega de fazer merda só porque você está a fim de me dar dor de cabeça.

– Chega – concordo, deixando de dizer que foi tudo culpa da minha melhor amiga louca. A lembrança daquelas mulheres presas nessa situação vai me assombrar por muito tempo. Eu sabia que havia pessoas más no mundo, mas o que estava acontecendo com elas era doentio.

– Não sei o que vou fazer com você, porra.

– Eu também não sei. – Respiro fundo e me arrasto para seu colo. Ele me abraça até que eu pare de chorar.

– Vá para a cama. Preciso fazer algumas ligações.

Beijo o rosto dele e vou para o quarto, onde tiro as roupas depressa e me deito na cama. Fico ali por muito tempo pensando no que Wes disse. O garoto que levou os cachorros até a clínica se chama Landon e tinha uma irmã, e os caras que a tinham sequestrado a estavam usando para chantageá-lo, provavelmente para chantagear o pai dele também. Eu não conseguia imaginar pelo que eles estavam passando, pelo que ela estava passando. Então pensei no fato de Wes estar ajudando a resgatá-las e isso trouxe mais perguntas. Depois não consegui pensar em mais nada e adormeci.

– Wes? – Pergunto quando ele me vira de barriga para baixo e seus dedos longos massageiam meu clitóris.

– De joelhos, minha linda. – O som de sua voz faz com que um arrepio percorra minha espinha, quando ele passa o braço ao redor da minha cintura e me levanta, me deixando apoiada nas mãos e nos joelhos.

– Por favor – imploro, agarrando os lençóis à minha frente, fazendo pressão contra a mão dele.

– Você receber o que vou te dar. Tire a camiseta.

Começo a gemer e me sinto encharcando sua mão enquanto os dedos me deixam à beira do orgasmo, e me esforço para tirar o pijama, até conseguir.

– Pensar que alguém poderia tirar isso de mim me deixa furioso – diz, retirando os dedos, alinhando o pênis, e me penetrando ao mesmo tempo em que dá um tapa com força na minha bunda. Abaixo a cabeça em direção à cama e solto mais gemidos, apertando-o em volta de mim.

– Eu mataria por você, morreria por você – ele vocifera, dando um tapa ainda mais forte do que o primeiro, e sinto uma pressão começando a se formar em meu baixo-ventre. – Você é minha. Não pode colocar em risco o que é meu. – Ele me puxa para cima com um braço sob meus seios. – Quem é o dono dessa delícia? – pergunta enquanto segura meu quadril, sem parar de me penetrar. Fico mais ofegante enquanto meu corpo tenta se ajustar a seu comprimento e grossura. – De quem é… – Ele desliza as mãos pelo meu corpo, pela minha barriga, e sobe, segurando meus seios, puxando os mamilos com força, fazendo minhas costas se arquearem e sua ereção deslizar ainda mais para dentro – …esse corpo?

– Por favor.

– Eu vou te dar o que você quer, mas me diga quem é seu dono.

– Você – sussurro.

– Sim, minha linda, este corpo e essa delícia entre as suas pernas são meus, e se colocar isso em risco, será punida. – Ele me empurra para baixo, na frente dele, e bate na minha bunda com força, várias vezes seguidas, e cada tapa me deixa mais perto do orgasmo. Então, ele me puxa para cima de novo e viro a cabeça bem a tempo de ele enfiar a língua na minha boca e deslizar a mão para baixo da minha barriga, colocando-a no meu clitóris, fazendo movimentos circulares.

– Eu vou gozar – digo num soluço.

– Goza pra mim, minha linda. – Ele beija meu pescoço, entrando e saindo, enquanto suas mãos deslizam sobre o meu corpo, como se estivesse memorizando cada centímetro exposto de carne. – Oh, céus, eu te amo – diz como se estivesse falando sozinho. – Goza pra mim – ele exige, girando os quadris a cada penetração. Ele segura minha cintura e deslizo os dedos entre as pernas, primeiro sentindo a nossa conexão e depois acariciando o clitóris com rápidos movimentos circulares.

Meu orgasmo vem depressa; em seguida, a metade superior do meu corpo cai na cama e Wes o mantém erguido enquanto me penetra mais três vezes, e então se enterra em mim. Minha respiração para e minha vagina se contrai para apertá-lo. Ele fica parado por alguns instantes e então cai para o lado, ainda dentro de mim.

Afastando os cabelos do meu pescoço, ele beija a pele atrás da minha orelha e me abraça com mais força. Não há lugar onde eu gostaria de estar que não fosse ali, com ele, suada e ofegante depois de um sexo incrível, e segura em seus braços.

– Amo você, minha linda. – Ele desliza para fora, me deita de costas, beija minha barriga e sai da cama. Ouço a torneira sendo aberta no banheiro. Segundos depois, ele volta, deslizando um pano morno entre minhas pernas, e me seca antes de se deitar ao meu lado novamente. Uma de suas pernas está sobre as minhas duas coxas, seu braço está embaixo de meus seios. Seus lábios descansam perto da minha orelha, e escuto sua respiração se acalmar, deixando meu corpo fazer a mesma coisa, para adormecer com ele.

Capítulo 13

Tiro a camiseta e coloco o telefone de volta à orelha. Em seguida levo uma mão às costas e abro meu sutiã.

– Linda – Wes atende ao segundo toque, e começo a esboçar um sorriso.

– Ei – murmuro, deixando o som de sua voz me envolver.

– Você está bem?

– Hum, sim, minhas irmãs e primas querem sair hoje à noite – digo, segurando o telefone enquanto abro o chuveiro.

– Aonde vocês vão?

– Provavelmente vamos jantar e depois tomar alguma coisa no Daniel's Bar – digo, tirando a calcinha.

Ontem foi Dia de Ação de Graças e Wes e eu celebramos com a mãe dele à tarde e com minha família à noite. Fiquei muito feliz por ver minha família recebendo Wes de braços abertos. Minha mãe e minhas tias o adoraram, ou apenas gostaram de olhar para ele – eu ainda não consegui descobrir – e todos os meus tios pareceram respeitá-lo, especialmente depois que o tio Nico contou a eles sobre o que Wes e os caras fizeram para ajudá-lo a tirar aquelas meninas da situação em que estavam. Não pensei que fossem se dar bem, mas fiquei muito feliz por saber que eu estava errada.

– Ligue para mim quando quiser que eu te busque – diz, trazendo-me de volta à conversa.

– Não preciso que você me busque. E não pretendo beber tanto assim.

– Amo quando você bebe, minha linda. – Noto que ele está sorrindo e reviro os olhos. – Ligue quando precisar que eu te busque – ele repete com mais firmeza do que na vez anterior.

– Tudo bem. – Suspiro, sabendo que não adianta discutir. – Eu te amo.

– Eu também te amo, minha linda.

Desligo o telefone, o coloco no balcão e entro no chuveiro. Faz um mês desde a noite em que Kayan e eu fomos espionar Z, e as coisas se acalmaram. Os caras que levaram a irmã de Landon foram presos pelo tio Nico e aguardam julgamento. Eu estava ansiosa, esperando que eles recebessem o que mereciam, e torço para que isso aconteça quando eles enfrentarem a barra-pesada da prisão. Descobri, através de Wes, que Snake havia sequestrado a irmã de Landon e a estava usando para chantagear Ronnie, o dono do Mamma's Country, e Landon também confidenciou a Wes as informações sobre onde as rinhas de cães estavam acontecendo. Ele disse que o tal de Snake e seus comparsas organizavam rinhas algumas vezes por semana, mas não sabia de onde os cães eram pegos. Disse que quando era obrigado a retirar os cães perdedores, ele os levava para mim na esperança de que pudesse salvá-los. Eu odiava o fato de que provavelmente ainda houvesse cachorros sofrendo em algum lugar, mas estava contente por Snake não ter mais controle sobre Landon ou seu pai.

Kayan também me contou sobre a gravidez. Ela temia que eu tivesse a mesma reação que seus pais, ficando desapontados por ela engravidar de um homem com quem eles não simpatizavam. Mas seus pais sempre foram loucos, então fiquei feliz por ela estar encontrando uma maneira de superar o que eles pensavam. Kayan também admitiu para mim que ela e Z vinham se encontrando desde a primeira vez em que se viram, mas ela só entendeu o rumo que o relacionamento estava tomando na noite em que comemos tacos. Ele deixou claro, naquele dia, que queria estar com ela e que não aceitava um não como resposta.

Minha amiga também disse que metade das coisas que ela dizia tinha que ser ignorada, porque os hormônios a estavam deixando meio doida. Nisso, eu tive que concordar. Se não fosse contra a lei, eu já a teria demitido. Certo dia, alguém ligou dizendo que precisava castrar seu cachorro, e ela perdeu o controle e perguntou ao cara como ele se sentiria se alguém arrancasse suas bolas.

Depois desse descontrole, demorei uma hora para acalmar o cliente e conseguir continuar sendo a veterinária do cachorro dele, e durante todo o tempo que ficamos conversando, ela ficou chorando, se desculpando pela atitude. Não sei se vou conseguir lidar com ela nos próximos meses. Eu me sinto mal por Z, mas juro que toda vez que estamos juntos e ela enlouquece por algum motivo, ele abre um sorriso estranho, como se achasse esses acessos de Kayan a coisa mais adorável do mundo. Ambos são doidos e acho que foram feitos um para o outro.

Eu termino meu banho, saio e enrolo uma toalha na cabeça. Vou para a cozinha, pego uma garrafa de água antes de alimentar Juice e Capone e volto ao banheiro para secar os cabelos, usando uma escova grande e redonda para dar bastante volume. Com o cabelo seco, enrolo mechas em rolos grandes e prendo-as com grampos.

Sair com minhas irmãs e primas é diferente de sair com minhas amigas. Já no ensino médio, nós competíamos pelo visual mais chamativo, mesmo que estivéssemos indo para a praia. Acho que fazíamos isso, em parte, pelo que aprendemos com nossos pais, que sempre nos criaram num clima de grande competitividade.

Somos todas filhinhas de papai, e lutamos com unhas e dentes para termos as coisas como queremos, algumas mais do que outras. Minha prima Ashlyn foi quem mais sofreu. Tio Cash é extremamente protetor, então, quando éramos menores e ela ia sair com a gente, ele não brigava com ela por causa de sua roupa ou maquiagem, porque ele, meu pai e meus outros tios se reuniam, bebiam cerveja e reclamavam de nós, enquanto nossas mães reviraram os olhos e insistiam para que demorássemos o quanto quiséssemos. Eu não me incomodo com a forma como cresci. Ter o pai que tenho me mostrou como um homem deve tratar não apenas sua esposa, mas também seus filhos.

Começo a maquiagem fazendo uma pálpebra esfumaçada que destaca a cor dos meus olhos, e então passo um pouco de pó bronzeador e blush, para definir as maçãs do meu rosto. Uso um delineador de lábios para deixá-los mais carnudos e encontro o tom perfeito de rosa-claro que me deixa com a boca bonita. Wes nunca me viu tão produzida assim, então não tenho ideia de qual será a reação dele hoje à noite quando for me buscar.

Depois que termino a maquiagem e o cabelo, vou até meu armário, pego o vestido que comprei há algumas semanas e o coloco em cima da cama. Da cômoda, tiro um sutiã preto sem alças e uma tanga preta sem costuras, visto os dois e me olho no espelho. O sutiã me deixa com um decote perfeito, e a tanga fica logo acima do meu osso púbico, o tecido preto, mas liso, sem esconder nada.

Entro no vestido, e o forro sem alças termina logo acima dos meus joelhos. O tecido que cobre meus seios é justo e fica um pouco mais largo na cintura. A parte de baixo é justa, marcando meus quadris e bunda. Depois de lutar com o zíper por alguns minutos, visto um par de saltos de doze centímetros com tiras que envolvem meus tornozelos e uma tira fina enlaçando os dedos dos pés. Depois de me vestir, paro na frente do espelho, solto os cabelos e os ajeito. Estou gostosa e fico feliz por Wes não estar em casa, porque tenho a sensação de que se ele estivesse aqui para me ver, não me deixaria sair.

Retoco o batom, vou para a sala, pego meu casaco no armário e sigo para a garagem, que Wes limpou para que eu pudesse estacionar o jipe sem ter que sair pelo porta-malas.

Quando chego à rua, ligo para December para avisá-la que estou a caminho da casa dos meus pais. Minhas irmãs normalmente ficam na minha casa quando estão na cidade, mas como Wes está basicamente morando comigo, elas decidiram nos dar privacidade e ficar na casa de nossos pais.

Depois que estaciono, entro na casa sem bater na porta. Vejo minhas irmãs em pé na cozinha, e todas estão se defendendo do meu pai.

December está usando um vestido parecido com o meu, só que o dela é de manga longa, e o cabelo loiro escuro está repartido ao meio e para a frente, descendo ao lado dos seios. May usa um vestido com mangas curtas. A parte de cima é justa até a cintura, marcando suas curvas. Seus longos cabelos platinados estão para o lado, exibindo a curva de seu pescoço. April está usando um vestido roxo escuro, mostrando o decote e as tatuagens. Os cabelos bem vermelhos que ela tingiu semanas atrás descem em ondas pelas costas. Já vi minha irmã com os cabelos de todas as cores, e ela sempre está linda. June sorri, olhando para mim; e em vez de um vestido, está usando um macacão preto sem alças com um colar grande de ouro que consegue acentuar seu decote. A calça do macacão tem as pernas largas e ela usa saltos dourados que eu talvez tenha que roubar dela. Os cabelos estão curtos, mas o corte é elegante, combinando com seu rosto perfeitamente amendoado.

– Oh, ótimo, você também? – meu pai murmura quando me aproximo deles. – Onde está aquele seu namorado? Tenho dificuldade em acreditar que ele deixou você sair de casa usando essa roupa – diz e fecha ainda mais a cara. – E onde está a parte de baixo desse vestido?

Reviro os olhos e beijo seu rosto.

– Wes está trabalhando.

– Então é por isso que tenho que lidar com essa situação sozinho – resmunga e balança a cabeça, olhando para as filhas. – Quando todas vocês cresceram? – ele pergunta carinhosamente, abraçando June e beijando a lateral da minha cabeça.

– Vocês estão lindas – diz minha mãe, entrando na cozinha, vestindo calça capri caqui e uma blusinha com babados ao longo da manga, com um grande colar e sandálias pretas simples. Ela passa o braço pela cintura de December, que está alguns centímetros mais alta do que ela graças aos saltos. – Minhas meninas são tão lindas. – Minha mãe sorri e olha para o meu pai, e seu rosto se suaviza como sempre, e juro que sei exatamente o que ela está pensando. Meu pai deu a minha mãe tudo o que ela nem sabia que precisava ou queria.

– Elas puxaram a mãe. – Meu pai sorri, e June murmura:

– Que nojo. – Dou risada.

– Então, o que vocês farão hoje à noite? – pergunta minha mãe, enquanto papai passa os braços em volta de sua cintura e apoia o queixo na cabeça dela, uma pose que já vi mais vezes do que consigo contar.

– Vamos encontrar as meninas para jantar e beber.

– Eu vou levar vocês.

– Nós não precisamos de carona, pai – diz May, e ele só olha para ela.

– Eu não estava perguntando se queriam – diz ele, beija a cabeça de minha mãe e a deixa de lado, pegando as chaves. – Vamos lá. Me avisem quando quiserem que eu busque vocês.

– Wes vai me buscar – respondo. May se aproxima e passa o braço em volta da minha cintura.

– O seu motociclista gostosão tem algum amigo que também pilote motos e seja gostosão? – May pergunta, e meu pai balança a cabeça, olhando para nós. Nego com a cabeça, mas mexo a boca dizendo "sim" sem emitir som.

– Mal posso esperar para voltar para casa – diz ela.

Olho para ela e sorrio, sussurrando:

– Espere até você conhecer Harlen e Everret – digo, enquanto entramos na caminhonete da minha mãe.

Assim que paramos em frente ao restaurante, beijamos meu pai no rosto e entramos. Quando passamos pelas portas, nós nos cumprimentamos fazendo um estardalhaço. Minha prima Ashlyn é filha de tio Cash e tia Lilly. Hanna é filha do tio Trevor e da tia Liz. E Willow, Harmony e Nalia são filhas do tio Nico e da tia Sophie.

– Foi difícil sair de casa com esse vestido? – pergunto a Ashlyn, revirando os olhos.

– Se dependesse do meu pai e do Jax, eu poderia ir morar em um convento.

– Jax não é nem meu irmão e já quero matá-lo – digo a ela, mostrando que compreendo o que quer dizer.

– Onde está o namorado gostoso? – pergunta Hanna.

Certo, talvez minhas primas também estivessem de olho no meu namorado, e não apenas minha mãe e minhas tias.

– Trabalhando. Ele virá mais tarde para me pegar.

– Vai trazer algum amigo? – pergunta Nalia, e dou risada. Estou muito feliz por ela ter vindo passar as festas em casa.

– Ah, sim, por favor, fale que ele tem amigos – minhas primas gêmeas, Harmony e Willow, dizem enquanto nos dirigimos para a mesa.

– Quando vocês todas voltarem para casa, vou preparar um encontro. Ou talvez possa organizar um evento de encontro às escuras. – Dou risada de novo, sentando-me à mesa e todas riem também.

– Mal posso esperar até que vocês estejam todas em casa novamente. Sinto falta desses jantares – digo, tomando um gole de vinho.

– Eu não sei se vou voltar a morar aqui – Nalia confessa, e todas olham para ela. – Gosto de estar com minha mãe e meus irmãos no Colorado. Sinto falta de vocês, mas estou feliz lá. – Ela olha para baixo.

– Você tem que fazer o que te faz feliz – diz April, e concordamos, apesar de querer todas aqui conosco.

– Eu só queria não magoar meus pais – diz, olhando para Harmony e Willow.

– A mamãe entende. Está triste, mas entende – diz Willow com delicadeza.

– Nós amamos você – acrescenta Harmony –, e pode vir sempre. Nós sempre seremos irmãs.

– Nós todas sempre seremos uma família – December declara.

– Vamos brindar a isso. – Sorrio.

O resto do jantar é tranquilo e contamos as novidades dos últimos meses depois que terminamos de comer. Pagamos a conta e caminhamos os poucos quarteirões rua abaixo até o bar onde vamos desde que temos idade suficiente para beber.

– Encontre uma mesa que vou pegar algumas bebidas – digo, e Nalia segura meu cotovelo.

– Eu vou com você. – Ela sorri e eu dou risada, porque nós duas já estamos embriagadas. Não tenho certeza se vai ser bom ou ruim tê-la comigo. Chegamos ao bar, inteiras, sem derrubar nada nem ninguém pelo caminho.

– Duas canecas de cerveja! – grito para o garçom enquanto me agarro a Nalia.

Ele olha para mim brevemente e responde:

– Pode deixar! – E sai para encher os copos. O outro barman diz algo para ele, e seus olhos me observam, parando nos meus seios. Tento me lembrar se o conheço de algum lugar, mas o álcool que ingeri está dificultando minha memória.

– Você o conhece? – pergunta Nalia.

– Não tenho certeza – grito mais alto do que a música.

– Ele é fofo – diz ela, e olho para ele. Não, ele não é fofo; é gostoso. Tem os braços cobertos de tatuagens, usa brincos, a pele é chocolate e o torso é coberto por músculos exibidos sob a camiseta justa.

– O que aquele cara disse para você? – pergunta minha prima ao rapaz quando ele coloca a cerveja à nossa frente.

– Perdão, bebê? – pergunta, inclinando-se mais perto de Nalia sobre o balcão. Sua voz é áspera e ele tem um sotaque que nunca ouvi antes, mas parece jamaicano, e quando ele olha para minha prima, parece encantado. Compreendo, afinal, minha prima parece uma modelo.

– Uh… – Nalia gagueja e então olha para mim.

– O que esse cara disse para você? – pergunto a ele, sentindo pena da minha prima.

– Que não vai cobrar nada.

– Por quê? – Franzo a testa. Ele dá de ombros, olha para Nalia novamente e sorri.

– Até mais, bebê – diz, passando um dedo pela bochecha dela e então se vira e caminha até outro cliente. Cada uma de nós pega uma cerveja junto com alguns copos e levamos para a mesa onde as garotas estão sentadas.

– O que aquele gostoso estava dizendo? – pergunta Willow, olhando para o bar.

– Nada – murmura Nalia, franzindo a testa, e sorrio para minha prima. Talvez haja esperança de que ela volte para casa, afinal.

– O outro é gostoso também – diz December.

Sigo o olhar dela em direção ao bar e vejo o cara que disse algo para o barman. Então cai a minha ficha e me dou conta de quem ele é. Eu o conheci na primeira festa do clube. Ele estava trabalhando atrás do balcão com o outro cara. Provavelmente Wes disse que estaríamos no bar e pediu para cuidarem de nós.

– Chega de falar dos caras. – June revira os olhos, pegando uma caneca de cerveja e um copo.

– Só porque você está fora do mercado não significa que todo mundo está – diz April. Olho para June e franzo a testa. Eu não sabia que ela estava namorando alguém.

– Para sua informação, não namoro há um ano – responde June.

– Por quê? – pergunta Harmony, e June toma seu copo de cerveja todo, se serve de mais um e volta a beber.

– Isso deve ser ruim – diz Nalia e se levanta. Ela vai ao bar e volta alguns minutos depois com uma garrafa de tequila e o rosto corado. Ela serve uma dose a cada uma e inclina a garrafa aos lábios, tomando um gole. – Confesse, cadela – diz, secando a boca.

– Eu já fui casada – June desabafa, fazendo a mesa ficar em silêncio e todas nós olharmos para ela.

– Juro que você acabou de dizer que era casada – diz December, tomando mais uma dose e rindo.

– Ai, Deus. – June começa a chorar. Hanna, que está sentada ao seu lado, a abraça e me recosto na cadeira, completamente atordoada.

– O que aconteceu? – pergunto, quando finalmente consigo falar.

– O nome dele é Evan. Nós nos casamos na primavera antes de ele ir embora para a guerra. – Ela balança a cabeça e vejo as lágrimas caírem em seu colo. Então, vou ao bar e pego um punhado de guardanapos e os entrego a ela.

– Ele chegou há duas semanas, depois de lutar no Afeganistão, e me entregou a papelada do divórcio. – Ela dá um sorriso amarelo, leva o copo à boca e toma um gole. – Bem, ele não me entregou nada. Nem o vi desde que chegou. Ele pediu para que a mãe os levasse para mim. Vocês conseguem acreditar nisso?

Na verdade, não, eu não conseguia. Era horrível.

– Não fui casada nem por um ano. Fiz sexo com ele uma vez, na noite em que nos casamos, um dia antes de ele ir embora para a missão. – Ela chora mais.

– Ai, meu Deus – sussurro, sentindo as lágrimas encherem meus olhos.

– Por que você não nos contou? – pergunta December.

– Não sei. Acho que no fundo eu sabia que ele já não queria mais nada comigo. Eu estava me sentindo humilhada. – Ela encolhe os ombros, e dou a volta na mesa para abraçá-la.

– O que você quer dizer com isso?

– Quando ele foi embora, telefonava todas as noites, mas depois as coisas mudaram e os telefonemas ficaram cada vez menos frequentes. Eu sabia que ele teria dificuldade em manter contato, mas sentia que ele não se esforçava para ligar. Por fim, parou de me procurar. A mãe dele me ligava uma vez por semana para perguntar como eu estava. Comecei a temer essas ligações e me ressenti com meu esposo. Então, a mãe dele parou de ligar e, duas semanas atrás, um amigo nosso disse que ele estava em casa. Foi dispensado e se mudaria para o Tennessee. No dia seguinte, recebi os papéis do divórcio. – Ela soluça e olho para as meninas, sem palavras.

– Você não tem nada do que se envergonhar. Está claro que ele é um idiota, – diz Harmony, e aceno, concordando com ela.

– Qual é o sobrenome dele? – pergunta Ashlyn, pálida como um fantasma.

– Baristea – murmura June, e Ashlyn olha para mim.

– O quê?

– Você não vai acreditar nisso.

– O quê? – pergunta Hanna, inclinando-se para a frente como se fosse uma novela.

– Jax acabou de contratar um cara chamado Evan. Ele estava na Marinha e seu comboio foi destruído. Todos os amigos foram mortos; ele foi o único sobrevivente. Vai começar em duas semanas.

– Ai, Deus – June choraminga. – Então ele está se mudando para cá. – Eu não consigo acreditar que isso está acontecendo.

– Sim, desde que a carga de trabalho de Jax começou a aumentar, ele quis contratar alguns caras novos, e esse cara, Evan, foi recomendado... por um dos amigos de Wes, na verdade.

– Diga a Jax que ele não pode contratá-lo – diz Harmony.

– Não – sussurra June. – Se é verdade que ele perdeu todos os seus amigos e tudo isso aconteceu com ele, então ele precisa disso. Não tire isso dele. – Ela respira fundo, e mais lágrimas enchem meus olhos. Isso é amor... se importar com o que a outra pessoa está enfrentando, mesmo que ela não se importe com você.

– Você volta para casa no ano que vem – lembra December com delicadeza.

– Então tenho um ano para esquecê-lo.

– Nós vamos te ajudar no que precisar – digo a ela.

– Eu preciso ficar bêbada – afirma June.

– Isso podemos fazer – diz Willow, entregando a ela a garrafa de tequila.

– Preciso ligar para o Wes – digo, quando as garotas avisam que vão para casa.

– Você não vai andando com a gente? – pergunta uma das minhas irmãs.

– Não, Wes quer me buscar. – Sorrio.

– Wes é tão gostoso e agradável – murmura December, apoiando-se no meu braço.

– Eu sei – concordo, pegando o celular.

– Ele pode trazer uns amigos? – pergunta Willow.

– Não sei. Vou perguntar. – Dou de ombros e levo o telefone ao ouvido.

– Linda – responde Wes.

– Eu amo isso – digo e olho para o meu colo.

– O quê?

– Quando você me chama de linda.

– Eu amo isso também. – December murmura e dou risada.

– Você está bêbada?

– Só um pouco – murmuro, erguendo os dedos cerca de três centímetros à frente do rosto.

– Só um pouco, né? – Ele ri.

– Pode trazer seus amigos quando vier me buscar? – pergunto, girando os cabelos em volta do dedo.

– Por quê?

– Hum... porque eles são gostosos.

– Como é? – ele pergunta, e dou risada.

– Você vai me dar umas palmadas por isso? – Rio mais alto.

– Céus... – murmura ele, fazendo com que eu me contorça. – Estou indo.

– Oba. – Sorrio, desligando. – Wes está a caminho – digo às meninas.

– Ele vai trazer uns amigos? – pergunta Willow.

– Acho que não.

– Que pena – murmura December.

– Mais uma dose – sugere June.

– Papai, tio Trevor e Jax estão lá fora – diz April a todas, tomando o copo que December entrega a ela.

– A uma irmandade que está além do sangue – diz Willow, levantando o copo, e todas nós brindamos e viramos as doses. Estou ansiosa para que elas voltem para a cidade. Sinto falta disso.

Quando saímos do bar, vejo Wes descendo de sua caminhonete com uma carranca.

– Onde está a sua moto? – Faço beicinho, e ele percorre meu corpo com os olhos, contraindo a mandíbula.

– Onde está o resto do seu vestido? – pergunta.

– Foi o que eu perguntei – diz meu pai ao abrir a porta da caminhonete da minha mãe para as minhas irmãs.

– Você deveria dizer que estou linda – digo, levando as mãos aos quadris.

– Ah, você está linda. Linda demais para estar em um bar sem seu namorado.

– Ai, meu Deus – ouço e olho para Harmony, que vira a cabeça, fazendo com que nossos olhos se encontrem, e ela murmura:

– O que foi? Achei isso sensual. – Ela dá de ombros, e Wes passa o braço ao redor da minha cintura e me leva para sua caminhonete.

– Onde está sua moto? – pergunto novamente.

– Minha linda, você não vai subir na garupa da minha moto bêbada – diz ele quando tropeço, e me puxa para cima, contra seu corpo, pouco antes de eu cair na calçada.

– Obrigada – murmuro, admitindo para mim mesma que provavelmente foi melhor ele não ter ido de moto.

– Vamos. Vou levar vocês para casa – diz Jax, chamando Willow, Harmony, Nalia e Ashlyn.

– Oi, pai – diz Hanna, tropeçando em direção ao tio Trevor, que está franzindo a testa para ela. – Ah, vire essa carranca pra lá. Pelo menos não há meninos aqui – diz ela, e ele só balança a cabeça e olha para o meu pai, que fecha a porta, cortando o som das minhas irmãs rindo.

– Seria demais pedir para que houvesse pelo menos um rapaz aqui? – pergunta meu pai.

– Ah, papai, eu vou te dar um neto – digo e levo a mão à boca. Olho para Wes, que faz uma cara engraçada, e depois para o meu pai, que só balança a cabeça.

– Amo você – diz papai, se aproximando e me dando um abraço.

– Eu também te amo. – Retribuo o abraço e então deixo Wes me erguer para entrar na caminhonete.

– Você vai estar por perto amanhã? – pergunta Wes ao meu pai. Até mesmo no meu estado embriagado, consigo ver algo brilhar nos olhos do meu pai quando ele balança a cabeça, afirmando. Wes bate a minha porta e diz outra coisa antes de assumir o volante.

– O que foi aquilo? – pergunto a Wes, observando meu pai entrar no carro dele.

– Nada, minha linda – diz Wes, puxando meu cinto de segurança sobre meu peito antes de prender o seu e sair com o carro. – O que você está usando por baixo desse vestido, minha linda? – pergunta, e minha respiração fica ofegante quando seus dedos roçam minha coxa.

– Nada – digo, e ele para.

– Como? – Há uma certa fúria em seu tom. – Deixe-me ver como você saiu da casa com tudo isso que é meu. – Começo a respirar com dificuldade e lentamente ergo a bainha do vestido sobre quadril. – Sorte a sua, minha linda. – Ele sobe o dedo por cima do tecido da minha calcinha, me deixando ofegante. – Puxe a saia para baixo de novo. – Prendo a respiração por um momento, e então cubro o quadril com a saia, enquanto ele desliza a mão de um lado a outro na minha coxa em movimentos suaves e delicados, não fazendo nada ousado, mas, ao mesmo tempo, indicando que está atento.

Quando chegamos em casa, ele aciona o botão da garagem e me lembro que meu jipe está nos meus pais. Wes estaciona e fecha o portão, deixando apenas um pouquinho de luz para que consigamos nos ver.

Minha pulsação acelera ainda mais quando ele sai sem dizer nada e se aproxima do lado do passageiro, abre a porta e solta meu cinto, virando meu corpo de modo que eu fique com os pés para fora.

De repente, ele leva a mão à parte de cima do meu vestido, puxando-o para baixo, deixando meus seios à mostra. Wes abaixa a cabeça e pega um mamilo com a boca, enquanto puxa, belisca e aperta o outro com dois dedos. Jogo a cabeça para trás e tento envolver o corpo dele com as pernas, e minhas mãos agarram seus ombros enquanto ele se move para abocanhar o outro seio, lambendo o mamilo antes de mordê-lo.

– Wes – solto um gemido, e ele leva as mãos para a parte de trás dos meus joelhos, me puxando para si bruscamente, levantando meu vestido.

– Porra, minha linda, seu cheiro me deixa salivando, porque sei que quando te lamber, você vai jorrar na minha boca – diz ele, me beijando com possessão.

Em seguida, ele volta os dedos à minha entrada, fazendo meus quadris se moverem para a frente.

– Hum – geme quando para de me beijar. Ele pressiona uma mão em meu peito para me empurrar para trás e levanta meu pé, apoiando-o na porta aberta enquanto leva a mão à parte interna da minha outra perna, abrindo-me para ele. Puxa minha calcinha para baixo, fazendo com que o tecido deslize por minha pele sensível, e solto um gemido. Enlaço meus dedos em seus cabelos quando ele se aproxima e pega meu clitóris com a boca, deslizando a calcinha para o lado. Primeiro, Wes enfia um dedo dentro de mim, depois dois, e me ergue, fazendo meu corpo ferver, sensação que aumenta quando ele apoia minha perna em seu ombro e suga meu clitóris, movimentando a língua sobre ele.

Grito seu nome e meu corpo se acende, cada célula zumbindo. Quando recobro os sentidos, sinto Wes me penetrar. Envolvo seus ombros com os braços e seu quadril com minhas pernas, quando ele me puxa para fora do carro, com as mãos na minha bunda, e me pressiona contra o metal frio da caminhonete.

– Gosto da ideia de você ter um filho meu – diz, fazendo com que as paredes da minha vagina se contraiam ao redor dele. – Parece que você também gosta, minha linda. – Ele sorri e me ergue mais alto, com as mãos envolvendo minhas coxas. Afundo os calcanhares em sua bunda e cravo as unhas em suas costas, por cima da camiseta.

– Eu vou gozar – solto um gemido e mordo o ombro dele, chegando ao ápice do prazer.

– Porra! – Ele ruge e me puxa com força para perto dele, fazendo o orgasmo se tornar ainda mais intenso ao senti-lo inchado dentro de mim, inundando minhas entranhas com seu calor. Ele para de se movimentar e eu paro de mordê-lo quando me abraça contra seu peito.

– Amo você – murmuro, envolvendo seu corpo com mais força, e ele me pressiona ainda mais, me leva para dentro da casa e me coloca na cama. Puxa meu vestido para cima, juntamente com o sutiã e a calcinha, e depois vai para o banheiro, de onde volta alguns minutos depois com um lenço demaquilante. Delicadamente limpa minha maquiagem e me deita, tirando meus sapatos.

– Você quer uma camiseta ou vai dormir assim?

– Pele com pele – murmuro e observo quando ele se despe e apaga a luz. Quando seu corpo se afunda na cama, me aconchego ao seu lado. Ele me puxa para cima até que eu fique deitada em cima dele com as pernas entre as suas.

– Amo você, minha linda. – Ele passa a mão pelas minhas costas, mas estou muito sonolenta para responder, então só beijo seu peito e o afago em seguida. Seu corpo treme e sei que ele está rindo, mas ignoro e adormeço.

Capítulo 14

Wes

Acordo, olho para o relógio e para a mulher gostosa e meiga que está dormindo em cima de mim, e fecho os olhos. Eu não poderia imaginar acordar sem tê-la ao meu lado todos os dias, pelo resto da vida.

Beijo seu cabelo e rolo para o lado, me esforçando para não fazer amor com ela de novo enquanto a acomodo na cama. Esses momentos são os mais difíceis, se eu pudesse passar meus dias com a boca no corpo dela, faria isso, mas preciso me levantar, alimentar os bichinhos e ir ao encontro do pai de July.

Nunca pensei que pediria permissão ao pai de uma moça para me casar com a filha dele, mas, para July, sei que a aprovação do pai é importante. E, para ser sincero, também é para mim. Significaria que ele acha que sou bom o suficiente para a filha.

– Fique comigo – murmura ela, sonolenta, enterrando o rosto no meu peito e me fazendo sorrir.

– Eu tenho que levantar, minha linda – digo, e me sento.

– Não quero levantar. – Ela faz beicinho, me fazendo rir.

– Você não precisa se levantar, pode dormir.

– Ótimo. – Ela suspira e puxa meu travesseiro para baixo, abraçando-o contra o peito. Corro a mão pelo rosto, pego meu moletom da cadeira, visto a calça e saio do quarto.

– Ei. – Faço uma pausa para acariciar Capone, vou para a cozinha e ligo a cafeteira antes de pegar a comida dos cães e alimentar Shock, que só pia quando me vê. Dou risada quando penso no nome dele e no fato de que se não fosse por esse pássaro, eu não teria conhecido July. Quando termino *de tomar uma xícara de café, pego uma garrafa de água, o frasco de aspirina do armário, e também um copo de suco de laranja, e levo tudo comigo, colocando-os no criado-mudo, para que, quando July acordar, ela os veja.*

Pego uma calça jeans e uma malha e levo tudo comigo para o banheiro de hóspedes para não acordá-la.

Quando termino de tomar banho, me visto rapidamente, calço minhas botas, pego a carteira e o celular e sigo em direção à minha caminhonete. Quando abro a porta da garagem, a luz entra e sorrio. Volto para dentro da casa para pegar um pano para limpar a lateral da minha caminhonete, onde a bunda de July deixou uma marca. Acho que o pai dela não seria nada legal comigo se eu mostrasse, na lateral da minha caminhonete, a prova de que estou tentando engravidar a filha dele. *Então paro e fico refletindo, tentando respirar normalmente ao perceber no que acabei de pensar. Sei que no fundo é verdade. Eu ficaria feliz se ela tivesse um filho meu. Porra, eu ficaria louco de felicidade, e minha mãe... minha mãe ficaria emocionada pra caramba se fosse avó.*

– Uma coisa de cada vez – digo a mim mesmo enquanto termino de limpar a caminhonete.

No momento em que pego a estrada, sinto como se estivesse me preparando para ir à guerra. Sei que independentemente do que o pai dela diga, terei July como esposa, mas quero a aprovação dele. Não por mim, mas por ela. Comprei a aliança há duas semanas e mal posso esperar para colocá-la em seu dedo.

Quando chego à casa dos seus pais, November abre a porta da frente, recebendo-me na varanda.

– Oi, Wes. Onde está minha filha?

– Ainda na cama. Ela se divertiu muito na noite passada com as irmãs – digo a ela, rindo.

Ela começa a rir e me dá um abraço assim que chego à porta da frente.

– As meninas também ainda estão na cama. E quando eu ofereci o café da manhã, elas começaram a jogar coisas em mim. Você quer tomar café da manhã? Eu tenho muita comida aqui... – Ela sorri, e vejo claramente de onde veio o sorriso de July.

– Adoraria – concordo, e entro na cozinha, onde ela montou um banquete de café da manhã.

– Eu me empolguei um pouco, mas gosto de ter as meninas em casa, e sei que uma maneira de fazê-las voltar é mantê-las satisfeitas enquanto estão aqui – diz com um sorriso.

– Não tenho dúvidas de que elas continuariam voltando, mesmo sem a sua comida – afirmo, vendo muito da minha mãe nela.

– Você está dando em cima da minha esposa? – pergunta Asher, entrando na cozinha, e contenho o riso. Esses dois provavelmente estão juntos há uns bons vinte anos, e dá para ver que ele ainda é possessivo e protetor com a esposa.

– Não sei se isso facilitaria as coisas para mim ao pedir a mão de sua filha em casamento – digo, e seus olhos brilham com respeito, o mesmo olhar que ele me deu quando nos conhecemos, e um pouco da ansiedade se esvai do meu corpo.

– Acho que não – diz, tocando meu ombro e beijando a esposa, sussurrando algo para ela que a tira de seu torpor.

– Café? – ele pergunta, segurando a cafeteira.

– Sim, senhor – afirmo, e ele enche uma xícara para si e uma para mim.

– Você acha que merece a minha menina? – pergunta ele, e fico muito impressionado por essa ser a sua primeira pergunta. Tomo um gole de café e olho para a mãe de July, que está me observando com mais atenção do que em qualquer outra ocasião em que estivemos juntos.

Tomo um gole e apoio a xícara no balcão.

– Não. – Balanço a cabeça. – Há provavelmente alguém por aí que pode dar a ela mais do que posso, mas eu mataria esse cara antes que ele conseguisse provar que estou certo. – Olho para a mãe e depois para o pai dela. – Eu a amo profundamente. Praticamente desde o momento em que a vi pela primeira vez, senti uma atração diferente de tudo o que já tinha sentido. Eu não a mereço, mas ninguém nunca vai amá-la como eu amo e quero amar.

– Ai, gente – ouço alguém dizer atrás de mim, mas não desvio o olhar de Asher.

– Se vamos votar, meu voto é sim – diz outra pessoa.

– Ele também tem o meu voto – afirma uma terceira.

– Eu amo minha irmã, mas se ela disser não, eu estou aqui.

– April! – November a repreende, me fazendo rir.

– Tudo bem, filho, você tem minha bênção. Agora você só tem que pedir à minha menina – diz ele, e a palavra filho *me enche de orgulho.*

– Obrigado, senhor.

– Não me agradeça; vire-se e olhe para as garotas atrás de você – diz ele, e obedeço, observando as quatro irmãs de July. – Eu não tive nenhum filho. Tive cinco meninas... cinco garotas bonitas que juro por Cristo que foram colocadas no mundo para me torturar. – As meninas gritam e se agitam, todas olhando para ele. – Você é o primeiro homem, o que significa que parte desse peso foi tirado de mim, e agora você tem a responsabilidade de me ajudar a

cuidar das minhas meninas. Bem-vindo à família – diz ele, levantando a xícara para mim, depois levando-a em direção à boca e tomando um gole.

– Bem, então, vamos comer – diz November. Olho para ela e para as meninas, tentando entender por que me meti nessa encrenca. July já é osso duro de roer, e com todas as irmãs dela voltando para casa nos próximos dois anos, tenho a impressão de que vou precisar de apoio. Afasto essa sensação, sabendo que tenho algum tempo até precisar pensar sobre isso, e vou tomar o café da manhã.

– Ei, linda – atendo o telefone enquanto as meninas passam de uma à outra a aliança que comprei para July. Saio da sala e vou para o corredor. Ao longo da parede há fotos da família Mayson, e meus olhos param em uma foto de July ainda garotinha. Seus longos cabelos loiros estão despenteados, como se ela tivesse rolado na grama, com o vestido amassado e os braços minúsculos abraçando um cachorro gigante pelo pescoço, a cabeça pressionando o pelo preto e branco. Ele está sentado, com ar majestoso, e sua expressão diz que engoliria quem chegasse perto demais dela. Naquele mesmo instante sei que é o Fera. Pela foto, também dá para notar a ligação entre eles.

– Você não está em casa – ela reclama, a voz ainda rouca de sono. Desvio os olhos da foto, olho para o chão e sorrio. Desde o primeiro momento em que estive na casa de July, ela chama o lugar de "nossa" casa. Eu amo isso.

– Eu vim à casa de seus pais para pegar o seu jipe.

– Oh – diz ela, parecendo desapontada.

– Você está bem? – pergunto, depois de um longo momento de silêncio, pensando que ela pode ter caído no sono.

– Minha mãe fez o café da manhã?

Dou risada e murmuro:

– Sim.

– Você pode trazer um pouco quando vier para casa?

– Claro, minha linda.

– Obrigada – murmura, ainda parecendo cansada.

– Durma até eu chegar em casa.

– Tudo bem – ela concorda, e diz: – Eu te amo. – E desliga em seguida.

– Você se importa se eu fizer um prato para July e depois você me seguir de volta com o jipe para ela não pensar que estive aqui por outro motivo? – pergunto, voltando para a cozinha.

– Claro que não – diz Asher, e November se levanta para fazer um prato.

– Você já sabe como vai pedi-la em casamento? – pergunta December.

– Não pensei muito sobre isso. Imaginei que a ideia me ocorreria – confesso, pegando a aliança de volta, colocando-a na caixa e depois no bolso novamente.

– Acho que independentemente de como você fizer isso, vai ser perfeito. Ela ama você – diz November, voltando e pousando um prato coberto com filme plástico. – Apenas siga seu coração.

– Obrigado. – Sorrio e ela dá um tapinha em meu rosto.

– Obrigada por amar minha menina do jeito que ela merece ser amada. – Essas palavras ecoam em meus ouvidos enquanto volto para o carro, e vejo Asher entrar no jipe de July e November em sua caminhonete. Na primeira vez em que me casei, eu achei que estava amando. Agora sei que é diferente do que senti antes. Sei como é o amor de verdade e que ele não muda quem somos, mas nos faz querer mudar... para ser digno da pessoa com quem estamos nos relacionando. Sei também que, independentemente do que eu quiser fazer na vida, vou ter uma mulher ao meu lado para me apoiar, e isso diz tudo.

July

Rolo na cama e, olho para o relógio quando ouço a porta da garagem abrir, e vejo que passa das dez.

Saio da cama e encontro uma calcinha e uma das camisas de Wes. Me visto, vou para a sala de estar, onde sou recebida por Juice e Capone.

– Pensei que você ainda estaria dormindo – diz Wes, passando os braços pela minha cintura, por trás, quando paro para abraçar os dois bichinhos.

– Ouvi você entrar – digo enquanto meu estômago ronca. – E estava com fome.

– Acabei de colocar seu prato no micro-ondas. – Ele beija meu pescoço e eu o sigo até a cozinha, sentando no balcão em frente a ele.

– Obrigada por pegar meu jipe – digo, observando-o retirar o prato do micro-ondas.

– Sem problema. – Ele me observa no balcão e sorri, me entregando a comida e abrindo a gaveta para pegar um garfo. – Café ou suco?

– Suco – respondo com a boca cheia de panqueca macia, e ele pega a jarra de suco de laranja da geladeira, me dá um copo e beija minha testa. Então se apoia no balcão atrás dele, cruzando os braços. O botão de sua malha cinza está aberto, e os músculos definidos de seu peito e braços ficam à mostra. Lembro da noite passada. Eu amo o jeito como ele é capaz de me fazer sentir tão pequena e feminina, o jeito como me sinto quando ele está de pé, me segurando com força enquanto faz amor comigo.

– Em que está pensando? – Wes pergunta.

Meus olhos focam nele e sinto o rosto esquentar, então enfio uma garfada de comida na boca novamente.

– Nada – resmungo, fazendo-o sorrir e estreitar os olhos, e seu sorriso meigo fica cheio de malícia. – Qual é a programação para hoje? – pergunto, comendo mais panqueca.

– Quer passear comigo?

– Claro – concordo imediatamente. Não há nada melhor do que estar na garupa da moto dele.

– Você vai precisar usar roupas quentes.

– Aonde vamos?

– Só dar um passeio – diz, dando de ombros.

– Certo – concordo, imaginando o que ele pode estar planejando.

– Além disso, precisamos parar de fingir que não estou morando aqui e de desperdiçar dinheiro no meu apartamento.

– Hum... você era o único fingindo que não tinha se mudado – digo.

– Não.

– Sim. Eu te perguntei: "Quando passamos a morar juntos?", e você agiu como se não estivéssemos – digo, pulando do balcão e enxaguando meu prato para colocá-lo no escorredor.

– Não... eu só não queria ter essa conversa com sua mãe e seu pai na sala ao lado. Além disso, você parecia assustada quando fez essa pergunta.

Certo, ele tinha um pouco de razão. Eu fiquei um pouco assustada porque não tinha ideia de quando aconteceu. Foi como se em um minuto estivéssemos namorando, e, no seguinte, ele tivesse se mudado para a minha casa.

– Pelo seu silêncio, acho que entendeu o que quero dizer. – Ele diz, e reviro os olhos. – Então você fica tranquila se eu interromper o contrato do aluguel?

– Sim – concordo, passando os braços pela cintura dele e olhando em seu rosto bonito.

– Quanto é a hipoteca da sua casa?

– Eu não pago hipoteca. – Dou de ombros.

– Você aluga esta casa? – ele pergunta, franzindo o cenho.

– Talvez você devesse se sentar – sugiro, andando de costas até chegarmos à sala de estar, onde o empurro para o sofá e me sento em seu colo.

– Eu gosto dessa ideia. – Ele sorri, levando a mão à minha bunda e se erguendo, esfregando-se em mim.

– Espere. – Apoio as mãos em seu peito e levanto o quadril. – Deixe-me falar sobre isso, e depois voltamos a este ponto – digo, sentando em seu colo.

– Vá em frente, minha linda – ele pede, olhando para a minha boca e me fazendo sorrir.

– Minha mãe recebeu uma herança. Meu pai não deixou que ela usasse o dinheiro, então depositou tudo em uma conta, e o dinheiro rendeu, e quando cada filha completou 21 anos, recebemos uma quantia igual. Eu paguei a minha clínica e a casa, e o resto está em uma conta, rendendo.

– Então, você está me dizendo que é rica. – Não consigo entender sua expressão. Não sei como responder à pergunta. Eu não sou rica, mas estou confortável, e assim será até o dia em que eu morrer, desde que continue trabalhando.

– Hum...

– Não me incomoda que você tenha dinheiro, minha linda. Para mim, só significa que, se algo acontecer e eu deixar esta terra, você ficará bem. Essa merda vai me ajudar a descansar em paz. – Ele aproxima os lábios dos meus e me beija até eu estar cavalgando forte e rápido nele no sofá, parando apenas quando alcanço o clímax aos gritos, beijando-o, e quando ele goza, gemendo meu nome e retribuindo o beijo.

Observo a estrada à nossa frente e sorrio enquanto envolvo meus braços ao redor da cintura de Wes, sentindo seus músculos se flexionarem sob meus dedos, que deslizei por baixo de sua jaqueta de couro e da camiseta.

Hoje de manhã, depois da nossa sessão de sexo no sofá, eu me levantei e tomei um banho, e então me vesti enquanto Wes fazia o que os caras fazem enquanto esperam que as mulheres fiquem prontas. Escolhi uma calça jeans escura que combinei com botas marrons, uma blusa com um suéter e minha jaqueta de couro marrom por cima, além de um cachecol que tem a história de *O Jardim Secreto* de Frances Hodgson Burnett impressa nele. Prendi meu cabelo em uma longa trança, que coloquei sobre um dos ombros, e passei um pouco de pó bronzeador, blush e rímel. Eu não sei nada sobre o nosso destino, mas tudo bem. Só gosto de estar com Wes, e se eu estiver na garupa de sua moto, melhor ainda.

Nós descemos por uma estrada e depois outra até chegarmos àquela onde vi Wes e seus amigos pela primeira vez. Não consigo acreditar que foi apenas há alguns meses; parece que eu o conheço há muito mais tempo. Sinceramente, não sei como estaria a minha rotina sem ele.

Eu provavelmente ainda estaria comendo cereal na cama, sozinha, todas as noites, assistindo TV, e só sairia quando minhas irmãs estivessem em casa. Pensando nisso, percebo como minha vida era chata. Eu realmente era uma combinação perfeita para o meu ex: tão chata quanto ele; mas não percebia. Aperto Wes ainda mais quando me dou conta disso.

Nós dirigimos por mais cerca de vinte minutos, e paramos no acostamento, e eu imediatamente reconheço o lugar onde discutimos. Na verdade, é um lugar bonito. A estrada forma uma grande curva, há uma floresta ao longo do acostamento e, do outro lado, uma queda d'água que dá para o lago.

– O que estamos fazendo aqui? – Dou risada enquanto desço da moto.

Ele também desce e para na minha frente. Solta nossos capacetes e os coloca sobre o banco.

– Você está meio que me enlouquecendo – digo, incapaz de entender sua expressão.

– Este é o lugar onde você me derrubou de bunda – diz, e eu sorrio. – O lugar em que percebi por que me mudei para o Tennessee, e onde encontrei o meu futuro. – Paro de respirar quando ele enfia a mão no bolso, tirando dele um anel de diamante. – Quero dividir todos os dias com você, envelhecer ao seu lado. Quer se casar comigo? – Olho para o anel. A pedra central é embutida no design com filigrana na base e ao redor. Olho nos olhos dele, abrindo e fechando a boca, sem reação. Não acredito que este momento está realmente acontecendo.

– Você tem certeza disso? – pergunto depois de um instante.

– Minha linda, eu não faria o pedido se não soubesse que quero passar o resto da minha vida com você.

– Isso é para sempre, definitivo – digo.

– Você é um pé no saco – ele diz, pegando minha mão e deslizando a aliança no meu dedo. – Vamos nos casar – afirma, e sinto o riso tomar meu corpo, e ele silencia minha risada com um beijo.

– Eu te amo – murmuro contra seus lábios e Wes se afasta.

– Eu também te amo, linda.

– Vamos nos casar – sussurro, sua expressão se suaviza e ele me beija de novo, murmurando:

– Vamos.

– *Puta merda! Vou me casar!* – grito e começo a pular, erguendo a mão, observando como a luz é refletida pelas pedras. – Mal posso esperar para contar a todo mundo – digo, ofegante, e parando para olhar para ele. – Estou muito feliz. – Corro em sua direção, ele me pega no colo, e passo as pernas ao redor da sua cintura. Ele me levanta com as mãos no meu traseiro. – Estou muito, muito feliz. – Apoio a testa contra a dele.

– July Abigail Silver. – Ele sorri, e meu coração dá saltos de alegria ao ouvir meu nome com o sobrenome dele.

– Gostei do resultado. – Fecho os olhos e contraio braços e pernas ao redor dele.

– Eu também, minha linda – ele responde, e volta a me beijar. Desta vez, seus lábios permanecem contra os meus por bastante tempo.

– Puta merda – repito, abrindo os olhos e olhando para o anel na minha mão, que está encostada no rosto dele.

– Então... acredito que a resposta seja sim? – Olho em seus olhos e confirmo, voltando a beijá-lo.

– Sim, um milhão de vezes – digo e ele sorri. – Podemos ir à casa de meus pais contar para eles?

– Pensei que eu me daria bem antes disso, mas sim, linda – ele diz, rindo.

– Ah, você vai se dar bem... muito bem. Mas as coisas que eu pretendo fazer com você vão levar a noite toda.

– Sério?

– Sim – respondo, e ele me desliza por seu corpo, e sinto sua ereção, o que me faz gemer. – Talvez possamos contar aos meus pais amanhã – sugiro, e ele joga a cabeça para trás, e nós dois rimos.

– Suas irmãs ficarão felizes. Eu não sabia bem quando faria o pedido, e sei que elas vão embora amanhã, então podemos ir até lá e depois ficamos com a noite toda só para nós – diz ele e pega o capacete do assento, colocando-o com cuidado na minha cabeça, fechando a fivela em seguida. Meu coração, que já está cheio de amor por ele, fica ainda mais completo.

Espero até ele colocar o capacete e levantar a perna sobre a moto, e faço a mesma coisa. Quando estou na garupa, agarrada, ele dá a partida, aperta meu joelho e pega a estrada, voltando pelo caminho que acabamos de percorrer, e apesar de eu ter visto as mesmas paisagens momentos antes, tudo parece mais vibrante. As cores das árvores, o amarelo, dourado e laranja do outono, o ar parece mais limpo e me sinto mais feliz.

Não demora muito para chegarmos à casa da minha família e, quando estacionamos, meu pai é o primeiro a sair. Ele olha para Wes, e por mais medo que eu tenha da reação dele, mal posso esperar para contar que vou me casar, que encontrei alguém que me ama do jeito que ele ama; por completo e sem questionamentos. Pra ser sincera, eu deveria saber que o que estou vivendo é o que meu pai sempre quis para todas as filhas.

Assim que Wes desliga a moto, levanto a mão e grito a plenos pulmões:

– Vou me casar! – Isso faz meu pai sorrir e Wes, a quem ainda estou agarrada, dá risada.

– Linda, desça – diz Wes, apertando meu joelho. Saio da moto e começo a mexer na alça do meu capacete, tentando tirá-lo enquanto minhas mãos tremem de excitação. Para minha sorte, Wes empurra meus dedos para longe e rapidamente remove o capacete da minha cabeça. Assim que estou livre, saio correndo em direção ao meu pai, que ainda está sorrindo, só que agora, mais. Paro no meio do caminho, corro de volta para Wes, beijo seu queixo, e então volto na direção do meu pai, que está rindo de mim, mas não me importo. Subo as escadas até ele e o abraço pela cintura, sentindo seus braços me envolverem, e então inclino a cabeça para trás e respiro: – Vou me casar – digo novamente, desta vez com lágrimas nos olhos.

– Eu sei, minha linda menina – diz ele com carinho, levando uma mão ao meu rosto, e vejo uma enorme felicidade em seus olhos. Seu olhar me diz que ele está feliz por eu ter encontrado o sentimento que ele e minha mãe têm... o mesmo que meus avós tiveram.

– Onde está a mamãe? – pergunto, secando os olhos por causa das lágrimas.

– Ela e suas irmãs estavam lá fora, perto da fogueira – diz ele. Dou mais um abraço e parto para dentro de casa, correndo, e depois passo pela porta dos fundos, gritando mais uma vez:

– Wes me pediu em casamento! – Só que, desta vez, a notícia é recebida com gritos de felicidade das minhas irmãs, que me veem e me abraçam, e todas dizem que estão muito felizes. Então olho para a minha mãe, que está cobrindo a boca com a mão e está com os olhos marejados. Vou até ela, passo os braços ao redor de sua cintura e apoio a cabeça em seu peito, como fazia quando era pequena.

– Eu te amo, querida – sussurra ela, passando a mão pelos meus cabelos e costas. – Mais do que você consegue imaginar. – Mas ela está errada. Eu sei o quanto ela me ama. Sei porque, desde o primeiro momento que consigo me lembrar, ela reforçou esse amor, sempre mostrando o quanto cada uma de nós significa para ela. Tenho sorte por ter isso, sou mais do que abençoada por saber o que é sentir esse tipo de amor da minha família. – Wes é um bom homem. Eu e seu pai estamos muito felizes por vocês.

– Obrigada, mãe – digo, com um nó se formando na minha garganta. Um soluço escapa.

– Sem chorar – diz minha mãe, e então sou passada para outro par de braços, e desta vez, o cheiro de Wes toma meus sentidos quando respiro com calma, resmungando contra sua camisa.

– Eu estou bem.

– Se você não estivesse andando naquela maldita moto com a minha filhinha na garupa, eu lhe daria uma cerveja – diz meu pai, me fazendo rir e olhar para Wes.

Viro a cabeça para sorrir para o meu pai.

– Eu amo aquela maldita moto – digo algo que ele já sabe, e meu pai só balança a cabeça, levando a cerveja aos lábios, e depois resmunga:

– Uma já foi, só faltam quatro.

Capítulo 15

Olho para o meu celular e mordo o lábio quando vejo que Wes está ligando.

– Você vai atender? – pergunta Kayan. Quero dizer não, mas sei que no fundo não posso evitar Wes para sempre. *Principalmente porque moramos juntos.* Faz uma semana desde que ele me pediu em casamento, uma semana vivendo alegremente, e uma semana tirando toda a tralha do velho apartamento dele para levar para minha casa. Estou feliz, e sei que ele também está, mas tenho a sensação de que posso ter passado dos limites como noiva hoje, pois andei as três quadras da minha clínica até a loja de móveis no centro. Nós não precisamos de nada novo. Vamos manter a minha cama, mas trocamos meu sofá pelo dele, que é mais novo, de couro macio e almofadas confortáveis. Além disso, o de Wes tem suportes de copos embutidos nos apoios de braços e os assentos se inclinam para trás, para que possamos nos deitar e assistir a um filme sem ocupar todo o sofá. Adoro o sofá dele, e meu antigo vai para o depósito, junto com qualquer outra coisa em condições suficientemente boas para que uma de minhas irmãs ou primas possa usar quando voltar a morar na cidade.

Mas não é por isso que Wes está ligando, e eu sei, porque quando discutimos sobre arrumar uma cama nova ou guardar a minha, lembrei de sua cama no complexo. Sei que ele não dormiu com ninguém desde que me conheceu, mas eu também não sou ingênua o suficiente para acreditar que não tenha rolado muita ação em cima do colchão antes de nos conhecermos. Pensar nisso me deixa louca. Incomodada, percorri os três quarteirões até o Jem's Furniture Warehouse e comprei uma cama nova, que deve estar sendo entregue agora.

O celular fica em silêncio, e então começa a tocar novamente, e Kayan, que está olhando para mim, desvia o olhar e franze a testa.

– O que aconteceu?

– Nada – digo e mordo o interior da bochecha, me perguntando o que devo fazer, mas então meu celular para e o telefone do consultório começa a tocar.

– Clínica Veterinária Fera, como posso ajudar? – Kayan atende antes que eu possa impedi-la ou que deslize pelo balcão e tire o aparelho da mão dela.

– Desculpe, Wes, mas ela está ocupada agora. Você quer que ela retorne a ligação? – pergunta enquanto pulo erguendo as mãos, apontando para mim mesma e balançando a cabeça freneticamente. – Eu não sei se posso dizer isso à minha melhor amiga – diz Kayan, olhando para mim com os olhos arregalados, e desliga o telefone, erguendo uma sobrancelha.

– Hum... Bem, acho que sua pausa para o almoço foi trocada por um momento de compras? – ela pergunta.

Contraio os lábios e pergunto:

– O que ele disse?

– Você pode perguntar pessoalmente. Ele está vindo para cá. – Ela sorri e meu coração começa a bater forte.

– Por que você está sorrindo? – pergunto.

– Porque o recado que ele mandou a você não me pareceu uma punição, exatamente.

– Ai, meu Deus. Z fez você perder a noção.

– Se você quer começar a fugir, sugiro que vá agora. – Ela volta a olhar para o computador. Olho para ela e me sobressalto quando ouço o som de uma porta batendo no estacionamento.

– Eu te odeio – digo, observando Wes caminhar até a entrada da clínica.

– Corra. – Ela ri e faço exatamente isso. Saio em direção ao meu consultório, onde sei que tem uma tranca. Entro e fecho a porta, girando a chave.

– Linda, abra a porta. – Wes bate, e tenho certeza de que minha ex-melhor amiga disse a ele onde estou, porque está achando tudo isso muito engraçado. – Se você não abrir, vou arrombar – grita ele, e não tenho dúvidas de que fará exatamente isso, então dou dois passos até a porta, giro a chave, libero a fechadura e pulo para trás da mesa, deixando-a entre nós.

Espero que a porta se abra com tudo, mas ela abre devagar e Wes, com as mãos apoiadas nos quadris, preenche o espaço. Eu não o vi antes de ele sair de casa hoje de manhã, porque, como na maioria dos dias, ele saiu para trabalhar algumas horas antes de mim. Eu o encaro, e não é a primeira vez que penso que tenho sorte. Ele está gostoso hoje e, como sempre, mas quando está com raiva, suas feições se destacam e ele fica ainda mais bonito. Está vestindo uma malha cor de vinho e uma jaqueta preta com gola reta que cai bem em seu pescoço e mandíbula. Os jeans são mais escuros e, claro, as botas pretas. Meus olhos viajam de seus pés cobertos por botas até o rosto.

– Oi. – Sorrio, e seus olhos se estreitam antes de ele entrar na sala e fechar a porta.

– Tire a roupa. – Quando ele diz isso, meu corpo se acende e sussurro:

– O quê?

– Tire a roupa, porque se eu te despir, não posso garantir que você terá roupas inteiras para voltar para casa.

– Wes...

– Agora, July.

– Pode ser que eu tenha que atender um cliente.

– Não tem, eu conferi.

Levo as mãos ao meu casaco e o deslizo por meus ombros, tirando a camisa em seguida. Enquanto tiro minhas roupas com os dedos trêmulos, ele afasta o material da minha mesa, deixando tudo de lado, e depois tira o casaco e o joga na minha cadeira. Sabendo o que vai acontecer – ou pensando que sei o que vai acontecer – sinto a umidade entre minhas pernas e minha respiração se acelera.

Fico ali, nua, e Wes me observa com os olhos famintos, e diz:

– Venha aqui. Quero seus peitos na mesa e as mãos acima da cabeça.

– Wes... – Tento novamente.

– Não fale mais nada; apenas faça o que eu mando. – Mordo o interior da bochecha por um momento antes de dar a volta pela mesa, inclinando-me para o lado, e respirando fundo quando meus mamilos tocam a madeira gelada.

– Mãos para cima – ele ordena. Deslizo as mãos para cima até quase ficar na ponta dos pés. – Você sabe por que estou chateado? – pergunta, posicionando-se atrás de mim, esfregando o jeans contra a minha pele nua.

– Sim – digo, e sua mão desliza sobre a minha bunda, e sua bota afasta mais minhas pernas.

– Você acha que merece ser punida por sair sem me avisar para ir a uma loja de móveis, comprar uma cama, mandar entregá-la e dizer que eles têm que levar a antiga, caso contrário você não vai casar?

– Não – digo com sinceridade.

– Imaginei que você diria isso. – Ele se inclina sobre mim, mordiscando minha orelha. – Você vai se desculpar?

– Desculpe – digo, fechando os olhos enquanto a mão dele desliza sobre o meu clitóris e grito quando essa mesma mão bate com força na minha bunda.

– Esse pedido não me pareceu sincero, minha linda – diz, voltando a colocar a mão entre as minhas pernas. Cada toque em meu clitóris faz minhas costas se arquearem e minha bunda pressionar sua virilha. – Agora, peça desculpas direito.

– Me desculpe pela cama – digo, e seus dedos deslizam para dentro de mim, para fora e ao redor do meu clitóris, e depois de volta para dentro, fundo. A outra mão desliza embaixo de mim, cobre meus seios e puxa meu mamilo.

– Você está molhada, minha linda. Gosta de me irritar. Isso te dá tesão? – pergunta perto de meu ouvido, me fazendo choramingar. Então ele tira a mão do meio das minhas pernas novamente, e me bate mais forte do que da última vez.

– N-não – gaguejo. Meu corpo está em chamas, cada centímetro em mim na expectativa do que ele fará em seguida.

– Você está com tanto tesão que as pessoas vão pensar que não cuido de você todos os dias – diz quando minha vagina se contrai. Ele então recua e diz: – Certo. – Confusa, olho para trás e engulo em seco quando vejo seu olhar – De joelhos, minha linda.

Ai. Meu. Deus. Eu não consigo acreditar que estou fazendo amor ali; ainda que meu consultório fique no fim do corredor, longe demais para alguém ouvir alguma coisa.

– Para cima, linda – diz ele um pouco mais suave, e eu levanto um joelho e depois o outro em cima da mesa, e depois olho para trás. Seus olhos deixam os meus, percorrem a curva das minhas costas e da bunda, e então para entre minhas pernas. – Eu gostaria que você pudesse ver o que vejo agora. Queria que pudesse ver como você é gostosa, como está molhada e inchada pra mim… esperando meu toque. – Ele balança a cabeça, leva as mãos às costas e puxa a camiseta para tirá-la.

Passo a língua pelos lábios quando seu abdômen se flexiona, e o contorno de seu pênis é tão grande que eu sei que quando ele abrir os botões, a cabeça vai aparecer vermelha e inchada, com as veias pela extensão dele muito pronunciadas, e quando ele deslizar para dentro de mim, juro que vou sentir cada uma delas.

Ele recua atrás de mim e abaixo minha cabeça, esperando para ver o que fará. Ele leva as mãos à minha bunda e me levanta, e então sinto o calor úmido de sua língua deslizando em mim.

– Wes – solto um gemido quando sinto meus braços tremerem ao tentar me segurar.

– Calma, minha linda. – Ele passa a língua de novo e faz movimento circulares. Sinto seus polegares me mantendo aberta para ele, me deixando cada vez mais perto do orgasmo, e então solto os braços e abaixo a cabeça quando começo a gozar. Demoro um pouco para voltar a mim, mas quando volto, ele está me penetrando em um ritmo constante, forte e rápido.

Empurro meu corpo a cada movimento e me levanto, apoiada nas mãos, quando meus joelhos começam a deslizar mais, abrindo minhas pernas, que tremem quando ele me dá um tapa forte na bunda. Então solto um gemido assim que ele me vira e volta a me penetrar, levando uma mão à minha coxa, e a outra vai descendo pela minha barriga, com o polegar pressionando meu clitóris.

– Ai, céus! – grito, inclinando a cabeça para trás, levando as mãos aos seios, puxando os mamilos.

– Olhe pra mim. – Inclino a cabeça e nossos olhares se conectam. Então seus olhos percorrem meu corpo, desde as minhas mãos nos seios até o ponto em que nos conectamos, e ele acelera o movimento no clitóris enquanto se inclina para a frente, leva a mão à minha nuca para me erguer em sua direção e me dá um beijo profundo, com seu gosto e o meu tomando minha boca. Levo as mãos aos seus ombros, me agarro a ele enquanto o envolvo pelo quadril com as pernas.

– Me aperta, minha linda.

Faço isso sem precisar que ele peça, pois minha vagina se contrai com o orgasmo, puxando sua ereção ainda mais fundo. Seu corpo treme quando me penetra com mais intensidade, e seus gemidos reverberam dentro de mim porque ele me beija enquanto goza, com o corpo envolto por meus braços e pernas.

– Vou comprar uma cama para você todos os dias – digo com um sorriso, e sinto seu corpo tremer contra o meu com seu riso.

– Você é um pé no saco, minha linda. – Ele afasta o rosto do meu pescoço e retira algumas mechas de cabelo. – Não faça essa merda de novo.

Pressiono os lábios para evitar dizer que não vou fazer porque já está feito; não há necessidade de comprar outra cama para o quarto que ele mantém no clube. Não ficamos lá com frequência, mas quando ficarmos, não quero pensar que outras mulheres já estiverem ali antes de mim. Não sei lidar com isso.

– Eu amo você... só você – diz ele, observando meu rosto. – Meu futuro será ao seu lado. Nada além de você importa. – Lágrimas enchem meus olhos e viro a cabeça para o lado para evitar o olhar dele enquanto choro. Mas Wes leva a mão ao meu rosto, puxando minha atenção de volta para ele. – Não chore. – Ele enxuga minhas lágrimas e eu meneio a cabeça, mas, ainda assim, as lágrimas caem.

Ele se afasta, ajeita a calça jeans, me pega em seus braços e se vira para se sentar à minha mesa, me abraçando com força. Eu nem sei por que estou chorando ... provavelmente pelo estresse e pela excitação de tudo o que aconteceu.

– Eu odeio quando você chora, minha linda – Wes diz suavemente, e meu rosto fica pressionado contra seu pescoço por um momento. Respiro fundo, sentindo seu perfume e inclino a cabeça para trás para olhá-lo. Ele passa os dedos embaixo de meus olhos e me observa. – Você está bem?

– Sim, muita coisa aconteceu e acho que só precisava chorar.

– Está feliz? – pergunta, e isso faz com que eu observe seu rosto, vendo preocupação em seus olhos. Não quero que ele duvide de meus sentimentos.

– Quando eu era pequena, dizia a mim mesma que me casaria com alguém que adorasse andar de moto, que tivesse carinho com os animais e que fosse forte como meu pai. – Levo a mão ao seu rosto com barba por fazer e passo o polegar em seu lábio inferior. – Conforme fiquei mais velha, desacreditei que encontraria alguém assim. Então você me perseguiu em sua moto e me deu tudo o que eu poderia querer. Então não, não estou feliz. Eu já ultrapassei o nível de felicidade na primeira vez em que você olhou para mim como se eu fosse algo que você queria devorar e proteger, tudo ao mesmo tempo.

– Céus. – ele sussurra, olhando em meus olhos antes de me puxar para mais perto e encostar meu rosto em seu pescoço. – Nunca quis muito, linda, mas soube no momento em que olhei em seus olhos que queria você. Só não pensei que teria uma chance. Prometo que vou encontrar uma maneira de me tornar digno de você.

– Você é tudo para mim – digo, então olho para o relógio e saio de seu colo, parando na frente dele. – Desculpe pela cama, mas não vou voltar atrás.

– Quero saber quanto você pagou por ela, vou te dar o dinheiro.

– Por quê? – Franzo a testa, indo até a cadeira e vestindo a calcinha e o sutiã.

– Quero saber quanto gastou – diz com um pouco mais de firmeza. – Não vamos falar sobre isso agora, mas também preciso saber o custo da casa, para poder te dar. Vamos fazer as contas de tudo, para que possamos resolver isso.

– Eu disse a você que a casa é minha.

– Sei disso, linda, mas não vou ficar morando lá fácil assim, sabendo que você pagou por ela e eu não fiz minha parte.

– Pensei que nós íamos nos casar.

– Nós vamos – diz ele, imediatamente.

– Então, por que isso importa?

– É importante, porque você não é minha mãe; é minha mulher e é minha obrigação cuidar de você – diz ele. Mas ainda estou completamente perdida. Sempre que saímos ele não me deixa pagar, nem mesmo no mercado, e já aceitei isso – não que eu tenha escolha – mas essa é uma casa pela qual já paguei, então receber dinheiro de volta, sendo que esse dinheiro ficaria em uma conta, não faz sentido para mim. – Eu não sou rico, linda, mas tenho dinheiro da época do exército, e o trabalho na loja é bom. Preciso saber que fiz minha parte.

Percebo que está falando sério e que isso significa algo para ele, então só concordo, enquanto visto a camisa. Depois, vou até Wes e apoio as mãos em suas coxas.

– Vamos resolver isso.

– Obrigado, linda. Você tem mais pacientes hoje?

– Dois.

– Tenho que voltar para a loja, mas ligue quando estiver a caminho de casa para decidirmos o jantar.

– Está bem. – Sorrio, me inclino e beijo seus lábios.

– Quanta merda sua amiga vai falar quando eu sair? – Ele ri quando eu respondo:

– Montes e montes.

– Imagino. – Ele sorri e me espera vestir a calça e os sapatos antes de abrir a porta. Ando com ele de mãos dadas, passando por Kayan, que ri e diz:

– Até mais, Wes. – Ele não responde, apenas toca o queixo e me dá um beijinho antes de sair pelas portas de vidro.

– Talvez eu deva comprar uma cama para Z – diz Kayan assim que a porta se fecha. Olho para ela e reviro os olhos.

– O quê? Você não é a única que tem um homem gostosão – diz ela.

– Como estão as coisas entre você e Z?

– Ótimas. Mas meus pais ainda estão sendo idiotas. Acho que meu pai pode acabar sendo assassinado se pedir para mais algum cara me convidar para sair.

– Ele está fazendo isso mesmo com você grávida?

– Sim, e Z está prestes a ter um treco por causa disso.

– Aposto que sim. – Conhecendo Z e sabendo como é protetor com Kayan, imagino que ele não esteja nem um pouco feliz com o que o pai dela está fazendo. Minha nossa, se meu pai estivesse fazendo isso comigo, tenho certeza de que Wes iria matá-lo.

– Na semana passada, ele pediu a Mark para me ligar e me convidar para jantar. Z estava comigo quando recebi a ligação e falei com Mark. Ele explicou que mesmo meu pai não querendo acreditar que estou em um relacionamento, estou comprometida e grávida, e surpreendentemente, Z foi muito legal e pediu para ele espalhar a notícia para qualquer outro cara com quem meu pai possa tentar falar. Mark disse que faria isso e nos parabenizou pelo bebê.

– Seu pai é um idiota.

– Eu sei. – Vejo lágrimas encherem seus olhos, então dou a volta no balcão e a abraço.

– Z é perfeito, surpreendente, na verdade, e eu temo que isso o afaste.

– Ele ama você, querida, e tenho a sensação de que não há nada que possa afastá-lo. – E era verdade. Nem mesmo os pais arrogantes de Kayan eram páreo para Z, que havia encontrado uma mulher com quem passar a vida. – Você não pode chorar. Sabe que o Z pira quando você chora – digo a ela.

– Z não está aqui agora.

– Não, mas como um cão farejador, parece que ele sente quando você está chateada, e prefiro não dar uma razão para ficar puto comigo.

– Você está certa – ela concorda, então pego alguns lenços de papel e os entrego para ela.

– Tudo vai dar certo. Aposto que eles vão mudar quando o bebê nascer.

– Se eles não pararem o que estão fazendo, não vou deixar que vejam o bebê.

– Sério? – pergunto, surpresa. Não que Kayan já tenha sentido medo dos pais, mas eles costumam pressioná-la a fazer coisas que não queria.

– Sério. Z é o homem com quem vou me casar um dia e será o pai dos meus filhos. Ele merece respeito, muito mais do que meus pais lhe deram, e se isso não mudar, não vou permitir que eles vejam o nosso bebê.

– Olha, acho que se você disser isso, eles podem mudar um pouco mais rápido do que você pensa.

– Acha mesmo?

– Como alguém poderia não querer fazer parte da vida do seu bebê?

– Por que não pensei nisso?

– Porque eu sou a amiga esperta.

– Então tá, isso significa apenas que sou a amiga gostosa. – Ela dá de ombros e me faz rir antes de voltar para o meu consultório.

Olho para o relógio, vejo que é meia-noite, me viro, pego o presente de Wes embaixo da cama e me sento. Acendo a luz da minha cabeceira e olho para Wes, que está dormindo com a mão apoiada sobre as minhas coxas.

Passo a mão pelos cabelos dele, seus olhos se abrem devagar e ele olha para mim, parecendo sonolento e confuso.

– Você está bem, linda?

– Feliz Natal. – Sorrio e ele pisca duas vezes, franzindo a testa e olhando para mim, depois para o relógio, e então sorri quando se endireita e me beija, dizendo:

– Feliz Natal, linda.

– Aqui está. – Entrego a caixa que estou guardando há semanas, mas sinto vontade de pegá-la de volta e arrancar o papel de presente, porque ele fica só olhando. – Sei que teoricamente nós abrimos os presentes amanhã, mas não aguento mais esperar – digo animada. Ele se senta, com o lençol indo parar em sua cintura, e seu peito fica à mostra. Eu me viro, sentada sobre as pernas dobradas, com os joelhos encostando em sua coxa. – Por favor, abra. – Eu me agito, o que faz com que ele olhe para meus seios, que não estão cobertos. Depois que ele fez amor comigo, não tive tempo de vestir nada.

– Não sei se vou conseguir me concentrar com seus seios saltando na minha cara. – Reviro os olhos, puxando o lençol para me cobrir. – Deveria ter mantido minha boca fechada – murmura, e grito:

– Abra a caixa!

Ele puxa meu rosto para o seu com uma mão em volta da minha nuca, me solta em seguida e olha para a caixa, arrancando o papel devagar. Finalmente, abre a tampa, tirando a folha de papel de cima e pega a carteira de couro que mandei fazer. Quando perguntei o que ele queria para o Natal, Wes me disse, várias vezes, que me queria com um laço de presente, nua na cama, esperando por ele. Como Wes pode ter isso qualquer dia do ano, desisti de perguntar e de procurar alguma coisa, até que, conversando com minha tia Liz, ela me contou sobre uma loja na cidade onde o cara faz peças de prata e artigos de couro. Então, falei sobre o que queria e um pouco sobre a nossa história, e ele criou uma peça que Wes pode levar consigo sempre e adicionar coisas com o passar do tempo.

– Jesus.

Mordo o lábio inferior, observando o modo como os dedos dele viajam sobre os desenhos no couro, que só podem ser vistos olhando de perto. Escolhi coisas que têm significado para nós dois: a arma de choque e o pássaro da primeira vez que nos encontramos, a moto, que é uma grande parte de nossas vidas e de quem ele é, e atrás, o sobrenome dele, Silver, na forma de uma moto. E, no puxador do zíper, a data em que ele me pediu em casamento.

– Se você não gostou, não precisa…

Sou interrompida quando me beija e arranca o lençol, puxando-me para montar em seu colo. Sua língua e seu gosto tomam conta de mim e ele ajusta meu corpo para me possuir. Eu me esfrego contra ele lentamente, abraçando-o com mais firmeza, e não paramos de nos beijar até eu atingir um orgasmo lento que não explode, mas queima, parecendo não ter fim. Lágrimas saem dos meus olhos e sinto o gosto de sal em nosso beijo ele goza.

Quando ele inclina a cabeça para trás, leva as mãos ao meu rosto suavemente e sussurra:

– Eu te amo, linda.

– Eu sei – respondo, porque eu sei, mesmo. Sinto isso o tempo todo. Mesmo quando estamos separados.

– Vou levar isso comigo sempre – diz ao enxugar outra lágrima perdida, e sei que ele não está falando apenas da carteira, também está falando sobre o amor e a conexão que temos. Eu me aconchego mais perto enquanto ele se inclina, apaga a luz, e nos acomoda, comigo ainda em cima dele, ele ainda dentro de mim, e nos cobre. Acaricia minhas costas por um bom tempo e fico ouvindo o som de sua respiração. Quando nos acalmamos, adormecemos juntos.

* * *

– Você está radiante – diz minha mãe, andando até mim e me abraçando pela cintura.

– Estou feliz. – Sorrio para ela e a abraço. Apoio a cabeça em seu ombro e olho para minha família e para Wes, e estão todos sentados na sala de estar dos meus pais, conversando e rindo. Quando nos levantamos hoje cedo, nós alimentamos Capone e Juice, depois sentamos ao redor da árvore de Natal e abrimos os presentes que demos uns aos outros. Wes me deu uma linda corrente de ouro que é uma réplica exata da placa de identificação que ele usa, só que menor. A pequena placa de metal traz a mesma informação que há em sua placa de identificação militar, mas quando ela é virada, dá para saber que foi feita para mim. Ele sempre estará em contato com minha pele, assim como está sempre em meu coração.

– Você está grávida? – pergunta minha mãe, e olho para ela na mesma hora. – Não, mãe. – Eu sorrio e acrescento: – Ainda não.

– O quê? – sussurra ela, em choque.

– Estou brincando, mãe. Nós não estamos tentando. Eu quero me casar e depois ter algum tempo só para nós dois antes de começar a pensar em ter um bebê.

– Ai, Deus. Eu não saberia como controlar seu pai.

– Se alguém poderia fazer isso, esse alguém é você – digo a ela.

– Não tenho tanta certeza em relação a isso, amor. Pra ser sincera, estou chocada por seu pai estar tão à vontade com Wes.

– Não tem como não amar o Wes – digo a ela, que olha para a sala de estar, para Wes e meu pai, que parecem estar numa conversa interessante. Então meu pai joga a cabeça para trás, rindo e dando tapinhas no ombro de Wes. Ele olha para mim com carinho e volta a olhar para o meu noivo.

– Você escolheu bem, amor.

– Eu sei – respondo, tomando um gole de café e encostando a cabeça na dela, rindo quando vejo minhas irmãs dançando com os pijamas combinando que minha mãe comprou para todas nós usarmos no Natal. Isso é mais do que eu poderia esperar, todas as pessoas que amo no mesmo lugar... juntas.

– O que você acha de colocarmos o peru no forno e tomar uma mimosa? – pergunta minha mãe, e eu concordo, apertando a cintura dela, e então colocamos o peru no forno e vamos nos sentar com todo mundo, eu ao lado de Wes, minhas irmãs todas juntas e meu pai com minha mãe em seu colo. Permanecemos assim a maior parte do dia, só fazendo pausas para cozinhar e depois comer. Eu não poderia ter imaginado um Natal melhor.

Capítulo 16

— Linda, onde você está? – Wes rosna assim que eu levo o telefone ao ouvido depois de procurá-lo dentro da bolsa. Faz uma semana desde o Natal e as coisas têm sido boas. Eu andei ocupada tentando planejar o casamento, e Wes tem se ocupado tentando me manter tranquila em relação a isso.

– Eu tive que passar no mercado para pegar petiscos e outras coisas para a festa.

– Nós não vamos dar uma festa – diz Wes, e eu sei que se eu estivesse na frente dele, ele estaria sorrindo e balançando a cabeça.

– São mais de dez pessoas que estarão em casa para assistir à partida de futebol. Eu acho que isso se chama festa – explico, revirando os olhos enquanto coloco alguns abacates na cesta.

– Eu comprei cerveja – diz ele, como se fosse tudo de que alguém precisa, e talvez ele tenha razão em relação aos caras; contanto que eles tenham cerveja, não precisam de mais nada. E estava tudo bem antes de ele ter uma mulher, mas não agora. Então, vou preparar asas de frango, molho para acompanhar e algumas massas folhadas. Tenho certeza de que os caras vão reclamar, dizendo que são coisas de mulher, mas vão devorar tudo. Vou até comprar duas tortas de maçã. Não, eu não as preparei, mas elas são as favoritas de Wes, então isso é o que importa. – Você me ouviu? – pergunta ele, trazendo-me de volta à conversa.

– Eu sei que você comprou cerveja, amor – digo a ele, me dirigindo ao caixa, e sei que ele comprou cerveja, porque ontem à noite, quando voltei do trabalho, havia cinco caixas de cerveja na varanda dos fundos, onde ele as deixou, porque estava frio o suficiente para não precisar colocá-las na geladeira. – E ainda vou pegar petiscos.

– Você não precisa fazer tudo isso.

– Eu gosto de fazer tudo isso.

– Pé no saco – murmura ele.

– Mas você ama. – Eu sorrio.

– Porra, amo mesmo – diz ele, e isso me causa um arrepio na espinha enquanto coloco as compras na esteira do caixa.

– Chego em casa daqui a pouco – digo a ele enquanto passo o cartão na máquina de crédito.

– Até já, linda – diz ele, e eu sorrio para o caixa, pego minhas sacolas, e sigo em direção às portas.

– Eu te amo – digo, desligo o celular e o guardo na bolsa. Troco as sacolas de mão para poder abrir a porta do carro. Quando as portas se abrem, eu me inclino sobre o assento do motorista, coloco a bolsa e as sacolas no chão, e grito quando sou puxada para trás. Uma mão cobre minha boca e eu dou chutes fortes quando sou arrastada para dentro de uma van e a porta se fecha. Meus joelhos batem no chão de metal e sinto uma lâmina afiada contra a minha garganta.

– Peguei você, cadela – diz alguém perto do meu ouvido, e sinto o cheiro de cigarros e couro. – Se gritar, vou cortar sua garganta. Balance a cabeça se você entendeu.

Balanço a cabeça freneticamente, e a pessoa tira a mão da minha boca, me empurra, e bato o rosto no chão. Minhas mãos são unidas e meus pulsos são amarrados nas costas com o que parecem ser tiras de plástico.

– Eu vou te foder assim, sem chance de reação, sem ter para onde ir, sem ninguém para te ouvir chorar – diz o cara atrás de mim, pressionando sua ereção contra a minha bunda, me fazendo engasgar. Eu sinto as lágrimas rolando sobre a ponte do nariz e caindo no chão, e depois, levo uma pancada na lateral da cabeça. Depois disso não vejo mais nada.

Abro e fecho os olhos, não querendo acreditar que o que estou vendo é real. Meu coração bate forte e minha respiração fica ofegante, tanto que eu sei que se não me acalmar, vou desmaiar de novo. Espero um pouco, reunindo coragem, e quando abro os olhos novamente, demora alguns segundos para que minha visão se ajuste à escuridão. Olho em volta e percebo que estou em um quarto pequeno. As paredes são inclinadas, por isso acredito que estou em um sótão. O barulho dos cachorros latindo é tão alto que quase chega a ser ensurdecedor.

Meus olhos pousam em uma pessoa pequena, que está encolhida no canto. Seus cabelos castanhos e compridos estão soltos e seu rosto está sujo, assim como as roupas. Eu me aproximo dela, que começa a se esconder.

– Eu não vou te machucar – sussurro, indo para o lado dela, mas não me aproximo demais. – Qual é o seu nome?

– El… Ellie. E o seu? – sussurra, rouca, depois de um instante.

– July – respondo. – Você sabe onde estamos? – pergunto enquanto olho ao redor do espaço, tentando encontrar alguma janela.

– Não – ela choraminga, e eu percebo o medo em sua voz com aquela única palavra.

– Como pegaram você?

Seus olhos se fecham e ela abaixa a cabeça quando seu corpo começa a tremer, e eu acho que ela não vai responder, mas então ela fala tão baixo que eu quase não escuto:

– Minha mãe me vendeu para esses caras.

– O quê? – pergunto, completamente surpresa.

– Eu sei – ela choraminga, soltando minha mão e envolvendo os braços ao redor das pernas, apoiando a testa nos joelhos flexionados. – Ela está com a minha filha. Eu preciso pegar minha filha. – Ellie chora e seu corpo começa a tremer. Lágrimas rolam por seu rosto.

Eu a abraço e sussurro:

– Tudo vai ficar bem. – Mas não tenho ideia de como vou fazer tudo ficar bem. Não para ela… não em relação a isso.

– Você não entende. Havia outra garota aqui antes de mim. Eles a levaram para fora, e quando a trouxeram de volta, ela estava viciada em algum tipo de droga. Não se lembrava do próprio nome – ela me conta, e lembranças do que Wes me contou sobre esses caras passam pela minha cabeça, e prometo que vou nos tirar daqui antes que eles possam nos machucar.

– Você ouviu ou viu alguma coisa? – pergunto.

– Não, eu estava inconsciente quando me trouxeram. Quando acordei, Claire estava comigo. Ela disse que foi sequestrada em casa. Não muito tempo depois que eu acordei, eles vieram e a pegaram.

– Como eles eram?

– Eu não sei... não sei. Eles eram grandes; um deles tinha uma tatuagem na testa, a tatuagem de uma aranha – diz ela, e sou tomada por um calafrio, pois me dou conta de que foi a mesma pessoa que ameaçou Kayan em seu apartamento.

– Precisamos olhar por aqui e ver se conseguimos encontrar alguma coisa para usar como arma para nos proteger quando eles voltarem. Meu noivo está me esperando chegar, e quando eu não aparecer, ele vai procurar por mim – digo, tentando conformar a garota e a mim mesma.

Eu só não tenho ideia de quanto tempo eu estive fora, ou de quanto tempo eles demoraram para me trazer aqui. Odeio isso. Não consigo nem imaginar o que Wes vai fazer quando perceber que eu não estou a caminho de casa.

– Vamos lá – sussurro, e começamos a rastejar no chão, tentando ter cuidado, porque parece que a estrutura do lugar em que estamos é velha e pode ceder. O chão está coberto por uma espessa camada de poeira, e passo a mão em uma poça de líquido espesso. Quando aproximo a mão do rosto, sinto o estômago embrulhar... é realmente sangue. Alguém foi ferido aqui, muito ferido. Não é um pouco de sangue; é muito.

– Ai, meu Deus. – Eu choro de medo quando me dou conta da situação em que estou.

– Eu encontrei uma coisa – diz Ellie do outro lado da sala, e eu limpo a mão na calça jeans e vou em direção a ela. Quando chego perto, vejo que ela segura uma madeira de uns dez centímetros de comprimento, com um prego enferrujado nela.

– Isso é bom – digo, e a abraço. Pelo menos não vamos cair sem lutar. – Vamos ver se conseguimos encontrar mais alguma coisa, e depois vamos criar um plano.

Wes

– Onde está July? – pergunta Mic, e eu olho da TV para o meu telefone e acho estranho. Falei com ela quinze minutos atrás; ela já deveria estar em casa. Levo o celular ao ouvido e o telefone chama, mas vai para a caixa de mensagens.

"Aqui é a July. Deixe uma mensagem... ou não. Quem deixa mensagens hoje em dia, não é?" *Ela ri e uma sensação ruim toma conta de mim. Eu clico para ligar de novo, toca e cai na caixa de mensagens mais uma vez.*

– O que foi? – pergunta Harlen, quando saio na varanda da frente, onde ele está fumando um cigarro.

– Aconteceu alguma coisa – digo a ele, esperando para ver se o carro dela vira na esquina. A loja a qual sempre vamos fica a dez minutos de casa, no máximo, e ela estava passando no caixa quando desliguei. – July não está atendendo o telefone.

– Talvez ela não esteja perto dele – diz ele, e eu meneio a cabeça, mas sei que não é o caso. Algo realmente está errado.

– Vou dar mais três minutos, depois vou sair para procurá-la – digo a ele, levando o telefone de volta ao ouvido e tentando de novo.

– Eu vou com você – ele concorda, entrando na casa, voltando momentos depois com o casaco e me entregando o meu.

– O que está acontecendo? – pergunta Mic, saindo na varanda da frente.

– Vou sair com Wes para procurar a July. Você fica aqui para nos avisar se ela voltar – Harlen diz a ele. Eu pego meu casaco e tento ligar mais uma vez.

– Porra – digo e parto em direção à minha moto. Subo nela, e Harlen faz o mesmo com a dele. O barulho do escapamento é alto quando saímos da garagem. Eu ando à frente de Harlen em direção à estrada, indo direto ao mercado onde sei que July estava.

Assim que chegamos lá, vejo o carro dela no estacionamento, num canto onde ninguém o veria. Sinto um nó na garganta e a adrenalina a todo vapor quando estaciono na vaga ao lado e olho para dentro. A bolsa dela e as coisas que tinha acabado de comprar estão no lado do passageiro. Eu abro a porta de trás, sabendo que não devo tocar a da frente para o caso de alguém precisar pegar impressões digitais, e pego a bolsa, tiro dali o celular para ver se ela recebeu uma ligação de outra pessoa, e não há mensagens nem qualquer coisa no registro de chamadas.

Quando levanto a cabeça, vejo Harlen ao telefone, então entro na loja para descobrir se alguém viu alguma coisa. Ninguém viu nada, e não há câmeras, então não há nada a ser feito ali. Quando volto para fora, Jax, Talon, Sage e o tio de July, Nico, estão esperando perto do carro dela, com Harlen, Mic, Everett e dois oficiais que não conheço.

– Z está em casa com Kayan – diz Mic quando me percebe olhando para ele.

– Eles têm câmera? – pergunta Nico, e eu balanço a cabeça, negando, enquanto caminho para perto deles, em vez de entrar no mercado e socar alguém para aliviar um pouco da raiva que está tomando conta de mim.

– Você vai conseguir manter a cabeça fria? – pergunta Nico, e eu olho para ele.

– Quando eu encontrar a pessoa que fez isso, essa pessoa vai morrer – digo, falando com muita convicção.

– Eu preciso te levar? – pergunta Nico, e eu cruzo os braços. Tio ou não, vou acabar com ele se ele pensa que pode me levar a algum lugar.

– Você vai ficar aí o dia todo fazendo perguntas idiotas enquanto a minha mulher está por aí, nas mãos de alguém?

– Eu vou relevar isso, porque sei que está preocupado com a minha sobrinha, mas diga alguma merda assim de novo e eu acabo com você – Nico ameaça, e meu corpo se aquece e ferve de raiva, pronto para estourar a cara dele.

– Irmão – diz Mic, e eu olho para ele –, se acalma.

Passo as mãos pelo rosto, tentando me controlar. Atacar a todos não vai ajudar em nada agora.

– O que nós sabemos?

– Nada. – Nico apoia as mãos no quadril. – Ela não tinha inimigos, e o homem que eu pensava ter algo a ver com isso está na prisão aguardando julgamento.

– Porra – murmuro, e depois penso em Landon. As chances são poucas, mas pode ser que ele saiba de alguma coisa. – Eu vou até o Mamma's Country.

– Você acha que alguém de lá está envolvido nisso? – pergunta Harlen, montando em sua moto.

– Não tenho certeza, mas não está adiantando ficar aqui – resmungo e olho para Nico. – Você ligou para o Asher?

– Sim, ele e November estão indo para a sua casa para ver se a July aparece por lá.

– Obrigado, cara. Me avise se você encontrar alguma coisa, e eu farei o mesmo – eu digo, e ele ergue o queixo. Eu monto em minha moto, dou a partida, e vou embora. Demoro quinze minutos para chegar ao Mamma's Country, e há poucos carros no estacionamento, os quais tenho certeza que são de clientes que frequentam o bar durante a semana. Estaciono perto da entrada, e com Mic à minha esquerda, e Harlen à minha direita, descemos da moto e entramos. Tommy está atrás do balcão e olha para nós.

– Onde está Ronnie?

– Escritório – diz ele, e eu vou aos fundos do bar e bato uma vez, abrindo a porta sem esperar muito. Assim que a porta se abre, Ronnie está de pé atrás da mesa com uma arma nove milímetros apontada para nós.

– Nossa – diz Ronnie, guardando a arma. – O que vocês estão fazendo aqui?

– Você sabe alguma coisa sobre o fato de minha mulher ter sido sequestrada hoje? – pergunto a ele, que se recosta na cadeira e empalidece. Sabendo o que aconteceu com sua filha, tenho certeza de que ele entende a gravidade da situação.

– Não sei de nada, filho.

– Onde está seu garoto? – pergunto, e ele olha para nós três. Tenho certeza de que parecemos imponentes em frente à sua mesa.

– Estou aqui – diz Landon, entrando no escritório e parando ao lado de seu pai. – O que está acontecendo?

– July foi sequestrada no mercado. Você sabe alguma coisa sobre isso?

– Não – diz ele, olhando para cada um de nós e para o pai. – Desde que Snake foi preso, as coisas ficaram calmas.

– Você conhece um cara com uma tatuagem de aranha na testa?

Ele engole em seco, olha para o pai e depois para mim.

– O irmão de Snake, River, tem uma tatuagem de aranha.

Porra! Como eu não sabia que ele tinha um irmão?

– Você sabe onde ele está?

– Não, ele trabalhava no estúdio de tatuagem na Westend, mas o lugar passou para uma nova administração e eles não gostaram muito do fato de ele ter um histórico de tratamento inadequado com as mulheres que iam se tatuar, então o dispensaram. Se você for até lá, eles poderão lhe dar algumas informações – Landon sugere, e eu sei exatamente de quem ele está falando.

Blaze e seu filho Jinx acabaram de abrir um estúdio de tatuagens na cidade, comprado com os proprietários do Daniel's Bar, onde July, suas irmãs e suas primas tinham ido beber. Jinx era um recruta, e Blaze veio falar conosco há uma semana porque queria entrar em nosso clube. Nós ainda estávamos discutindo essa possibilidade. Nosso grupo sempre foi pequeno, mas desde que nos mudamos para a cidade, tem havido um aumento de caras novos, caras que andam sozinhos, ou que têm grupos que estão usando drogas ou outras coisas de que não gostamos, e querem ficar limpos.

– Vou ligar para Jinx e mandar ele trazer Blaze para o complexo, e então podemos ir de lá – diz Harlen, saindo da sala.

– Você quer que façamos alguma coisa? – pergunta Landon, e vejo que July tem razão; ele é um bom garoto. Estava em uma situação da qual não tinha controle, e ele estava fazendo a coisa certa da única maneira que podia, levando aqueles cães à clínica.

– Ligue e veja se alguém sabe onde ele está, ou se alguém sabe com quem ele está andando.

– Claro, cara, e sinto muito pela sua mulher. Ela pareceu legal – diz ele, e eu meneio a cabeça e saio do bar, encontrando Harlen, que está parado perto da moto.

– Eles vão nos encontrar no complexo.

– Vamos sair – murmuro, voltando para a minha moto. Quando chegamos ao complexo, a rua está cheia de motos e carros. Eu olho para Harlen, e ele sacode a cabeça quando estacionamos e seguimos em direção ao portão. Assim que entramos, vemos todos os caras lá, não apenas os poucos que pedimos que nos encontrassem.

– Nós sabemos que vocês ainda não decidiram se vão recrutar mais membros, mas quisemos vir e mostrar nosso apoio e oferecer ajuda da maneira que pudermos – diz Maxen, apertando meu ombro, e eu olho ao redor da área aberta do complexo. Deve haver pelo menos trinta homens por perto, alguns que eu conheço e outros que nunca vi antes.

– Agradeço por isso, irmão – digo a ele e vou para onde vejo Z conversando com Blaze e Jinx.

– Onde está Kayan? – pergunto a Z assim que chego ao seu lado.

– Ela está com os pais de July – diz ele. Meneio a cabeça e olho para Blaze.

– Você sabe alguma coisa sobre um cara chamado River? Ele tem uma tatuagem de aranha na cabeça.

– Sim, ele estava no Zero antes de comprarmos o lugar. A gerência tinha medo dele, por isso, embora ele tivesse histórico de passar dos limites com clientes do sexo feminino, nunca o demitiram. Infelizmente para ele, eu e Blaze não tivemos o mesmo medo, então assim que entramos no lugar, nós o dispensamos.

– Você sabe para onde ele foi? – pergunta Michael, e Jinx balança a cabeça.

Blaze olha para mim.

– Um de seus clientes entrou na loja e disse que ele se mudou para Chapel Hill. Disse que comprou uma igreja antiga e abriria um estúdio de tatuagem.

– Obrigado – digo a ele, caminhando em direção ao meu quarto com o telefone à orelha.

– Você sabe alguma coisa? – pergunta Jax assim que atende. Eu destranco a porta do quarto, entro, levanto o colchão e pego minha arma, colocando-a na parte de trás da calça jeans, puxando a camisa para fora para cobri-la.

– Não tenho certeza. Parece que Snake tem um irmão, e acho que ele é o mesmo cara que ameaçou as garotas. Vou levar alguns caras até Chapel Hill para ver se consigo descobrir alguma coisa.

– Encontro você no posto de gasolina na rodovia em dez minutos e vou segui-lo.

– Até já. – Eu desligo, tranco o quarto, vou direto para a moto e monto nela.

– Quer que façamos alguma coisa aqui? – perguntam Blaze e Jinx, e eu nem percebi que eles estavam me seguindo.

– Pergunte por aí e veja se alguém ouviu ou sabe de alguma coisa. Neste momento, queremos todas as pistas que pudermos obter.

– Entendi – diz Blaze, se afastando da minha moto.

– Jax vai nos encontrar na rodovia e nos seguirá – digo a Harlen, Everett, Z e Mic.

– Vamos lá – diz Mic, e levamos apenas alguns minutos para chegar ao posto de gasolina. Quando chegamos, eu nem paro, apenas circulo o estacionamento e deixo Jax me seguir em sua caminhonete. Na estrada, sigo com os caras ao meu lado e com os primos de July atrás de mim. Demoramos menos de vinte minutos para chegar a Chapel Hill e, quando chegamos à cidade, paro no primeiro estabelecimento que vejo, que parece ser de propriedade de idosos.

– Sério, não tenho tempo para parar e comprar biscoitos, Silver – diz Jax, e eu o ignoro e entro na pequena loja. Vejo o que esperava, um senhor está atrás do balcão.

– Eu queria saber se o senhor sabe alguma coisa sobre uma igreja que está à venda na cidade – pergunto e ele meneia a cabeça.

– Se você sair à direita do estacionamento e percorrer cerca de seis quilômetros, e depois atravessar os trilhos do trem, passando pela Lord's Jewelry, verá a igreja à esquerda. Alguém a comprou há cerca de três semanas e eles estão fazendo reformas.

– Obrigado.

– Não por isso – diz ele, e eu saio meneando a cabeça.

– A igreja fica do outro lado dos trilhos, à esquerda. Sugiro que um de nós desça, verifique a área e volte com informações, só para ter certeza de que não precisamos de apoio.

– Pode deixar, eu vou – diz Mic, indo em direção à igreja.

– Você tem alguma informação? – pergunto a Jax.

– O tio Nico disse que River e Snake não são parentes. Eles cresceram juntos em um orfanato, e é por isso que não sabíamos sobre ele. Parece que River é o capanga de Snake.

– Meu Deus – digo, e ouço Mic antes de vê-lo. Ele chega perto com sua moto e nem sequer a desliga antes de começar a falar.

– O estacionamento da igreja está vazio e as portas estão fechadas com correntes. Do outro lado da rua, há algumas casas e vi uma mulher na frente, no jardim. Ela disse que hoje cedo uma van apareceu, e alguns homens levaram algumas coisas para dentro, mas está quieto desde então.

– Vamos dar uma olhada.

July

Eu olho para Ellie e para o pedaço de madeira que ainda estou segurando. Nós não encontramos mais nada, mas eu achei um buraco no telhado. É pequeno, mas acho que, como a estrutura está fraca, podemos abri-lo, fazendo com que fique grande o suficiente para passarmos.

– Segure isso – eu digo a Ellie, entregando a madeira a ela. Vou até o buraco e espio. O sol está se pondo, e consigo ver – pelo menos de onde estou olhando – que parece que estamos na floresta. Pressiono a madeira e ela se curva levemente ao toque. Eu não sei quem nos sequestrou, nem se eles estão por perto, então não quero fazer muito barulho. Me seguro às vigas do teto, onde a parede desce inclinada, e apoio o pé na madeira, pressionando com força, e meu pé atravessa o telhado.

– Ai, meu Deus! – sussurra Ellie, e eu paro o que estou fazendo para olhar para ela, pensando que ela pode ter visto alguém vindo.

– O que foi? – pergunto.

– Não acredito que não tentei isso – diz ela, e quase dou risada da cara que ela faz, mas me contenho. Só me viro e pressiono o pé um pouco mais alto. Desta vez, parte do telhado cede o suficiente para que eu possa enfiar a cabeça para fora, o que faço cautelosamente e olho em volta. Estamos a cerca de dois andares de altura, mas até sairmos não saberemos se há um caminho para baixo.

– Eu não sei se haverá um jeito de descermos, mas prefiro estar no telhado do que aqui esperando por eles.

– Eu também – ela concorda, segurando a madeira com um pouco mais de força.

Eu uso o moletom nas mãos para tirar mais pedaços do teto. Sei que se esta parte é tão fraca a ponto de eu poder fazer isso, então deve haver outras da mesma maneira. Por isso, quando estivermos fora, teremos que ser muito cuidadosas para não cair.

– Eu vou sair primeiro, você vai me seguir e só colocar seu corpo onde eu colocar o meu. O telhado é fraco e há uma chance de cairmos se não formos supercautelosas.

– Está bem – ela concorda, e eu empurro a abertura, usando a força do meu braço para me levantar. Olho em volta para ter certeza de que ninguém está embaixo, então enfio a cabeça no buraco.

– Venha. – Eu estendo a mão para Ellie, e ela me entrega a madeira com o prego. Deixo a madeira de lado e a ajudo a subir no telhado. Quando ela está fora, nós duas nos inclinamos contra as telhas. Seguro sua mão e aperto.

– Se alguma coisa acontecer e uma de nós conseguir fugir, essa pessoa deve procurar ajuda, está bem?

– Eu não vou deixar você pra trás – diz ela, balançando a cabeça.

– Não tem a ver com deixar a outra para trás, mas sim com conseguir ajuda, se precisarmos – digo a ela, que desvia o olhar e aperta minha mão.

– Tudo bem – Ellie diz depois de um tempo. Meneio a cabeça, viro de barriga para baixo e começo a deslizar pelo telhado. É íngreme e sei que um movimento errado poderia me derrubar no chão. Quando chegamos à lateral da casa, vejo que há jaulas de arame instaladas. Demoro um pouco para perceber o que estou olhando. Centenas de cães são empilhados uns em cima dos outros em duas filas por cerca de seis metros. A raiva faz meu estômago embrulhar. Eu sei que esses cães provavelmente são cães de briga, ou que ali é um criadouro de filhotes.

– Podemos usar as jaulas para descer por esse caminho? – pergunta Ellie com um tom abafado, e eu olho para ela, balançando a cabeça.

– Se tentarmos, os cães vão latir, e se alguém estiver por perto, vão ver o que está fazendo os cachorros se agitarem – sussurro, e ela olha para mim, para o chão e de volta para o ponto de onde viemos.

– Talvez haja algo do outro lado.

– Sim – eu concordo, e ela nos leva na outra direção. Na metade do caminho, seu pé atravessa o telhado e ela cobre a boca para conter um grito.

– Está tudo bem. É só ir devagar – eu digo quando percebo que ela fica paralisada e começa a tremer. Ellie fecha os olhos e os abre antes de se mover novamente, desta vez com mais cautela. Eu sigo atrás enquanto ela desliza pela abertura, e faço a mesma coisa. O teto se inclina mais, quase como se estivéssemos completamente na vertical. Eu olho para baixo e me retraio quando vejo como estamos longe do chão.

– Não olhe para baixo – Ellie sibila, agarrando minha mão. Mordo o lábio e depois a sigo até uma saliência perto de onde o telhado muda de ângulo. – Há alguém aqui – diz Ellie, espiando de um canto do telhado. – É o cara que me sequestrou – ela choraminga, o medo evidente em sua voz.

Seguro sua mão e ela se aproxima de mim.

– O que ele está fazendo? – pergunto, olhando ao redor e percebendo que estamos cercadas por florestas por todos os lados.

– Tirando comida de cachorro da caminhonete – diz ela, contrariada.

– Você encontrou alguma maneira para descermos?

– Não, na verdade eu não olhei, porque ele está ali e não quero que ele me veja.

– Nossa única outra opção é esperar até que escureça, e torcer para que eles não venham ver como estamos, e então descemos para o lado em que as gaiolas estão, e tentamos fugir correndo – digo a ela.

– Desde que estou aqui, eles vão me ver uma vez pela manhã e uma vez à noite. Eles me levam até o banheiro e me dão um pouco de água ou pão, e me mandam de volta.

– Então eles vão voltar. Ficar aqui não é uma opção – digo, e então ouço o motor de um veículo, e Ellie fica de pé, espiando por cima do telhado.

– Ele está indo embora – sussurra ela, sentando-se ao meu lado. – E se nós descermos pelas jaulas e as abrirmos quando estivermos saindo?

Detesto pensar que eles poderiam machucar os cães se os deixássemos sair, mas sei que precisamos fazer alguma coisa. Se ficarmos paradas, eles farão o que quiserem, e não podemos pensar nisso.

– Vamos para a lateral do telhado. Nós vamos encontrar uma maneira segura de descer e sair correndo.

Ela concorda em silêncio e nós descemos através do telhado novamente enquanto o sol se põe. Quando chegamos à lateral da casa onde estão as jaulas, sei que podemos descer, mas também sei que no minuto em que os cães notarem nossa presença, eles vão começar a latir, chamando a atenção para nós.

– Nós vamos ter que ser rápidas... muito, *muito* rápidas – sussurro.

– Se conseguirmos sair disso, vou me matricular na academia.

– Eu vou com você – sussurro de volta, fazendo-a sorrir, e mesmo com os acontecimentos do dia e com a exaustão que ela demonstra, percebo como Ellie é linda. Seu sorriso é ofuscante, e espero que quando sairmos daqui e ela recuperar a filha, sorria ainda mais.

– Vamos dar o fora daqui, e depois buscaremos sua bebê – digo, e uma luz enche seus olhos antes de ela me abraçar.

– Vamos – murmura ela, me soltando. Respiro fundo algumas vezes e depois me abaixo para a parte mais curta do telhado. Uma nova onda de adrenalina começa a percorrer meu corpo quando vejo Ellie se aproximar de mim. São cerca de seis metros até o topo das jaulas, que têm pedaços de madeira compensada em cima delas. Eu desço, e os cães imediatamente começam a latir mais alto e a rosnar nas jaulas.

– Depressa – eu digo a Ellie, olhando em sua direção. Ela pula para baixo, e eu ouço alguém ao longe gritar:

– Cala a boca!

Meu corpo congela. Deslizo para a parte de trás da jaula, batendo forte no chão, e Ellie desce ao meu lado, batendo os pés no chão e caindo de bunda.

– Não podemos soltá-los. Eles vão nos atacar – digo enquanto ela olha para os cachorros. – Vamos correr por este caminho. – Eu aponto para a floresta atrás da casa. – Eu não sei onde a estrada está, mas talvez nós encontremos outra casa.

Lentamente entramos na floresta, e quanto mais fundo nós vamos, mais escuro fica.

– O que foi isso? – Faço uma pausa, perguntando a Ellie quando ouço o que parece ser um veículo de quatro rodas.

– Eu não sei. – Ela segura minha mão um pouco mais forte, e começamos a correr quando o som se aproxima.

– Vocês não podem se esconder, suas cadelas idiotas. São quinhentos hectares de propriedade privada. Não há ninguém por milhas – ouço alguém gritar à distância.

– Ai, Deus – Ellie choraminga, e eu paro e seguro seus ombros.

– Olha só. Nós chegamos muito longe; vamos sair daqui – digo. Mesmo com todo o medo que estou sentindo, não tenho como desistir. Não agora, não depois de termos chegado tão longe.

– Eu não estou desistindo, mas estou com medo – diz ela.

– Eu também, mas precisamos continuar nos movendo. Essa é a única maneira de conseguirmos sobreviver – digo e começo a puxá-la comigo de novo. Nós corremos muito sem encontrar nada, e meu corpo está começando a dar sinais de exaustão. Eu sei que Ellie está da mesma forma, porque nós duas passamos a tropeçar mais. Então, eu vejo luzes brilhando através das árvores, e o som do veículo se aproxima de onde estamos.

– Eu tenho um plano – sussurro quando vejo as luzes se aproximando. – Mas você vai ter que ser corajosa.

– Qual é?

– Eu vou aparecer para ele me ver, e você vai se esconder atrás de uma árvore. Quando ele se aproximar, quero que você bata na cabeça dele com a madeira – digo, olhando para a arma que nós duas nos revezamos para carregar desde que a encontramos.

– Eu acho que você deveria bater nele. Eu estou aqui há quatro dias. Não sei se sou forte o suficiente para dar o golpe – sussurra ela.

– Tem certeza?

– Nós teremos mais chance se você atacar – diz ela, e as luzes se aproximam, então eu sei que não temos tempo para discutir quem vai fazer o quê. Deslizo para trás da árvore, mantendo meus olhos fixos em Ellie.

– Eu estou aqui, e não vamos morrer sem lutar – digo a ela, olhando em seus olhos assustados.

As luzes a iluminam e ela grita:

– Por favor, a outra garota está ferida. Ela precisa de ajuda! – Ela começa a chorar e eu vejo o veículo se aproximando, guiado por um cara que não reconheço.

– Onde ela está? – pergunta ele, estendendo a mão para Ellie, então eu aproveito esse momento para correr atrás da árvore. Ele vira na minha direção e seus olhos se arregalam quando eu acerto a lateral da cabeça dele. Seu corpo cai para a frente e eu o empurro para fora do veículo.

– Vamos – digo a Ellie, que parece estar paralisada no lugar. Ela se move e entra no veículo comigo.

– Você sabe como dirigir essa coisa? – pergunta ela quando eu saio rapidamente. Ela ri sem controle ao perguntar isso, e eu não respondo, apenas dirijo mais rápido.

– Eu espero que sim. – Ela me abraça.

– Eu sei que é idiota, mas precisamos voltar para casa e seguir pela estrada. Temos mais chances de chegar em segurança se fizermos isso.

– Você nos trouxe até aqui – diz Ellie. E eu só espero que fiquemos em segurança.

Dirigimos por uma hora e fico bem surpresa com o tempo que levamos para voltar para a casa. Quando nos aproximamos, noto alguém esperando do lado de fora. Passo por ele, sou perseguida, depois piso no acelerador com força e seguimos por uma longa estrada de terra.

– Ele está vindo! – grita Ellie enquanto avançamos. – Ai, Deus! Ele está armado! – ela grita.

– Abaixe-se! – Eu grito e me abaixo o máximo possível enquanto acelero. Então, ao longe, eu vejo: faróis. Meu coração se acelera, e sei que se esses são os amigos dele, estamos mortas. Ouço tiros atrás de mim e dirijo mais rápido, e então saio da estrada e entro na floresta quando os faróis vindos da outra direção se aproximam.

– July! – Eu ouço um grito, e reconheceria aquela voz em qualquer lugar. Wes. Então ouço tiros, e meu corpo começa a tremer de preocupação. Eu me viro, voltando para a estrada e paro.

– Fique aqui – eu digo a Ellie.

– Não. – Ela pega minha mão, mas eu não tenho tempo para lutar com ela. Preciso ter certeza de que Wes está bem.

– Eu preciso chegar até o meu noivo – eu digo a ela em pânico, e então ouvimos mais dois tiros. Eu choro, tentando chegar à estrada.

– July! – Wes grita de novo, e eu grito de volta:

– Aqui!

Eu apareço na clareira, olhando para a caminhonete que estava nos perseguindo. A porta está aberta e o cara, caído no volante. Mic, Harlen e Z estão de pé ao lado dele, e Jax, Talon Everett e Sage olham para nós enquanto lágrimas se formam em meus olhos.

– Ele está morto, linda – diz Wes, chamando minha atenção para ele. Seus olhos encontram os meus e examinam todo o meu corpo. Eu corro para ele, puxando Ellie comigo, e só a solto quando me jogo nos braços de Wes. Ele me abraça e me segura tão apertado que eu me sinto fundida a ele.

– Céus. – Ele me afasta e começa a me olhar, tocando meu corpo todo.

– Eu estou bem – digo, levando as mãos ao seu rosto. Wes cai de joelhos e encosta o rosto na minha barriga, e eu o abraço por um momento. Ele se levanta, me beija mais uma vez e só depois olha para o lado. – Esta é Ellie. Ela estava aqui quando me trouxeram.

Ele fica sério e diz:

– Havia mais de um cara?

– Sim, ele estava na floresta. Nós o tiramos do carro e o acertamos.

– Façam uma varredura na floresta. Vejam se conseguem encontrar o outro cara. O pai de vocês deve estar aqui em breve – diz Jax aos meus primos enquanto caminha em nossa direção, carregando uma lanterna. A luz passa por mim e depois por Ellie, e ele hesita por um breve momento, antes de seguir em nossa direção.

– Me dê isso, linda – diz Jax, com os olhos fixos em Ellie, e ela segura a madeira com mais força contra o peito e balança a cabeça, recuando quase até ficar atrás de mim. – Eu prometo que não vou deixar ninguém te machucar, mas preciso que você me entregue isso, e então eu quero te examinar – diz ele com delicadeza. Ela deixa de olhar para ele e olha para mim. Olho para as mãos dela e vejo que estão vermelhas, e entendo por que Jax está preocupado.

– Esta é Ellie – digo a Jax. – Jax é meu primo. Ele parece assustador, mas é muito bonzinho. – Ela volta a olhar para Jax. Ele é imponente; com pouco mais de 1,80m, seu corpo é moldado pelos treinos, e os cabelos escuros são bem curtos. Ao lado de Ellie, ele parece um gigante.

– Juro pela minha vida que eu não vou te machucar, nem deixar que alguém te machuque novamente – ele diz a ela, e eu vejo seus olhos ficarem suaves de um jeito que nunca vi antes. Ellie engole em seco e entrega a madeira a ele. Jax joga a madeira no chão e segura as mãos dela, fazendo-a gritar, e a raiva toma seu rosto. – Eu não vou te machucar, mas suas mãos estão machucadas – explica ele, e então olha para mim. – Você se feriu?

– Não. – Eu balanço a cabeça e Wes me abraça com força.

– Eu vou colocar Ellie em minha caminhonete e cuidar dela enquanto espero o tio Nico chegar aqui – diz Jax, e eu observo, atordoado, quando ele pega Ellie no colo e a leva para sua caminhonete.

– Isso foi muito estranho – eu murmuro, olhando para Jax, que está em pé diante da porta aberta da caminhonete, com Ellie na frente dele. – Como você me achou? – pergunto a Wes, e ele me observa de novo antes de me dar um beijo demorado, e, quando se afasta, eu já estou agarrada a ele, e fiz isso sem me dar conta.

– O lugar que esses caras estavam transformando em um estúdio de tatuagem fica a cerca de uma hora daqui. Quando entramos, descobrimos que eles deixaram um computador ali, e o computador estava conectado ao celular daquele cara. Nós fizemos um rastreamento e chegamos aqui.

– Isso é muito inteligente – digo.

– É coisa do Harlen; Ele é bom nisso – ele diz e eu me afasto dele quando os caras se aproximam. Abraço cada um deles e agradeço, e logo sou puxada para trás por Wes. Estou ao lado dele quando meu tio Nico chega com dez outras viaturas da polícia. Ellie fica comigo e nós duas respondemos muitas perguntas, mas para a maioria delas não temos respostas.

Depois de uma hora conversando com a polícia, Wes se enche e diz que está me levando para casa, e que eles podem conversar comigo no dia seguinte. Jax, que não tinha saído do lado de Ellie, concorda, e tio Nico diz que fala conosco amanhã. Concordo e abraço Ellie, que iria para o hospital antes de pegar carona com Jax.

– Estou feliz que você esteja bem, amor. – Minha mãe beija minha cabeça e me enrola nos cobertores.

– Você nos deixou muito preocupados – meu pai reclama, passando a mão pelos cabelos e estreitando os olhos. – Não tem permissão para fazer algo assim de novo – diz ele, como se eu tivesse feito de propósito.

– Prometo. – Eu levo a mão ao rosto dele e controlo um sorriso, o que faz seus olhos se estreitarem ainda mais. – Pode checar como Ellie está? – pergunto depois de um momento.

– Ela está bem. Está indo para casa – diz minha mãe, e sinto o coração apertar.

– Ela não pode ir para casa. – Eu me sento, olhando para a porta. – Ai, Deus, ela não pode ir para casa! A mãe dela a vendeu para aquele cara. Ela não pode ir para casa.

– Jax a está levando para buscar a filha dela – diz meu pai, com um olhar esquisito. – Eles foram assim que o médico disse que ela poderia deixar o hospital.

– Graças a Deus. – Respiro fundo, voltando para a cama.

– Cuidado – diz Wes, entrando no quarto. Eu respiro e deixo o ar sair devagar. Eu sei que ele está preocupado comigo, então está no seu limite, mas tem agido como um animal feroz desde que me levou para o quarto, tirou minhas roupas e me colocou na cama.

– Nós vamos sair e deixar vocês à vontade. Voltaremos pela manhã – diz minha mãe, beijando o rosto de Wes. Meu pai faz a mesma coisa, mas dá um tapinha no ombro dele.

– Você está bem? – pergunto a Wes quando ele se senta ao meu lado.

– Porra, não, esse cara ainda está por aí em algum lugar. Eu não sei como diabos serei capaz de lidar com isso sabendo que ainda está em perigo. Enquanto isso, você está agindo como se tudo fosse normal.

Eu me sento e subo em seu colo, tocando seu rosto delicadamente.

– Eu estou viva. Voltei para casa na sua moto. Estou deitada na nossa cama. E amanhã, vou falar com a Associação contra Maus Tratos aos Animais e vou pedir que me ajudem com todos os cães, e espero que possamos salvar alguns deles. Depois, eu vou com Kayan escolher o bolo que vamos comer no dia do nosso casamento. Não é que eu não saiba o que aconteceu hoje; é que eu tenho uma vida incrível, e um idiota qualquer não vai tirar isso de mim – eu digo, querendo que ele entenda.

Estou com medo do fato de o cara estar solto, mas tenho a sensação de que ele não vai ficar assim por muito tempo, e se acontecer de vir atrás de mim novamente, sei que Wes vai encontrar um jeito de me proteger. Mas eu nunca voltaria a não viver.

– Amo você, linda.

– Eu também te amo. – Eu sorrio e me inclino, beijando-o e tentando fazê-lo entender que, enquanto nós tivermos um ao outro, vamos ficar bem.

Epílogo

Wes

6 ANOS DEPOIS

— Ei, parceiro — eu digo, levantando meu filho em direção ao meu peito e beijando sua cabeça. — Mamãe está dormindo, então você vai ter que ficar com o seu velho até que ela acorde — digo a ele, levando-o até o trocador, onde eu o deito e troco a fralda antes de me sentar na cadeira de balanço perto da janela para poder dar a mamadeira a ele. Após quatro anos de tentativas e dois anos de tratamentos de fertilidade, eu disse a July que não dava mais. Eu odiava ver sua tristeza após cada tentativa, cada teste negativo que a matava lentamente. Chegou ao ponto de, quando amigos e familiares compartilhavam suas boas notícias, ela ter que lutar contra sua mente, sabendo que estava feliz por eles, mas triste por si mesma. Eu odiava o que estava acontecendo com ela, então conversei com um amigo meu e ele me colocou em contato com uma agência de adoção.

Depois que nosso último tratamento de fertilidade fracassou, cheguei em casa e entreguei a papelada a July. Ela chorou… chorou por um dia inteiro, e então minha linda e forte mulher se recompôs e nos sentamos para preencher a papelada. Não tínhamos ideia de quanto tempo demoraria. Isso foi há sete meses.

O processo de adoção aconteceu muito mais rápido para nós do que para outras famílias. A família que planejava adotar James decidiu que eles não estavam prontos para um bebê. Eu tenho que dizer que no dia em que fomos nos encontrar com o nosso filho, eu também não tinha certeza de que estava pronto, mas segurei ele nos braços e soube então que para mim não importava como James tinha chegado; ele é meu filho.

Olho para ele, puxo a mamadeira de seus lábios, e um pequeno beicinho se forma com a perda. Eu o levanto em direção ao meu ombro, sorrindo.

– Pensei ter ouvido você aqui – diz July, e olho para ela na porta do quarto. Ela está ainda mais bonita do que quando começamos a namorar. Ainda não acredito na sorte que tive.

– Você precisava dormir – digo a ela com delicadeza. Desde o momento em que James chegou em casa, ela está no limite, tentando fazer tudo com perfeição.

– Eu estou bem. – Ela sorri, entrando no aposento e se inclina para me beijar e para beijar a cabeça com poucos cabelos de James. Pego a mão dela e a puxo para o meu colo, e ela deita a cabeça no meu ombro, encostando a testa em meu pescoço, pousando uma mão em James. Mesmo depois de todos esses anos, saber que isso poderia ter sido tirado de mim me faz ferver de raiva.

– Obrigada por me deixar dormir – sussurra ela, afastando a mão de James e tocando minha mandíbula.

– Não precisa agradecer, linda. – Eu viro a cabeça, beijando a palma de sua mão.

– Eu amo essa cadeira – diz ela, e dou risada. Dois meses antes de James chegar, July fez seu pai entrar no sótão e tirar a cadeira de balanço que foi usada por sua família há gerações. Ela e as irmãs discutiram por dias para ver quem ficaria com o quê, e July acabou dando a cartada do "Eu sou a mais velha" e conseguiu a cadeira.

– É uma boa cadeira – concordo, balançando nós três até sentir seu corpo relaxar e o pequeno James adormecer.

July

Eu olho para o teste de gravidez que estou segurando e não consigo acreditar no que estou vendo. Desde que trouxemos James para casa, tenho me sentido mal. Sinceramente, não pensei muito nisso até hoje cedo, quando entrei na cozinha, onde Wes estava sem camisa, fritando bacon. Senti o cheiro e me senti mal. Isso nunca aconteceu antes. Dizem que é possível, quando você adota, que algo se encaixe e *voilà* – você acabe engravidando.

– Minha nossa! – Eu respiro e me olho no espelho, explodindo em lágrimas. Nunca pensei que faria um teste de gravidez que daria positivo. Depois de tantas tentativas de inseminação artificial, desisti. Agora eu tenho James e estamos grávidos.

– Linda, você está bem? – pergunta Wes, batendo na porta, e eu jogo o teste em uma gaveta rapidamente.

– Sim, desculpe, eu me distraí – digo. Me distraí?, pergunto a mim mesma olhando no espelho, balançando a cabeça, depois espirro um pouco de água no rosto para esconder as lágrimas e abro a porta.

– James está dormindo. Por que você não se deita um pouco? – pergunta ele, e eu meneio a cabeça distraidamente quando ele beija meus cabelos e inclina a cabeça para trás para olhar em meus olhos. – Tem certeza de que está tudo bem? – Wes pergunta, fazendo com que o pânico de alguns minutos atrás desapareça.

– Tenho certeza – digo, e ele me beija brevemente e sai pelo corredor. Eu vou para o quarto, pego meu telefone e ligo para o meu médico, marcando uma consulta para o final da tarde.

– Eu tenho que sair – digo a Wes, entrando na sala de estar, onde ele e James estão sentados e assistindo TV.

– Aonde você está indo? – pergunta ele, parecendo preocupado.

– Eu preciso encontrar Kayan – digo a primeira mentira que me vem à mente.

– Venha me beijar – ele exige, e eu vou até ele para beijá-lo, e depois beijo James, tentando evitar o olhar dele enquanto eu saio de casa. Quando chego ao meu jipe, dou partida e vou para a cidade. Nós vendemos nossa primeira casa alguns anos atrás, e Wes comprou uma propriedade do meu pai e construiu uma casa nela. Eu amo a nossa casa, mas adorei mais saber que Wes e minha família a tinham construído.

– Você está grávida – diz o Dr. Marks, e viro a cabeça quando ouço uma batida na porta da sala de exames.

– Tem certeza de que não é um engano? – sussurro em choque. O Dr. Marks está conosco desde o começo. Ele sabe o quanto lutamos para engravidar.

– Tenho certeza – diz ele, e as pancadas ficam mais altas.

– July – diz Wes do outro lado da porta, e eu, chocada, arregalo os olhos. Então olho para o Dr. Marks quando ele abre a porta.

– Parabéns, Wes – diz ele quando Wes entra na sala.

– Você mentiu – diz ele para mim, e olha para o Dr. Marks, perguntando:

– Parabéns por quê?

– Você vai ser pai, e, inclusive, podemos fazer um ultrassom hoje, se quiserem, já que vocês dois estão aqui.

– O quê? – pergunta Wes, olhando para mim antes de se sentar em uma das cadeiras. – Grávida? – Ele balança a cabeça. – Como isso é possível?

– Às vezes, simplesmente acontece – diz o Dr. Marks, parecendo orgulhoso, como se tivesse sido uma conquista dele. – Vou dar alguns minutos a vocês para ir buscar os equipamentos para o ultrassom.

– Onde está James? – pergunto, vendo que nosso filho não está com ele.

– Ele está com sua mãe. Quando você descobriu?

– Hoje cedo. Eu fiz um teste de farmácia, um dos que tinham sobrado. Não achei que daria positivo, e quando vi que estava grávida, quis ter certeza antes de contar a você – digo, esperando que ele entenda. Detestava ver a decepção nos olhos dele toda vez que eu fazia um teste. Era terrível porque independentemente do que fizéssemos, não engravidávamos, e nenhum médico sabia dizer o motivo. Por que não podíamos ter um bebê?

– Você sabe como me sinto com essas coisas – diz ele, e eu sei como ele se sente quando escondo coisas dele, mas entre vê-lo magoado ou poupá-lo de dor, sempre vou escolher a primeira opção, então faria tudo de novo.

– Desculpa. – Eu desço da maca e me aconchego no colo dele.

– Não consigo acreditar que você está grávida. – Ele pousa a mão em minha barriga, e lágrimas se formam em meus olhos e um soluço sobe pela minha garganta. Eu queria esse momento desde sempre e finalmente vivê-lo torna tudo muito mais memorável.

– Vocês estão prontos? – pergunta o Dr. Marks, voltando para a sala.

– Claro. – Eu confirmo, balançando a cabeça, e faço o que ele manda, voltando a deitar na maca. Ele passa o gel do ultrassom na minha barriga e depois utiliza o aparelho para espalhá-lo. De repente, o som de batimentos cardíacos toma a sala, e meus olhos se enchem com mais lágrimas.

– Céus – sussurra Wes.

– Você está com cerca de nove semanas – diz o médico, e eu distraidamente seguro a mão de Wes. *James vai ser um irmão mais velho. Não consigo acreditar.*

– Eu vou imprimir algumas imagens para vocês mostrarem a todos, e quando você chegar à recepção, diga que precisa marcar sua próxima consulta. Vou deixar uma receita no balcão para as vitaminas pré-natais – diz ele, limpando minha barriga antes de sair da sala. Eu me sento, atordoada, e olho para Wes, que está olhando para as fotos em sua mão. Quando olha para mim, o amor que vejo em seus olhos me diz tudo o que preciso saber.

Wes

UM ANO DEPOIS...

Eu entro em nosso quarto e logo olho para July, que está abraçada aos nossos dois meninos. Seus olhos se abrem devagar e o sorriso que ilumina seu rosto faz com que eu me sinta o rei do mundo.

– Nós adormecemos. – Ela sorri, e eu sorrio de volta e beijo seu pescoço antes de passar a mão na cabeça de James e Dean.

– Sua mãe e seu pai estão vindo para pegar os meninos – eu digo a ela, esperando para ver sua reação. Eu amo meus filhos, mas sinto falta de fazer amor com a minha esposa sem interrupção, e pretendo consertar isso hoje à noite.

– Por que eles vão pegar os meninos?

– Porque eu estou cansado de ser interrompido pelos meus filhos – digo a ela, que ri. Caramba, hoje cedo mesmo eu estava fazendo sexo oral nela, e ela gozou forte, mas antes que eu pudesse me levantar e penetrá-la, as crianças acordaram, e tive que dar um jeito na minha situação no chuveiro.

– Eu nunca fiquei longe deles por mais de algumas horas – diz ela, e meu olhar se suaviza, então me lembro da minha missão, e meu membro lateja, fazendo com que eu me recordo do que está faltando, então me mantenho firme, evitando dizer: "Podemos fazer isso em outro momento", e digo:

– Eu sei, linda, eu também não, mas precisamos disso. Meu pênis precisa disso.

– Sinto muito. – Ela observa meu rosto e se levanta, exibindo seu decote, o que faz com que minha ereção pressione o zíper da calça com mais força. Quando ela me beija, puxo a cabeça dela, apoiando a mão em sua nuca, e ela geme quando me afasto.

– Vou arrumar as bolsas dele – diz ela, e me faz rir.

– Já arrumei.

– Seguro de si, não é, Sr. Silver? – Ela levanta uma sobrancelha, e eu belisco um de seus mamilos através do tecido fino de seu vestido de verão.

– Sim.

– Papa. – Eu olho para James, e ele rola ao engatinhar até onde estou.

– Ei, rapazinho – digo, então o pego no colo e beijo sua cabeça enquanto ele fala alguma coisa, e viro bem na hora de Dean erguer os bracinhos para mim. Quem não sabe, pensa que meus meninos são gêmeos. Ambos têm cabelos escuros e olhos azuis. Só que James é maior.

– Vocês vão passar a noite com o vovô e a vovó. O que acham disso? – July murmura com eles, e pega James no colo quando ele estende os bracinhos para ela.

Vamos para a sala e July sorri, olhando para trás, quando vê que eu não estava mentindo. As duas bolsas dos meninos estão esperando na porta da frente, prontas para o passeio.

– Obrigada, mãe – diz July a November quando esta sai da casa, carregando as duas bolsas. Asher saiu momentos antes para levar os dois meninos. James estava mais do que animado para passar algum tempo com seu vovô, enquanto Dean sorria seu sorriso desdentado do assento do carro.

– Eles vão ficar bem, e moramos perto – diz November ao sair. Assim que vejo que todos entraram no carro, fecho a porta depois de puxar July para dentro e a pressiono do lado de dentro da porta, levantando-a com as mãos apoiadas embaixo de sua bunda. Assim que ela me envolve com as pernas, eu dou um gemido, sentindo o calor que sai de sua intimidade.

– Abra meu cinto, linda – digo com a voz rouca, puxando o tecido do vestido para despi-la. Em seguida faço o mesmo com a minha camisa, usando a porta e meu quadril como suporte para mantê-la erguida.

Ela morde o lábio enquanto eu tiro a camisa e desce as unhas pelo meu abdômen e abre meu cinto. Ela geme e joga a cabeça para trás quando puxo seu sutiã para baixo e abocanho seus seios, sugando os mamilos com vontade.

– Wes – ela geme, e eu tiro a calça jeans, liberando meu pau, e puxo a calcinha para o lado, penetrando-a. – Oh, céus, você vai tão fundo – ela geme, e eu a tomo com força, observando a penetração. Então subo os olhos, vendo como os seios dela se mexem a cada movimento.

– De quem é esta delícia? – eu pergunto, levando uma mão à nuca dela, puxando seus cabelos até os olhos semicerrados dela encontrarem os meus.

– De quem é? – pergunto ao sair de dentro dela.

– Eu sou sua – diz ela, ofegante, envolvendo meu corpo com as pernas.

– Isso mesmo, linda, e hoje vou marcá-la todinha por dentro – digo, voltando a penetrá-la, fazendo a porta bater alto na casa silenciosa.

– Por favor! – ela grita quando começa a gozar, apertando meu membro, sugando mais até eu gozar com muita força, incapaz de me controlar. Minhas pernas começam a doer, então eu a levo para o sofá, e me sento com ela em meus braços, com minha ereção ainda dentro dela.

– Porra, eu senti falta dessa boceta – confesso, e ela ri, aconchegando-se, e resmunga quando a levo para o quarto, sem sair de dentro dela. Deito-a na cama e transamos de novo, e ela arregala os olhos e os fecha em seguida. Passamos o resto da noite na cama… na cozinha… no chuveiro…

– Eu te amo, Wes Silver. Até o dia que eu morrer, eu vou te amar – diz ela quando nos deitamos mais tarde.

Deixo suas palavras tocarem minha alma e a puxo para mais perto, beijando sua têmpora e sussurro:

– Também amo você, minha linda. Você me deu tudo. – E deu mesmo. Um homem que não esperava ter uma mulher nem uma família, um homem que aceitava viver a vida dia após dia... uma pequena mulher mudou tudo isso e fez esse homem querer mais. É com esse pensamento que caio no sono, com tudo que eu sempre precisei em meus braços.

Fim

Este livro foi composto com tipografia Adobe Garamond Pro.